MIKU SOPHIE
KÜHMEL

KINTSUGI

Roman

FISCHER Taschenbuch

Aus Verantwortung für die Umwelt hat sich der S. Fischer Verlag zu einer nachhaltigen Buchproduktion verpflichtet. Der bewusste Umgang mit unseren Ressourcen, der Schutz unseres Klimas und der Natur gehören zu unseren obersten Unternehmenszielen.

Gemeinsam mit unseren Partnern und Lieferanten setzen wir uns für eine klimaneutrale Buchproduktion ein, die den Erwerb von Klimazertifikaten zur Kompensation des CO_2-Ausstoßes einschließt.

Weitere Informationen finden Sie unter: www.klimaneutralerverlag.de

FSC www.fsc.org
MIX
Papier aus verantwortungsvollen Quellen
FSC® C083411

Erschienen bei FISCHER Taschenbuch
Frankfurt am Main, März 2021

Umschlaggestaltung: Simone Andjelkovic
Umschlagabbildung: Simone Andjelkovic. Hintergrund: iStockphoto
Satz: Dörlemann Satz, Lemförde
Druck und Bindung: CPI books GmbH, Leck
Printed in Germany
ISBN 978-3-596-70492-7

Das Gewichtige ist des Leichten Wurzel.
Die Stille ist der Unruhe Herr.

Laotse

yūgen

Als sie das Haus erreichen, ist das Licht schon senfgelb und die Schatten sind lang. Ende März ist der Tag scheu, und es dämmert früh. Vom Schnee aber ist fast nichts mehr zu sehen, ihr Wagen steht auf trocken knirschendem Kies. Max steckt einen Arm bis zur Schulter in den hohlen Baum am Straßenrand und zieht den klimpernden Schlüssel, zwei Briefe und den Prospekt eines Bringdienstes hervor, der Gyros im Angebot hat, Pizzapasta, Nasi Goreng, Döner Kebap und Sushi.

Das Haus steht schwarz geschindelt da, schmucklos und vernarbt, wie sie es zuletzt zurückgelassen haben. Direkt hinter dem Waldweg in ihren Rücken ragen die Kiefern aus dem Sandboden empor, schweigsam und schwindsüchtig wie eh und je, und vor ihnen, nur ein paar Schritte und das kleine Haus dazwischen, liegt still und starr und schwarz der See. Die Ruhe schmiegt sich kühl in ihre Ohren. Beide Männer stehen einen Moment nur da und atmen und sind gemeinsam allein. Dann klaubt Reik aus Max' Hand den Schlüssel, und sie tauchen in die vertraute Dunkelheit ihres Hauses. Sie packen aus, Reik bugsiert einen Weidenkorb voller Lebensmittel bis in die Küche, die Zeitanzeige am Backofen glüht ihm auf Augenhöhe entgegen, er lässt den Korb auf den Tresen niederknarzen, schaltet das kleine Licht an der Abzugshaube ein.

Einmal geht er den Wohnraum ab: Küche und Wohnzimmer, die zwar fließend ineinander übergehen, aber nicht auf den Chi-Fluss überprüft wurden, immerhin. Er ist zufrieden, dass er Max davon abgehalten hat, das komplette Haus nach Feng-Shui einzurichten. Peu à peu sind ohnehin fast alle Dekorationen in den Müll gewandert, jedes Figürchen und jede überflüssige Blumenvase oder Obstschale, alles Unbenutzte. Wenn es nach Max ginge, weiß Reik, gäbe es nicht mehr als ein paar Rams-Regale voller sorgfältig abgestaubter Bücher und glatt polierte Möbel wie das Sideboard von Vincent Van Duysen; bequem hinsetzen könnte man sich nirgends, vom Füßehochlegen ganz zu schweigen.

Reik dagegen hat schon in seinem Studentenzimmer gern Postkarten an die Wände gepinnt, leidenschaftlich geknüllte Papierchen über Monate einfach an Ort und Stelle auf dem Boden liegen lassen, war gerne umständlich um seinen Müll herum choreographiert, bis Max regelmäßig bei ihm übernachtete. Der hatte sich zunächst zurückgehalten und nur dann mit spitzen Fingern ein wenig aufgeräumt, wenn er die verstreuten Pinsel und Farbdosen, Chipstüten und Zigarettenreste, Bücher und von draußen mitgebrachten Steine und Muscheln und die kleinen aus Büroklammern gebogenen Gerippe gar nicht mehr aushielt. Sobald sie aber zusammenwohnten, lag kein Ding unsortiert herum, alles bekam seine Ordnung, selbst der Käse und die Butter und die Lauchzwiebeln hatten ihren festen Platz im Kühlschrank. Herde des Chaos beschränkten sich auf eine Küchenschublade (Kinderzeichnungen, alte Briefumschläge, Gummibänder, Beutel, Klammern, Korken und so weiter), das Innenleben des Wäscheschranks und das Atelier unterm Dach.

Hier in ihrem Ferienhaus steht alles wie auf einem Schachbrett. Nichts ist Zufall. Gerade ist Max noch einmal auf dem Weg zum Auto, einige Sekunden lauscht Reik seinen langen, weichen Schritten im Kies. Ein Grinsen flackert über sein Gesicht; die Gelegenheit. Er schaut sich im Halbdunklen um und sein Blick fällt auf das Van-Duysen-Sideboard (ein Geschenk zu Max' dreißigstem Geburtstag) und auf das sorgfältige Arrangement darauf: Da ist zum einen die faustgroße, gusseiserne Teekanne. Zum anderen die sich in den Handteller schmiegende Schale, steingrau und rau außen, innen weich und moosgrün. Und schließlich der kleine Bambusbesen, das Bündel hauchdünner, schnurgerader Borsten, auf den Kopf gestellt. Sie sind im Dreieck angeordnet, fast, als würden die fragilen Gegenstände sich gegenseitig ansehen und, wenn niemand hinhörte, flüsternd Konversation betreiben. Reik geht vor ihnen auf ein Knie hinunter, die Zunge zwischen den Zähnen. Und noch bevor Max' leises Summen zu laut wird, bevor die Eingangstür wenige Meter zu seiner Linken wieder aufschwingt, dreht er mit einer fixen Handbewegung den Besen um und schiebt die Teekanne eine knappe Handbreit nach rechts. Die Schale zieht er nur ein wenig näher zur nahtlosen Kante des Sideboards. Ein kleines, heimliches Risiko, das Reik die Nackenhaare aufstellt. Dann drückt er sich aus der Kraft seiner Zehen wieder nach oben. Schneidet die Wohnküche in drei Schritten. Bestückt den Kühlschrank mit den Einkäufen für das Wochenende und verkneift es sich, dabei zu pfeifen.

Max schließt in diesem Moment das Auto ab und hievt die Stofftasche ins Haus und die knarzende Treppe hinauf in die Bibliothek. Zufrieden registriert er dabei die Geräusche aus der Küche: das dumpfe Klacken, wenn die Milchkartons in die Tür gestellt werden, Butterpapier, das über den Glasboden gleitet, Marmeladengläser, die auf dem Gitter ganz oben klirren. Er trägt die geschulterte Tasche durch den kleinen Raum, den sie die Bibliothek nennen, auch wenn das eigentlich ein bisschen zu spießig für sie ist, bis in den Erker, ein Halbrund mit bodentiefen Fenstern. Der See dahinter liegt jetzt im Dunkeln.

Sachte stellt Max die Tasche auf dem kniehohen Tisch neben dem Sessel ab und stapelt den Inhalt, ein Sachbuch, ein Fachbuch, zwei Romane und einen Erzählband, daneben. Seit ein paar Jahren fahren sie jetzt schon den gebrauchten Audi, und die Büchertasche hat ihren festen Platz unterm Fahrersitz. Schon zu Studienzeiten hat sie Max begleitet, wohin er ging. Schlicht in Grau, ein verblichenes Etikett des *Strand Book Store* auf der Vorderseite. Ein Tick von seiner Mutter her, dass er sich einfach nie für einen Titel entscheiden kann, dass die

Auswahl immer dabei sein muss. Kleinbürgerlich findet Reik das, aber Reik ist auf solche Dinge auch nicht angewiesen. Etwas zum Zeichnen findet er schließlich immer, auch wenn es ein alter Kassenzettel ist, den er beim nächsten Supermarkt aus einem Einkaufswagen fischt, und ein billiger Plastikkugelschreiber, der nur zwei, drei Kritzeleien aushält und dann in seinen Manteltaschen und Stoffbeuteln ein langes, trostloses Leben zubringt, bis Max es nicht mehr mit ansehen kann und ihn beim Wäschemachen aussortiert. Als sie das erste Jahr zusammen waren, hatte Max Reik einmal einen teuren, schweren Kugelschreiber geschenkt, der in sattem Marineblau schrieb, und ein Notizbuch, geschlagen in butterweiches Leder, handgeschöpftes Papier – damals hatte er es nicht besser gewusst. Heute schenkt er dem Mann nichts mehr, was ihn auch nur annäherungsweise beschweren könnte.

Max verstaut die Büchertasche in dem ihr zugedachten Fach im Kleiderschrank und bezieht die Betten mit frischer weißer Baumwolle, dick und fluffig wie zwei satte Wolken. Und obwohl es eigentlich selbst für ihn noch zu früh ist, legt er sich für einen Moment quer darauf, genießt die glatte, kühle Weichheit und die Finsternis des Nadelwaldes, der hinter dem Fenster aufragt. Was er vom Himmel erahnen kann, ist dunstig-blau, nur eine schmale, längliche Wolke wird von der Sonne noch im Abgang über die Schulter rot angeleuchtet.

Für ein paar Augenblicke vergisst er alles. Die Universität, die letzte Konferenz, Arbeiten, die sich zu Hause auf seinem Schreibtisch stapeln und die silberne Brille mit den schmalen, rechteckigen Gläsern, die ihn erwarten wird, wenn sie zurückkommen. Sicher, an die *Indiana-Jones*-Witze wird er sich gewöhnen, die macht Reik schließlich schon seit Jahren – auch ohne Sehhilfe. Aber er weiß, dass die Brille ihn stören wird, und zwar immer und bei allem. Das Beschlagen, wenn man vom Kalten ins Warme geht, und die kleinen Druckstellen auf der Nase, dass er sich bei der Geste, sie mit dem Handballen oder der Fingerspitze hochzuschieben, niemals lässig, sondern immer dämlich vorkommen wird. Denn er ist ein schlechter Schauspieler und solche Bewegungen liegen ihm nicht.

In Zeitlupe dreht er sich vom Bauch auf den Rücken, die Schultern zuerst, eine menschliche Spirale, fließender Atem, die Bettwäsche rauscht sanft, zwischen seinen Schulterblättern knackt es. Dann, Max ist nicht überrascht, wandert zuerst Reiks verlängerter Schatten im Lichtkegel aus der Bibliothek zur Tür herein und steigt über seinen Körper, Reik selbst folgt darauf. Er ist ein ganzes Stück kleiner als Max, aber kräftig. Seine kurzen, heißen Finger schieben sich beharrlich zwischen die des anderen. Die wachen Augen betasten sein Gesicht, Reiks schwarz gefärbte Haarsträhnen hängen bis auf Max' Stirn hinab und kitzeln ihn.

Sie beginnen, sich zu küssen, und die Baumwollwolken wogen um sie her. Max verschwindet fast in einer Mulde, Reik kauert über seinem langen Oberkörper und trägt nur noch seine Unterhose. Er packt Max' Hüfte und dreht auch seine untere Körperhälfte ganz zu sich um, so dass er glatt daliegt. Wie immer nach dem Winter wölbt sich Reiks Bauch ein bisschen. Nicht viel, aber genug, dass er das Erste ist, was Max berührt, als Reik sich auf ihn legt, und ihn zum Schmunzeln bringt – mehr auf jeden Fall, als der verunglückte gehörnte Paarhufer auf Reiks Brust, den er sich damals mit 16 hat verpassen lassen und den er bis heute durchaus stolz trägt. Allerdings ist Max auch der Einzige, der dieses Kunstwerk noch zu Gesicht bekommt. Reiks nackte Auftritte in der Öffentlichkeit sind selten geworden.

Das Bett nimmt langsam die Wärme ihrer Körper auf. Miteinander schlafen ist leicht, war phantastisch von Anfang an und half in erstaunlich vielen Lebenslagen. Max denkt nicht mehr an die Brille und Reik nicht mehr an seine neue Galeristin (sie ist nicht so heiß wie die alte und wesentlich ambitionierter). Reik schiebt seine Nase sachte durch die weißen Haare an Max' Schläfe, sucht nach seinem Geruch. Und weil Zeit für Spielereien ist, rutscht er bald an ihm hinab und öffnet die Hose mit den Zähnen. Das entlockt Max ein rar gewordenes Lachen. Und darum hört Reik nicht auf. Schält die Kleidung behutsam von ihm ab, lässt jedes Stück Stoff genüsslich zur Seite fallen und schaut den Grübchen zu, die sich wie Pfeilspitzen in Max' Wangen graben. Als er unter ihm nackt ist, steht der Mond am Himmel. In diesem Licht ist Max' Körper so hellblau wie der Baumwollstoff um ihn her, beinahe Marmor. Seine Schultern sind breiter und runder als früher, seine Gesichtszüge sind feiner, wie mit einem dünnen Pinsel umrissen. Er hat seine Unbeholfenheit ganz verloren – außer wenn er tanzt, fällt Reik da ein. Wenn er tanzt, stakst er noch immer ganz desorientiert umher, sein großer Rücken wird bucklig und seine Stirn zieht er kraus, kurz hat er wieder Kinderaugen. Jetzt im Moment: nichts davon, nur warme Ruhe und ein leises Beben.

Obwohl sie so unterschiedlich groß sind, ist davon nichts zu spüren, wenn Reik hinter ihm liegt, sich in ihn schiebt, langsam und geübt, die Lippen lose in seinem Nacken. Er muss nicht mehr fragen, wann es geht, wie weit, ob alles bereit ist. Es funktioniert ganz einfach, nur ein wenig Nachdruck, ihre Haut, die aneinanderliegt und -reibt und dann Stöße, Atem, der sich in Nackenhaaren verfängt, wieder Reiks Hände, die sich um die von Max schließen, sich ineinander verdrehen vor seinen Augen, während man sonst alles vergisst und nur dieses Gefühl hat, das bei allen Veränderungen immer noch eins der besten bleibt. Es hält heute lange an, es ist dynamisch und wird schneller und langsamer und bald ganz dringend, bis sie beide kommen und sich gerade durchbiegen. Sie stöhnen nicht den Namen des andern, das haben sie noch nie gemacht. Sie nennen sich auch nie Max und Reik. Es bleibt meist bei ich und du und wir. Sie spitzen und kosen sich auch nicht, außer um den jeweils anderen zu gängeln. Manchmal siezen sie sich.

Wieder Reik zugedreht, den Kopf in seiner Armbeuge, ist Max so klein und zierlich, wie er sonst nirgendwo ist und sein kann. Aufgefangen liegt er da, hängt ihren Pulsschlägen nach, spürt die Schweißtropfen aus den Achseln an seinen Rippen hinabrinnen und erzählt seinem 16-jährigen Selbst davon, dass es ihm einmal gutgehen wird. Dass jemand ihn festhalten, ihn brauchen wird und dass es rein gar nichts bringt, sich heimlich in diese Bar zu schmuggeln, weil Reik sie zwar regelmäßig besucht, sie sich aber nicht dort kennenlernen werden. Dass er Geduld haben muss, noch ein paar Jahre, auch wenn er das hasst – und auch wenn er weiß, dass sein 16-jähriges Ich niemals auf diesen alten Knacker gehört hätte, der er jetzt ist.

8 Uhr am Morgen

Auf dem Tisch: das kleine Frühstücksbesteck. Konfitüre, Butter, Brötchen.

REIK: Wann hatten sie gesagt, dass sie – ?
MAX: Jede Minute ... Obwohl, vielleicht auch erst gegen Mittag. Er spielt freitags jetzt immer in diesem neuen Laden.
REIK: Tut er? Ich dachte, das wär' ganz grauenhaft, nur Hornbrillen und Wasserwellen und so.
MAX: Hipsterchic ist nicht so sein Publikum, meinste? Wer weiß. Vielleicht hat er seine Ansprüche, was das angeht, seinem Budget angepasst.
REIK: ... Tonio?
MAX: Na gut. Vielleicht ist er auch aus Mitleid mit dem ›armen Klavier‹ geblieben. Aber ich glaube, die zahlen ganz gut.

Schnauben. Max nimmt zwei dicke Zeitungen zur Hand. FAZ *und* Süddeutsche. *Er wälzt sie einmal lustlos auf dem Tisch herum. Auf der Suche nach einem Anker bleiben Reiks Augen am See draußen hängen.*

MAX: Nicht jeder kann sich erlauben, drauf zu scheißen, wer wie viel zahlt.
REIK: Jaha.

Reik kippelt. Auftritt in der angelehnten Tür: Tonio, zerwühlte Frisur, eine riesige Bäckertüte im Arm.

TONIO: Servus!
REIK: Bitte?

Drei Grinsen. Hinter Tonio lehnt seine Tochter im Eingang und schiebt ihn zur Seite.

TONIO: Da sind wir. Brötchen?
MAX: Na, ausgeschlafen?

Tonio durchquert den Raum, umarmt den aufgestandenen Max, drückt ihm die Brötchentüte an die Brust, beugt sich zu Reik und drückt kurz Wange an Wange.

MAX: Und du, bleibst jetzt da draußen stehn oder wie?

Da grinst auch Pega, tritt sich die Schuhe ab und zur Tür herein und wickelt die Arme um Max' Nacken, in der rechten Hand noch ihr Telefon.

REIK: Willkommen im Irrenhaus, komm 'Se rein, könn 'Se rausgucken.

Pega bekommt den gleichen Wangendrücker von Reik wie ihr Vater und streicht sich die Haare hinters Ohr.

REIK: Lange nich gesehn.
MAX: Wollt ihr –
TONIO: Nein, Kaffee genügt, danke.
PEGA *(immer noch grinsend)*: Ja, Kaffee.

Alle setzen sich, Max gießt sich aus seiner kleinen Kanne grünen Tee nach, alle anderen nehmen Kaffee.

REIK: Kaffee für die Kniefte? Dein Ernst?
PEGA: Hey! Ich bin total erwachsen.
REIK: Voll erwachsen.
TONIO: Derbe erwachsen.
REIK: Übelst erwachsen.
TONIO: Mega erwachsen. *(Dann, schulterzuckend)* Wahlberechtigung ab 18 gilt auch bei Heißgetränken, oder nicht?
REIK: Wir haben auch Kakao. Glaube ich.
PEGA: Ähm.
TONIO: Sie könnte bald sogar in den USA Schnaps bestellen. In den USA! Verrückt, he?
MAX: Okay, Schluss mit dem Gerede über Getränke. Ich schlaf' gleich ein.
REIK: Sei froh, dass wir noch nicht über Krankheiten reden. Kann sich nur noch um Stunden handeln.
TONIO *(zu Pega)*: Das Wifi-Passwort hast du ja schon, oder?

Pega schlürft schwarzen Kaffee und nickt.

MAX: Na hör mal, ihr seid unsere einzigen Gäste! Fühlt ihr euch kein bisschen geehrt?

TONIO: Geehrt? Weil ich auf dem Sofa in eurem Ferienhaus pennen darf, bloß weil ihr keine Lust auf Party habt?

REIK: Wir haben ein Gästezimmer.

TONIO: Jaha, und ich eine erwachsene Tochter, damit ist das Zimmer belegt.

PEGA: Ich schlafe auch mit dir in einem Bett, Vati.

TONIO: Ich aber nicht mit dir, ist ja widerlich!

REIK: Lass mal, Kleene. Die Couch ist schon das Richtige. Wer keine Manieren hat, bekommt auch kein anständiges Bett.

MAX *(einen Arm um Reiks Stuhllehne legend)*: Der Gegenbeweis sitzt hier zu meiner Linken.

REIK: Wenn *ich* mich danebenbenehme, dann ist das ein Teil meiner Inszenierung. Die Leute mögen das, das ist kernig und speziell.

TONIO: Hach ja, diese Künstler!

REIK: Genau das.

Alle schmieren sich Brötchen und kauen auf ihnen herum. Reik geht zur Küchenzeile und kocht neuen Kaffee.

TONIO: Also? Wir bleiben hier aufeinander hocken? Gibt's Gesellschaftsspiele?

REIK *(sich auf die Arbeitsplatte setzend und mit den Beinen baumelnd)*: Dann gibt's auch Tote!

MAX *(zurückgelehnt, über den dampfenden Tee)*: Haben wir doch gesagt. Wir wollen einfach unsere Ruhe. Und ihr seid die einzigen Menschen, mit denen man gepflegt seine Ruhe haben kann. Wir machen uns zwei nette Tage, irgendwer kocht, und wer will, geht wandern oder lesen oder stellt heimlich mein Teeservice um, wenn er glaubt, dass ich nicht gucke.

Reik kehrt grinsend an den Tisch zurück und erwidert Max' bohrenden Blick mit einem Zwinkern.

PEGA: Und am Ende ist eure Ehe geschieden und einer von uns tot?
MAX: Es ist nicht Südfrankreich, Liebes. Und kein Deray-Film.
PEGA: Schade eigentlich.
REIK: Wenn du ganz lieb bist, erdrossle ich dich vielleicht mit deinem Handyladekabel.

Pega klatscht freudig in die Hände. Dann kauen alle lang.

TONIO: Und, wie fühlt sich's so an? Zwanzig Jahre? Ist das nicht schon silberne?
MAX: Nee, noch fünf Jahre.
PEGA *(auf ihrem Telefon herumwischend)*: Porzellanhochzeit ist das.
REIK: Dein Ernst?
PEGA: Gibt hier alles. Ihr hattet zum Beispiel auch schon Baumwolle, Leder, Holz, Stahl, Nickel …

MAX: Näh, ich hab 'ne Nickelallergie. Gut, dass wir das nicht feiern.
REIK: Gut, dass wir nie geheiratet haben.
TONIO: Na ja, aber so gut wie. Jetzt kommt bitte nicht mit wilder Ehe und wie unspießig ihr seid.
MAX: Ähm. Hallo. Wir durften nicht?
TONIO: Na ja. Jetzt schon.

Alle schweigen, Max und Reik tauschen einen sehr kurzen Blick, dann beginnen sie gleichzeitig abzuräumen. Tonio beobachtet sie. Pega wischt weiter auf dem Telefon.

PEGA: Hier, Petersilienhochzeit! Zwölfeinhalb Jahre!
MAX *(eine Schublade zuschlagend)*: Gut, eine Runde um den See?

wabi

Wieso wir nicht verheiratet sind. Es wäre schließlich jetzt möglich. Um genau dieser Frage aus dem Weg zu gehen, haben wir uns gegen eine Party, ein Essen, was auch immer entschieden.

Sicher, als wir uns mit zwanzig am Kiosk über den Weg gelaufen waren, und dann immer wieder, und es dann eine feste Zeit war, immer gegen 21 Uhr, immer noch einen Kaugummi, ein Bier, was ich nicht trank, eine Zeitschrift, die mich nicht interessierte, und als wir begannen, danach vom Kiosk aus den Block zu umrunden, von dort in den Park zu gehen und ins Kino und ins Bett, hätten wir uns das nicht zu träumen gewagt. Im letzten halben Jahr haben in unserem Freundeskreis nicht weniger als drei Paare, vier Männer und zwei Frauen, Ringe getauscht. Sie alle sind nicht so lange zusammen wie wir, und doch sind sie wild entschlossen gewesen, haben sich für die Durchsetzung dieses Rechts leidenschaftlich engagiert, Demonstrationen und Petitionen und all das. Reik und ich, wir haben am Tag der Abstimmung nicht einmal angestoßen. Pega hatte uns den Twitter-Feed vorgelesen, ganz aufgeregt, und Tonio hatte zufrieden gelächelt, als wäre nach Jahrhunderten endlich eine Ungerechtigkeit besiegt, die ihn ganz persönlich betroffen hätte. Einige meiner Studenten waren mit geschminkten Regenbogen auf den Backen in den Hörsaal gestiefelt und hatten mich breit und erwartungsvoll angegrinst. Damit hatte ich überhaupt nicht umgehen können. Hatte mich geräuspert und nahtlos begonnen, über eine Ausgrabung in Somalia zu sprechen. Ein solches Ablenkungsmanöver aber funktioniert hier, in unserem Haus in der Uckermark und fernab aller Hörsäle, ziemlich sicher nicht. Tonio würde immer noch ein flapsiger Spruch einfallen, über Dinosaurierknochen oder Neokolonialismus – dass er von beidem gleichermaßen wenig versteht, hat ihn dabei noch nie gestört.

Deshalb stehen wir jetzt hier. Im üblichen, sanften Akkord lasse ich mir die Teller von Reik reichen und sortiere sie in den Spüler. Mein meditatives alltägliches Puzzlespiel. Einige Male streifen sich dabei unsere Finger, und als ich an ihm vorbeigehe, versuche ich, seinen Blick aufzufangen, aber er stapelt schon die vier Marmeladengläser aufeinander, fixiert sie mit dem Kinn und balanciert sie in Richtung Kühlschrank. Ich begnüge mich mit seinem sachten Pfefferminzgeruch, der mir kurz um die Nase weht, und wische den Tisch gründlich ab, bis die anderen sich endlich in ihre Jacken und Schals gewickelt haben.

Neben der Trauerweide am Seeufer, vom Küchenfenster aus sichtbar, steht der riesige rostige Nagel eingepflanzt, den Reik vor Jahren in einer Schweißerphase gemacht hat. Heute würde er sich vermutlich prima verkaufen. Er hat eine helle Patina bekommen, schimmert ein bisschen grünlich, oft sieht es so aus, als ob er die Farben des Sees direkt aufsaugt. Vielleicht funktioniert der Nagel nur hier so gut. Reik jedenfalls schaut immer ein bisschen beschämt, wenn wir Gäste haben und sie darüber reden. Trotzdem war der Nagel eines der ersten Dinge, die wir an diesem Ort gelassen haben, kurz nach meinem Ruf an die Fakultät und dem Kauf dieses Hauses. Wir hatten uns sehr schnell verliebt, denn nirgendwo haben wir bisher so lange erfolgreich der Illusion aufgesessen, wir wären ganz für uns und die letzten Menschen auf der Welt.

Draußen ist es klirrend kalt, der Boden knistert unter den Füßen bei jedem Schritt. Wir umrunden das Haus und beginnen den Spaziergang über den verwilderten Streifen Wiese, den Garten zwischen Haus und Seeufer, vorbei am Nagel. Jedes Mal bin ich überrascht, wenn ich in Reiks Arbeiten klare Kanten oder sichere Linien ausmachen kann. Ich stelle mir gern vor, dass das mein Auftritt in seinem Œuvre ist, so wie die melancholischen wolkenbedeckten Himmel für seine Säufermutter stehen und die Stellen, an denen man die Leinwand oder welchen Grund auch immer durchschimmern sieht, für seinen Vater. Kunststudenten würden diesen Interpretationsansatz altmodisch finden, klar. Die Jüngsten wollen jetzt ja am liebsten gar nichts mehr diskutieren, nur alles auf Servietten drucken, die sind noch schlimmer als die vor fünf oder zehn Jahren, die in allem Symbole für Phalli gesehen haben, was immerhin von einer Portion Humor zeugte. Und dass Reik in all seinen Bildern heimlich Pimmelkritzeleien versteckt, kommt mir um einiges realistischer vor als der Versuch der neuen Postmodernen, den Autor nicht nur zu töten, sondern einfach zu ignorieren, dass es ihn überhaupt gibt, wenn er nicht mindestens eine Million Follower hat.

Zum Glück gehört Reik einer Zunft an, die in Social Media kaum einen Platz hat – jedenfalls nicht, wenn man etwas auf sich hält –, und zudem zu einem Schlag Mensch, der permanent sein Telefon verlegt. Wäre das anders, dann würde er mit seinem Drang nach Aufmerksamkeit und dem unstillbaren Bedürfnis nach Liebe von einem Shitstorm in den nächsten wirbeln.

Über dem See liegt eine schillernde Haut aus Eis. Man kann nicht sagen, wie dick oder dünn sie ist. Natürlich ist Reik mit drei Schritten am Ufer und setzt einen Fuß darauf. Gerade, als er sagen will, dass es trägt, ich sehe ihn von hinten schon Luft holen, bricht er mit lautem Knirschen bis zum Knöchel ein. Das Eis splittert. Das Wasser spritzt. Sein Körper bebt, ein Schauer läuft mir über den Rücken. Wir alle lachen, Pega hakt sich bei ihrem Vater unter, und Reik kommt mit seinem Kleinjungengrinsen zurückgestakst, immer wieder den nassen Fuß schüttelnd, rote Kreise auf den Wangen und humpelnd wie Kapitän Ahab.

»Geht schon mal vor. Ich bin Socken wechseln.«

Seit wir dieses Haus gekauft haben, denke ich jedes Mal, wenn wir wieder fahren, dass wir zu selten hier sind. Im Flur bei uns zu Hause hängt mittlerweile sogar ein Bild, eine diffuse Zeichnung, Kreiden, die sich überlagern, die Reik irgendwann angefertigt hat, und manchmal, wenn wir uns streiten, dann stehen wir davor und überlegen, ob einer von uns oder wir beide vielleicht eine Auszeit brauchen.

Der Himmel vor uns ist weit und blau mit ein paar Wolkenfetzen, zu dieser Zeit des Jahres fühlt es sich immer an, als ob noch ganz viel vor einem läge. Je älter man wird, desto schneller vergeht dieses Gefühl und dann der Rest des Jahres.

Die vereisten Pfützen auf dem Weg, lange Schlangen in den Spuren, die schwere Fahrzeuge im Boden hinterlassen haben, spiegeln den Himmel mit Sprüngen. Ich höre es knirschen hinter mir, doch es ist nicht Reik, der uns nachgerannt kommt, es sind Pegas Schritte. Sie geht am Arm ihres Vaters. Sie trägt jetzt Absätze, breit und nicht sehr hoch zwar, aber scharfkantig genug, um die Pfützen zum Splittern und Knistern zu bringen. Leider rauche ich nicht, mir wäre sehr nach einer Zigarette gerade. Ich lasse mich ein paar Sekunden zurückfallen, und sie zieht mich mit dem freien Arm an ihre andere Seite. In einem Baum krächzen sich zwei Krähen an.

»Und wie lebt sich's so, in deiner WG? Schon die Kotze weggewischt von Leuten, die du nicht kennst?«

Tonio macht etwas, das er früher immer ganz bewusst vermieden hat, er antwortet für sein Kind: »Pah, du müsstest das mal sehn! Piekfein ist das alles, Möbel passen perfekt zusammen, Einbauküche –«

»Ja, ist okay, Papa, wir sind spießiger als ihr verrückten Punks, Botschaft angekommen.«

»Entschuldige, ihr besitzt eine Knoblauchpresse. Kno.blauch.presse. Ihr seid zwanzig und ihr habt eine Kno–«

»Wir haben jetzt auch einen Zestenschneider, aus Edelstahl.«

»Dann steht dem wilden Partyleben wohl nichts mehr im Weg.«

Gelächter. Die beiden, fällt mir im Blick von links auf ihre Profile auf, haben die gleiche dreieckige Nase und die nussbraune Haarfarbe. Dicht, weich, nur bei Tonio verstreut auch ein paar weiße. Beide sind gut gekleidet, beide in Wollmänteln und immer wenn sie etwas Neues erzählt, von ihrem Studium oder der Wohnung, wirft Tonio ihr einen dieser Blicke zu. Ich weiß, dass er sie fürchterlich vermisst, dass er sogar sehr einsam ist – die ersten Wochen stand er bedenklich oft vor unserer Tür, hat ein paarmal auf dem Sofa übernachtet und Reik immer wieder überredet, mit ihm um die Häuser zu ziehen. Mittlerweile verschleppt er ihn nur noch in eine der aus den Neunzigern übriggebliebenen, miefigen Eckkneipen und da rauchen sie sich dann voll, oder sie hören Schallplatten im Wohnzimmer auf unserem Teppich. Sie mutieren entweder zu Teenagern oder schimpfen über die Jugend, als wären sie zweiundsiebzig. Ihrem Alter entsprechend benehmen sie sich eigentlich nie, wenn sie zusammen sind.

In der Weihnachtszeit kam er jeden Mittwoch. Und immer sprach er, sobald er genug getrunken hatte, nur noch von ihr. Was sie machte, was sie wollte, wo sie war.

Er saugt alles auf, was sie ihm erzählt. Aber er würde ihr niemals gestehen, wie sehr sie ihm fehlt. In dem Moment fällt mir ein, dass ich Tonio gar nicht ohne seine Tochter kenne. Das erste Mal vorgestellt hatte Reik uns '98, genauer gesagt an dem Morgen, nachdem ich das erste Mal in seinem versifften Studentenzimmer übernachtet hatte. Im schummrigen Licht war das alles noch romantisch gewesen, Kerzen in Weinflaschen und Kohlestifte und zerknülltes Papier. Ich hatte mich sogar sehr gern auf dem Boden dieses Zimmerchens ficken lassen, mit dem Blick auf die nackte Glühbirne, die flackerte. Hatte allerdings auch nicht viel mitbekommen von dem, was uns umgab, weil ich nur den fiebrigen schwarzhaarigen Jungen wahrnahm, der über mir kniete, meine Beine über seinen Schultern, mit halboffenem Lächeln und eingerissenen Mundwinkeln.

Am nächsten Morgen hatten mich Krümel im Rücken gestochen und natürlich hatten wir direkt noch einmal dort, auf dem Zimmerboden, gevögelt, und nach zwei weiteren Nummern unter der Dusche und direkt neben der Eingangstür, den Schlüssel schon in der Hand, schafften wir es in das kleine, abgerissene Café, in dem man den ganzen Tag Frühstück bekam. Tonio traf, obwohl wir so spät dran gewesen waren, noch nach uns ein. Er war blass, denn er hatte gerade erfahren, dass er Bettina geschwängert hatte und dass Bettina dieses Kind nicht bekommen wollte. Seine Hand war kalt und glitschig gewesen und Reik ein bisschen beleidigt, denn er hatte mich offenbar vorzeigen wollen – auch wenn ich damals nicht verstand, was an mir so vorzeigenswert war, denn neben Reik, der schlichtweg leuchtete, kam ich mir ganz besonders farblos und dröge vor. Heißt, für die Blicke anderer. Ich selbst fühlte mich, wenn ich mit ihm unterwegs war, schlagartig kreativer, inspirierter. Das Leben blieb manchmal in der Schwebe stehen, und ich konnte einer Wolke nachsehen, einem Wassertropfen folgen, im Bus erkennen, wie elegant das Tuch um den Hals der Frau gegenüber fiel. Bis heute komme ich auf die besten Ideen, wenn wir etwas unternehmen oder einfach gemeinsam herumliegen oder beieinander sitzen und schauen. Doch Tonio war ganz mit sich beschäftigt, verschüttete Zucker und erkannte mich vor lauter Zerstreuung einige Tage später nicht einmal wieder, als wir uns über den Weg liefen. Natürlich waren wir alle aus unseren kleinbürgerlichen Heimatbezirken, in die unsere Eltern sich mühevoll hochgearbeitet hatten, geflohen und wohnten im gleichen Viertel.

Er hatte Pegas Mutter während einer seiner Nachtschichten getroffen. Während der Schule war das noch ein Nebenjob gewesen, aber schon im ersten Semester verbrachte Tonio die meiste Zeit an einem Piano in einer Bar als Hintergrundberieselung für Anzugträger, die mit Old Fashioned auf ihre fabelhaften Karrieren anstießen, und schlief dann tagsüber, statt in die Vorlesung zu gehen. Und ein paar Wochen nach dieser einen Nachtschicht war da ein kleines Stück Leben, das in Bettina wuchs und das alles andere in den Hintergrund, an die Wand rückte. Von Anfang an hatte ich jeden Schritt mitbekommen, wie Tonio Bettina bekniete und wie sie sich schließlich einigten, damals im Prinzip ein Skandal, dass sie das Kind bekommen und er sich dann allein darum kümmern würde. Oder vielmehr: er und seine katholische Mutter und seine umwerfende ältere Schwester, die selbst schon zwei Kinder hatte. Am Tisch dieser Familie würde der eine Zwerg mehr kaum auffallen. So verpackten sie das gern nach außen.

Und genau das passierte. Nach einer Geburt, so schnell, als hätte Pega es eilig gehabt, wurde sie in ein Handtuch gewickelt und in Tonios Arm gedrückt, und dort hielt er sie sicher, als hätte er nie etwas anderes getan, für die nächsten Jahre. Er zog einen Wandteiler in sein Kinderzimmer ein und schob das Klavier auf die eine Seite, damit Pega auf der anderen spielen, brabbeln, schlafen, schreien konnte. Bettina ging indes nach Mailand und verkaufte Mode oder Glasperlenschmuck oder reparierte Motorräder, was man dort eben so tat, wir haben sie nie zu Gesicht bekommen. Reik behauptet bis heute, dass Tonio sie nur erfunden hat.

Er entschied sich kurzerhand und ohne Abschiedsschmerz, die Uni ganz an den Nagel zu hängen, versorgte tagsüber sein Baby und brachte es manchmal sogar in die Bars mit, in denen es von aufmerksamen Kellnern in seinem Liegekörbchen hin und wieder angeschaukelt wurde.

Pega war auch mein erstes Baby. Also, das erste, das ich von nahem sehen konnte. Sie hatte die braunen Augen ihres Vaters, von Geburt an gehabt, und war sonst ein recht schweres und großes Kind. Auch jetzt, als erwachsene Frau, ist sie groß, gleichauf mit ihrem Vater, auf den Absätzen sogar etwas größer.

Ich erinnere mich noch wie heute an den ersten Tag, den wir auf sie aufgepasst haben. Sie gab mir die beste Entschuldigung, Reiks Chaos zu beräumen, denn all die herumliegenden Flaschen und Nägel und Farben waren alles andere als kindgerecht. Schnell rollten wir uns mit ihr über das Bett, weil sie es witzig fand, wenn wir uns wie Babys benahmen. Sie brachte uns bei, wie man Kinder wickelte, wie es klang, wenn man wirklich Hunger hatte, wie fürchterlich Bauchschmerzen waren, wenn man sie als Konzept einfach nicht begriff, und wie todernst es sein konnte, wenn der Postbote zum falschen Zeitpunkt klingelte. Sehr früh habe ich registriert, was uns bis heute keiner glaubt: Zwar halten alle mich für den häuslicheren Typ und deshalb auch für denjenigen, der besser mit Kindern kann. In Wahrheit beunruhigen mich Kinder bis heute, ich bin nicht gern mit ihnen in einem Raum und schon gar nicht allein. Ihre Unbeholfenheit macht mich nervös, und sie interessieren mich kein bisschen, trotzdem scheinen sie immer zu erwarten, dass einem gleich irgendeine tolle Sache einfällt. Und mir fallen nie tolle Sachen ein.

Aber ich konnte vom ersten Moment an eine Seite an Reik beobachten, die außer mir vielleicht nicht viele zu sehen bekommen haben. Mit Pega wurde er zum wehrhaften Beschützer, weg von dem chronisch desinteressierten Maler, der immer auch ein wenig melancholisch war, weil er bei allem Lob von außen und aller Arroganz, die er als schützenden Mantel um sich wickelte, innendrin stets sein eigener größter Kritiker blieb. Pega das Laufen beizubringen oder das Malen machte aus ihm einen anderen Mann, einen, der sicher vielen Frauen die Hormone durch den Körper und die Milch in die Brust jagt. Ich beobachtete die beiden. Wie Reik Pega Zöpfe flocht und ihr vorlas und mit ihr malte, wie sie mit dem riesigen Pinsel durch das Atelier hoppelte und Kleckse auf alle Leinwände verteilte, auf jedes der halbfertigen Bilder, alle sicher mehrere Tausend Mark wert, und Reik auf dem Dielenboden saß und sich darüber schieflachte.

Ich war immer eher der Typ, der sie zum Spielplatz geleitete, sich an den Rand setzte mit einer Zeitung und las und sie wieder nach Hause brachte, wenn es zu dunkel wurde. Das hielt sie nicht davon ab, meine Fischstäbchen mit Kartoffelbrei als das beste Essen der Welt auszuloben und mich auch sonst mit ihrer kindlichen Liebe zu überschütten. Uns allen, besonders Tonio, aber uns allen, tat diese satte Portion Liebe gut. Es war nie ein großes Rätsel gewesen, was wohl einmal für eine Person aus Pega werden würde. Sie war von Anfang an höchst entschlossen, sie kommandierte uns gern herum und leitete auch im Kindergarten und in der Schule eine Gruppe von Mädchen und Jungen an. Sie war in den meisten Sachen talentiert und hatte sich natürlich aussuchen können, was und wo sie studieren wollte. Der Tag, an dem sie mit der Handvoll Briefe in Tonios Küche trat, mit roten Wangen, die Umschläge schon aufgerissen, und verkündete, dass sie in Berlin bleiben würde, war für uns alle drei eine Erleichterung. Heute, könnte man meinen, strahlt sie etwas weniger. Sie hat ihre ruhigen Phasen und in den Vorlesungen ist sie sehr still – glücklicherweise, denn ich wüsste nicht, wie sie gleichzeitig superpopulär *und* ein Teil dieser Familie von Außenseitern hätte sein sollen.

Wir passieren die üblichen Stationen: das alte Fahrrad, das einsam an ein Naturschutzschild angeschlossen verwahrlost. Der bemooste Spielplatz, seit immer nur anderthalb Schaukeln, der Badestrand. Erinnerungen an eine Handvoll Sommer, Reiks nass glitzernde Schultern und Muscheln, die sich auf wundersamem Weg hierher verirrt hatten. Ich weiß noch genau, wo wir sie vergraben haben. Der geheimnisvolle Schatz, den Pega nie gefunden hat und von dem sie vielleicht bis heute vermutet, dass er hier irgendwo ist und sie eines Tages reich und unabhängig vom Bafög machen wird.

Sie hat sehr lange geglaubt, das wäre meine Hauptbeschäftigung als Archäologe: Schätze zu suchen. Ich habe ihr nie erzählt, dass ich selbst ganz kurz daran geglaubt habe. Doch schon in der ersten Vorlesung wurden einem derlei Flausen ganz schnell ausgetrieben, mit langen Tabellen voller Messwerte und Lektürelisten, die einem mehr als deutlich machten, dass man in den nächsten Jahren kaum dazu kommen würde, überhaupt vor die Tür zu gehen – geschweige denn, Schätze zu suchen. Oder mit Peitschen anzutreten gegen Monster oder Nazis. Meine intrinsische Motivation für dieses Studium lässt sich natürlich hervorragend psychologisieren. Meine Mutter hat das hinreichend getan, hielt mich bis zum Schluss für einen Sucher.

»Ein Sucher, das ist jemand, der immer die genauen Antworten wissen will, genauer, als man sie ihm je sagen können wird. Das war bei dir schon immer so, schon als du gerade sprechen konntest, war dein erstes Wort WARUM.«

Im Lauf der Jahre hat sie mir allerdings eine ganze Reihe vermeintlicher erster Wörter angedichtet, vielleicht, weil sie vergessen hatte, welches nun wirklich mein erstes Wort war. NEIN zum Beispiel war dafür auch ein beliebter Kandidat.

Tatsächlich erinnere ich mich an mein erstes NEIN. Es war die kleine Ezra von zwei Stockwerken unter uns, und es war, als sie mir gegen meinen Willen einen Kuss auf die Backe drückte. Das muss meine Intimsphäre tief verletzt haben, drei bis zehn Schritte zu weit, und ich sagte nicht nur ganz laut und entschieden nein – ich sprang auf und rannte auf meinen kurzen Beinen, ein langgezogenes, klägliches NAAAIN-Lied heulend, ins Haus und die Treppen hoch in die WG meiner Mutter, in der Küche saß immer genügend Publikum, und blökte: ESSRA HAT VASUCHT MICH ZU KÜSSN. Natürlich erntete ich damit nur Gelächter, Pfiffe, vereinzelt Applaus. Der Freund meiner Mutter bot mir aufgrund des feierlichen Ereignisses einen Schluck Bier an. Meine Tränen versiegten, ich sah sehr ernst und sehr nüchtern zu ihm auf und sagte: nein.

Seitdem kam da ein ganzer Reigen von Ablehnungen,

die ich ohne Dank und Grußwort von mir gab, weil mich Drogen nicht interessierten, aber auch harmlose Dinge wie Schwimmtraining und Flötenunterricht und überhaupt das Spielen mit anderen Kindern entlockten mir vor allem genau das: ein sauberes, gerades Nein.

Die WG meiner Mutter hatte fünf Zimmer und es wohnten immer mindestens sieben Leute bei uns, und zwei schliefen ein paarmal in der Woche auf der Küchenbank. Die stammte vom Sperrmüll, war aus Eichenfurnier und nicht besonders ansehnlich, doch in ihrer Brauchbarkeit vollkommen ausreichend. Es gab keine Aschenbecher, dafür waren Kaffeetassen da, und den Kaffee trank man aus ausgespülten Senfgläsern oder gleich aus der Kanne. Die Infrastruktur für Kinderbetreuung in Westberlin war damals nicht gerade hervorragend, aber dank der WG konnte meine Mutter tagsüber als Zeitungsverkäuferin durch die Stadt ziehen, und es gab immer irgendwen, der auf mich aufpasste. Statt mit geregelten Mahlzeiten wurde ich vor allem mit Büchern und Comicheften sozialisiert, meine Kinderplatten hießen *Rubber Soul* und *Pet Sounds*. Dem Sandkasten im Innenhof entwuchs ich erstaunlich langsam, obwohl die traumatische Erfahrung mit Ezra mich ja gut und gern hätte von diesem Ort fernhalten können. Während andere und viel kleinere Kinder als ich dort stundenlang Kuchen buken und Schlösser bauten, *suchte* ich. Nach verlorenen Dingen. Zurückgelassenem. Dabei wohnten wir noch im Wedding, schräg gegenüber einem Knast, und niemand im ganzen Wohnhaus besaß dort etwas von ernstzunehmendem Wert. Aber mumifizierte Marienkäfer oder bunte Plastikknöpfe waren mir Schatz genug.

Neben der »Buddelei«, die mich, wie meine Mutter jetzt sagen würde, nie so ganz losgelassen hat, malte ich gern Formen in den Sand. Sie hatte deswegen immer erwartet, ich würde Künstler werden, meine Antworten auf eine Weise suchen, die der ihren stärker entsprach. Aber mein Geharke und Gemale hatte nichts mit kreativer Ambition zu tun, anders als Reik habe ich bis heute nie das Bedürfnis verspürt, aktiv zu schaffen, zu erfinden, herzustellen. Das Malen mit Stöcken und abgebrochenen Zweigen und Trieben im Sand hatte viel mehr eine beruhigende Wirkung auf mich, das Gefühl der rotierenden Körner am Ende des Zweigs, die nach Möglichkeit gleichmäßig zu ziehenden Furchen und Kurven und manchmal auch kleinen Tunnel, wenn ich mir viel Mühe gab, sahen für mich aus wie Luftbilder von weit entfernten Landschaften. Erst viele Jahre später würde ich feststellen, dass es derlei in Peru wirklich gibt – Geröllformationen, die von ganz weit oben aussehen wie in den Sand gekritzelte Tiere. Bei mir beschränkte es sich auf abstrakte Formen, ich war in dieser Sache frei von Ehrgeiz. Dennoch ließ es mich einige Zentimeter wachsen, als Ulf, einer der Mitbewohner, vom Küchenfenster auf eins meiner Werke hinabsah und beeindruckt »total zen« hauchte. Ulf ließ damals auf dem winzigen Fernseher *Shogun* laufen, auf VHS aufgenommen, schnell von konstantem Bildrieseln überzogen – in Dauerschleife. Über Tage lag also dieser Typ in der Küche und murmelte immer wieder die halbjapanischen, vernuschelten Sprüche vor sich her, die einem Lied gleich ständig wiederholt wurden, und gluckste über Szenen, die gar nicht witzig waren – und »zen« war für ihn so eine Art schräge Modebezeichnung, die er in allen Dingen suchte.

Es war Reiks Ausstellung in Japan, die es mir Jahre später erlaubte, das erste Mal den Zengarten des Ginkaku-ji in Kyoto zu sehen: die Kieselpyramide und Schlangenlinien in taubengrauem Stein vor den Pforten des Silbertempels. Da ahnte ich, was »zen«, dieses kleine, fremde Wort, alles bedeuten mochte. Seitdem bin ich oft zurückgekehrt und stand dort mit anderen Touristen und Japanern – der Riese, der zwischen Schulklassen hoch aufragte. Ich und sie und die stille Ergriffenheit, die sich über allen aufspannte wie ein Pavillon.

Der Herr am Eingang, dessen einzige Aufgabe es ist, den Besuchern mit dem linken Arm freundlich den rechten Weg zu weisen, erkennt mich seit ein paar Jahren sogar wieder – und das, obwohl wir Europäer für die meisten Asiaten alle gleich aussehen, alle zu groß und bleich und blond. Wir sind beide älter geworden, der Herr und ich, aber das hält uns nicht davon ab, die kindliche Begeisterung für den Silbertempel, der gar nicht versilbert ist, weiterhin zu teilen. Jedes Mal, wenn ich dort bin, kann ich ein paar mehr Wörter sagen und finde eine neue, ehrfürchtige Beschreibung für die Hausanlage, den Garten, den Kies und den Phönix, der mit gespreizten metallenen Klauen am höchsten Punkt des Dachfirsts steht und alles überschaut.

Shogun stand als Ahnung am Anfang: die Ruhe, wie sie diese Serie unter all den glühenden Farben durchwirkte, das blutorange Licht, die ausgehaltenen Stimmungen fesselten mich. Die weichen Bögen der in der Luft sich drehenden und wendenden Samuraischwerter. Das allgegenwärtige Zirpen und Pfeifen der Zikaden – vielleicht auch ein Störgeräusch des Fernsehers, sicher bin ich mir da nicht –, die langen Gewänder und steinernen Mienen der Schauspieler und dabei die feinen Gefühle.

In der WG fühlten immer alle etwas, meistens mehrere Sachen auf einmal oder in sehr schneller Abfolge und derart ausdrucksstark, dass es schwer war, dabei ernst zu bleiben. Aber hier: einzelne Tränen, die flache Gesichter hinabrannen, Wut und Trauer und Ehrbarkeit und Weisheit.

Und so saß ich ein Wochenende lang am Küchentisch, der überquoll von Abwasch und Zigarettenkippen, alten Milchkartons und mehreren ominösen Topfpflanzen, deren tieferen Sinn oder höhere Bedeutung, wie man es nimmt, ich später erst verstand. Mit acht war mir das alles gleichgültig, denn ich wollte nur *Shogun* sehen, wieder und wieder, in der schlechten deutschen Fassung, die man sich heute für nichts in der Welt mehr antun würde.

Als ich älter war, begriff ich natürlich, dass das alles große Verallgemeinerungen und Schwarzweißmalereien waren, eine Art jesuitischer Asia-Fasching. Ich las von den Grausamkeiten, die das japanische Volk sich selbst und anderen angetan hatte, von den zermahlenden Kräften der Kolonialzeit, über den Unterschied zwischen

Shinto- und Buddhismus und verstand, dass es nicht nur grüner Tee und Kimonos waren und glänzender, roher Fisch auf Häufchen Reis. Trotzdem habe ich mich in keinem Land der Welt, wie groß und hellhäutig und weißhaarig ich auch sein mag, so angekommen gefühlt. Alle Sprachmelodien und, Reik weiß das, aber wir sprechen nicht darüber, alle Künste und Kunstwerke unserer westlichen Welt haben mich kaltgelassen gegenüber der Anmut ihrer Holzschnitte und ihrer Kalligraphie, der Seidenmalerei (die filigrane Bemalung traditioneller Kleidung, nicht die Bagatellen, wie man sie auf Wochenendkursen für ausgebrannte Lehrer lernt) und nicht zuletzt der Kunst des Töpferns. Darüber mag man sich lustig machen, meine Mutter fand es immer herrlich, dass ausgerechnet *ihr* Sohn Tässchen und Töpfchen und Tellerchen sammelte und in Vitrinen ausstellte.

Doch die Vollkommenheit einer präzise ausbalancierten Teeschale in den Händen gibt mir mehr Halt, als die meisten anderen Dinge auf der Welt. Die Zartheit der Oberflächenstrukturen: fast wie eine Wange zu berühren. Die schlichte Eleganz, gekrönt von kleinen Unregelmäßigkeiten, die ein Stück Porzellan wirken lassen, als wäre es in der Natur so gewachsen. Und wann immer Reik das Land verlässt oder mindestens die Stadt und nicht neben mir einschläft, trage ich eine Teeschale mit mir herum, durch die ganze Wohnung. Manchmal lasse ich sogar in jedem Zimmer eine stehen, anstatt sie auszugießen, abzutrocknen und behutsam an ihren Platz hinterm Glas zurückzustellen – was mir Reik niemals glauben würde. Vielleicht springe ich nicht nackt im Haus herum und johle laut zu den Sex Pistols, aber ein bisschen Entgleisung brauche auch ich manchmal. Normalerweise beruhigt mich nur die Ordnung. Dass alles einen Platz hat. Vielleicht auch, weil Reik als Zentrum des Chaos um mich her wirbelt und mir das Gefühl gibt, ein stabiles Gerüst zu brauchen, in dem all das passiert. Er ist in manchen Dingen immer noch ein Kleinkind.

Wie man sich so etwas Unruhestiftendes freiwillig ins Haus holen kann, also ohne dass es in einem Mann versteckt ist, in den man sich verliebt, ist mir schleierhaft. Meistens mache ich mich lustig über die Frauen in unserem Freundeskreis, die sich Anfang vierzig doch noch für Fortpflanzung entscheiden. Die vorher die nachlässigsten Personen der Welt waren und plötzlich hinter jedem Fleck mit einem Feuchttuch aus einer Instantverpackung her wedeln. Leider bin ich mir ziemlich sicher, dass ich mich, bei einem zweiten Kind neben Reik, vermutlich ähnlich entwickeln würde. Ich kann mir einfach nicht vorstellen, dass die Unordnung plötzlich eine Idee von Gemütlichkeit für mich bekommen könnte, beim besten Willen. Und außerdem haben wir das durchaus probiert.

Über diese zwei Jahrzehnte haben schon mehrere Leute versucht, uns nagelneue oder gebrauchte Haustiere anzudrehen, damit wir uns als schwules Fastehepaar wenigstens um ein paar Windhunde oder Burmakatzen kümmern könnten. Dabei waren die zwei Wochen, die wir auf Bernd aufpassen mussten, die schlimmsten in unserer Beziehung.

Bernd war der grüne Ara unseres Hausmeisters. Sehr lange hatte dieser Hausmeister versucht, unsere Beziehung zu ignorieren, bis er uns schließlich knutschend bei den Briefkästen getroffen hatte – und dennoch hatte er uns auffällig schnell ins Herz geschlossen. In Zeiten, in denen wir besonders wenig Geld hatten, half er uns mit der Miete aus und sagte uns treuherzig Bescheid, wenn mal wieder »zwielichtige Gestalten« vor unserer Tür gestanden hatten. Meistens waren diese Gestalten zwar unsere Freunde, die wir mal wieder versetzt hatten, weil wir uns tagelang für Sex in der Wohnung verschanzen konnten. Aber er meinte es gut. Es gab vielleicht sogar nur einen, um den sich der Hausmeister mehr sorgte als um uns. Und das war Bernd. Damals waren wir uns ganz sicher, dass Bernd mehr für ihn war als nur ein Haustier, ein Tor zur Exotik in einem Leben, das ohne Urlaube und Reisen und ohne Ansichten von Welt auskommen musste. Dass der Vogel im Käfig nicht weniger war als ein Fleisch und Federn gewordenes Psychogramm des einsamen Mannes.

Jeden Sonntag spielte dieser Hausmeister Lotto und Bernd saß auf seiner Stange neben dem Sofa oder auf dem gefliesten Tisch und plapperte zuverlässig so laut krächzend die Lottozahlen nach, dass wir sie bis hoch in unsere Wohnung hörten. Eines Sonntags jedoch hatte Bernd die Zusatzzahl kaum aus dem Schnabel gebracht, da fuhr ein Brüllen durch das Haus, ließ die Wände erzittern und mich meine Teetasse fallen. Der Hausmeister hatte einen Flug auf die Kanaren gewonnen. Und während er mit feuchten Augen jede bunte Feder und jeden krummen Schnabel im Loro Parque fotografierte, sollten wir uns um Bernd kümmern. Deshalb platzierten wir ihn auf seiner Stange neben dem alten, durchgesessenen Sofa, das wir an der Straßenecke gefunden hatten. Ich machte um ihn herum sauber, so gut es ging, und Reik fütterte ihn mit Keksen, die noch mehr Dreck machten, den ich dann wieder auffegte. Wir hatten bis zu dem Zeitpunkt nicht gewusst, dass Bernd dem Hausmeister offenbar auch Uhr und Wecker ersetzte, denn pünktlich zur vollen Stunde krächzte er DRAIZEHN UHRRRR oder wie spät es gerade war, er hielt sich sogar an die damals noch relativ neue Zeitumstellung. Schon am Abend des ersten Tages konnte ich Reik nur mit Mühe davon abhalten, dem Vogel den Hals umzudrehen, und als dieser auch bei jeder aufgelegten Schallplatte begann, schlecht und laut mitzusingen, wurde es nicht besser. Bald ging er uns mit seinem Geschnatter so sehr auf die Nerven, dass wir im Vorbeigehen mit gerollten Zeitungen und anderen stumpfen Gegenständen nach ihm schlugen. Doch Bernd wich jedes Mal aus wie ein Ninja auf seiner von den Krallen glattgeschliffenen Holzstange, sah uns durch geschlitzte Augen an und summte weiter *Wouldn't it be nice …*

Wir waren labil, und er sah es uns an der Nasenspitze an. Binnen Tagen hatte er uns gegeneinander aufgebracht, denn wann immer einer von uns eine Bewegung zu viel machte, und es zufällig gerade zur vollen Stunde schlug, meinten wir nun, das wäre eine Provokation für den Vogel gewesen, und weil wir dem Hausmeister so viel schuldeten, sahen wir keinen Ausweg, als uns gegenseitig prügelnd durch den Flur zu rollen. Nur die ersten Male klappte es, das Herumgewälze unter Vogelgeschrei in etwas zu verwandeln, das sich, quietschender Laminatboden hin oder her, nach Sex im Dschungel anfühlte. Bald war selbst diese Batterie leer, und wir schmollten uns nur noch an, saßen mit rauchenden Köpfen in zwei Zimmerecken, Reik stopfte sich Kekse in den Mund, und ich sammelte Krümel mit der angeleckten Fingerkuppe auf, und wir wussten: Wir wollen niemals Kinder.

Ich weiß, dass meine Mutter schwer enttäuscht, manchmal sogar halbwegs beleidigt war, dass ich schon früh begann, hinter ihr her zu räumen und einen Sauberkeitstick entwickelte. Der Anblick der aufgeräumten Arbeitsfläche in der Küche und sicher verstauter Schuhe im Regal und in die gleiche Richtung zeigender Bügel im Kleiderschrank, ist eine Salbe, die mich von innen mit einer ätherischen Schutzschicht überzieht. Und so ist es auch mit diesem Ort hier. Denn obwohl die Jahreszeiten kommen und gehen, so wie jetzt hin und wieder ein Traktor in der Ferne brummt, bleibt trotzdem alles recht sortiert, jedes Gewächs hat seinen Moment im Jahr, und manches lebt einfach so dahin, und wir kreuzen auf unserem Spaziergang den Badestrand und das herrenlose Fahrrad und den Briefkasten, der allein auf weiter Flur steht und bei dem wir immer gerätselt haben, wer die Post wohl bekommt, die man durch den Mundschlitz hineinschiebt. Pega hat lange geglaubt, oder uns glaubhaft vermittelt, sie würde glauben, der Briefkasten gehörte dem Osterhasen, und Umschlag für Umschlag dort eingeworfen. Bis heute wissen wir nicht, wer all diese Briefe erhalten hat.

»Sollen wir ihn aufbrechen?«, fragt sie mich mit einem breiten Grinsen, das mich ein wenig an mich selbst erinnert, über die Schulter und sieht in mein Lächeln und kennt bereits die Antwort. Ich habe mit ihr niemals viel schimpfen müssen, sie versteht schnell, was man ihr mitteilen will, und sie hat Respekt, manchmal fast ein bisschen zu viel. Das hat sie wahrscheinlich von ihrem Vater, von Reik oder mir kann es nicht kommen. Beschwingt dreht sie den Kopf wieder nach vorne, nachdem sie mir kurz die Zungenspitze rausgestreckt hat, lässt sich ein bisschen gegen ihren Vater taumeln, der sie auffängt wie eh und je. Ihre Haare sind nicht mehr so lang, und hätte ich mehr Modeverständnis, würde ich darin vielleicht einen Schnitt erkennen, Treppen, oder wie man das nennt. Auch der Mantel und die Wildlederschuhe sind neu. Es kommt mir wie vorgestern vor, dass sie jahrelang dieselben schwarzen und immer weniger schwarzen und mehr staubfarbenen Chucks trug und geflochtene Zöpfe und schlecht Skateboard fuhr.

Mir fällt ein, dass sie eine Weile nichts mehr von der Uni erzählt hat, und ich frage sie nach einem Kollegen, von dem ich weiß, dass er am Institut für Psychologie einen Lehrauftrag hat. Sofort fängt sie an zu erzählen, sie besucht ohnehin fast jeden Kurs, der auch nur ansatzweise in ihren Stundenplan passt, und dazu noch jede meiner Veranstaltungen, auch die sehr langweiligen, und sie hat zu allem, was die Universität betrifft, eine sehr dezidierte Meinung, und jene Mädchenstimme, die noch vor wenigen Tagen, so scheint es, *Sing doch, Nachtigall* für die Schulaufführung am Klavier ihres Vaters geprobt hatte – ihre Beine hatten vom Klavierhocker gebaumelt und in weißen Strumpfhosen mit dreckigen Sohlen nicht einmal bis auf den Boden gereicht –, erzählt jetzt mit rauchigem Unterton von den Debatten an ihrer Fakultät und bei wem sie sich am besten vorstellen kann zu promovieren.

Ich wundere mich nicht, dass Reik nicht zu uns aufgeschlossen hat, als wir nach zwei Stunden den See umrundet haben, und auch Tonio und Pega fragen nicht nach ihm. Schließlich finden wir ihn vor dem Haus. Da steht er in Gummistiefeln und meinem alten Wollpullover und mit einer Schutzmaske, vor ihm ein riesiger Holzklotz. Das plärrende Geräusch entspringt nicht einem fernen Traktor, sondern einer sehr nahen Kettensäge, die den ganzen Reik zum Erzittern bringt. Er ist nahezu ungesichert, und ich weiß, dass er jeden Moment tödlich verletzt werden könnte, doch direkte Interventionen habe ich bei diesem Mann schon sehr lange aufgegeben. Da kann man nur die Kettensäge über Nacht verschwinden lassen oder den Meißel oder das elektrische Brotschneidemesser vom Flohmarkt der Nachbarskinder. Und doch bin ich froh, auch wenn er schreiend dasteht, und auf das Holz einhackt und einsägt, weil ich weiß, dass, wenn er das macht, die Ängste fernbleiben. Solange er diese Ideen hat und diese Wege findet, hat er seine Dämonen unter Kontrolle und er selbst ist im Fluss. Die Lärmereien und Ausbrüche sind mir lieber, als ihn noch einmal zu finden: nachts unter der eiskalten Dusche mit halbtoten Augen und blauen Lippen, zerkratzte Oberarme, helle Flecken in seinem dunklen Schopf, wo er sich die Haare büschelweise ausgerissen hat.

Als wir uns kennenlernten, fand ich ihn vollkommen in allem, was er tat, mit jeder Bewegung grazil, jeder Blick hinreißend, lächerlich schön fast, ein wenig zu feine Züge vielleicht für einen Mann in dieser Zeit, die schwarz umrahmten, katzenhaften Augen und der wache Verstand, jede Diskussion schlau genug bis zu dem Punkt, an dem man sie abbrechen sollte, geführt. Er schien keinerlei schlechtes Gewissen zu haben gegenüber Leuten, die ihn nicht interessierten, schien seelenheil und dabei erschütternd talentiert zu sein.

Die Leute liebten seine charmante, scharfsinnige und manchmal plötzlich ganz nüchterne Art. Heute weiß ich es besser, weiß, dass er alles andere als perfekt ist, seine Hast und seine Umtriebigkeit, seine Ruhelosigkeit machen mich oft verrückt, und bei all dem Erfolg sind da immer noch diese Momente, in denen er weinerlich wird, besonders betrunken, voller Zweifel, dass alle anderen besser und klüger und moderner wären und er die ganze Zeit nur simulieren würde, Künstler zu sein. Und dann versucht man, ihm beizubringen, dass es uns allen nicht anders geht. Dass jeder die meiste Zeit das Gefühl hat, das zu fälschen, was er ist, Kenntnisse und Kontrolle vorzutäuschen und in uns drin Wirbelstürme toben dabei oder einfach ein Verkehrschaos erster Güte herrscht, weil eine Ampel gerade ausgefallen ist und man verdammt nochmal nicht auf diesen einen Fachbegriff kommt oder merkt, dass man zu der politischen Diskussion, in die man gerade hineingeschlittert ist, überhaupt gar keine Meinung hat und man am liebsten gehen und sich neu belesen und dann vielleicht wiederkommen würde und dass man deswegen manchmal einfach nichts sagt, hin und wieder deprimiert und schlecht gelaunt ist und das Gefühl hat, der dümmste Mensch auf der Welt zu sein. Für Reik, der in der Regel von allen gefeiert wird, sind solche Momente eine ziemliche Tragödie. Von jeher hat er einen starken Drang nach Unangepasstheit und will damit paradoxerweise nach Möglichkeit akzeptiert werden. Doch sobald man ihm sagt, er könne stolz auf sich selbst sein, er ganz allein, werden seine Augen wässrig, und wenige Stunden später sehe ich ihm bei einem dieser selbstzerstörerischen Spiele zu, und es ist mir lieber, dass er hinterm Haus das Holz kleinhäckselt, als dass er sich direkt selbst schneidet oder sich Ohrfeigen verpasst vor dem Spiegel, so dass sein Rotz in alle Richtungen fliegt dabei und seine weißen Wangen knallrot werden und anschwellen.

Ich kann sehen, wenn diese Spannung in ihm stärker wird. Die extrem gerade Haltung, ganz kurz, bevor das Zittern einsetzt, und manchmal reiche ich ihm dann schon ein Kissen oder, an den schlechten Tagen, wenn er schon nicht mehr aufstehen kann, seine Gliedmaßen schwer wie Blei werden, neige ich sein Gesicht in den Stoff hinein und drücke ihn sanft hinunter, bis er endlich heult und schreit und das Kissen geduldig alles aufnimmt. Hin und wieder hebe ich seinen Kopf an, vorsichtig, die innere Handkante an der zarten Stirn, und lasse ihn Luft holen und nehme ihn in den Arm, und er kann sich dann einrollen wie ein Kind.

Im Haus finden wir ein paar Kohlestifte auf einer vollgeschmierten Arbeitsplatte, Spuren von Zeichnungen auf Papierfetzen, ich sehe den Strichen an, wie sie immer härter und ausfallender werden, wie sie herbe Winkel schlagen und zu unentschlossenem Gekritzel werden. Reik würde nicht wollen, dass ich das mitbekomme und deswegen übersehe ich es. Die meisten seiner unvollendeten Sachen zeigt er mir nicht. Ich bin nie ganz sicher gewesen, warum, aber diese Freiheit habe ich ihm gern gelassen. Bin eigentlich ganz dankbar, dass er mich niemals nach meiner Meinung zu seinen Projekten fragt, denn, ehrlich gesagt, habe ich meistens keine. Lese in all seinen Linien, auch den panischer werdenden, nur Reik.

Reik, Reik, Reik.

Ich schrubbe die Arbeitsfläche, robuste Eiche zum Glück und nicht Ahorn, wie wir damals kurz überlegt hatten, und versuche, mich zu erinnern, wie er mich zuletzt angesehen hat. Den nassen Fuß aus dem See ziehen, vom Ufer weg stapfen, seine Augen zwei blitzende Murmeln, flackernd und schelmisch. Vielleicht waren es seine Schultern, vielleicht waren die schon verspannt, als er sich von uns ab- und dem Haus zuwandte, hochgezogen bis an seine Ohren, steif und spitz. Das ist häufig ein erstes Anzeichen.

Alle denken, er schäme sich nie, dabei schämt er sich meistens. Hiernach muss er vorhin abgebrochen haben und in den Vorgarten gestakst sein, oder erst in den Schuppen und dann, bewaffnet, dem alten Baumstumpf zu Leibe gerückt. Wie in einer Geisterwelt, zwischen meinem Auge und dem, was wirklich vor mir ist, kann ich ihn sehen. Jede seiner Bewegungen, den schwerer werdenden Atem und im Zustand der Verstörung dann eine Vorstellung und plötzlich ein Wille, der sich durchsetzt und dann umsetzt in Bewegungsenergie.

Es wird ewig dauern, die Schlieren auf der Arbeitsplatte wieder loszuwerden. Ich wringe den Schwamm aus, dick und weiß und cremig tritt der Schaum zwischen meinen Fingern hervor. Ich ziehe ein Muster aus kleinen Kreisen über das Holz, in gleichmäßigem Tempo. Ich spüre die raue Oberfläche durch den Stoff des Schwamms hindurch, spüre die Plastikfasern und die kratzige Unterseite mit den Fingerkuppen, den sanften Zug in meinen hinteren Oberschenkeln und meinem oberen Rücken, weil ich so lange so gebückt stehe und einfach zu groß bin, wippe langsam von einem Fuß auf den andern, rieche die Seife, nüchtern, basisch, versuche, jede farbliche Nuance in den winzigen Schaumbläschen zu erkennen.

Halb versteckt im Lärm draußen sind noch die gedämpften Stimmen von Tonio und Pega, die Reik bei seiner Aktion beobachten. Ich muss nicht neben ihnen stehen, denn solange ich die Kettensäge hören kann und sein Ächzen oder Johlen hin und wieder, weiß ich, dass er noch da ist.

Während die Arbeitsplatte trocknet und ich mich knacksend aufrichte, verändert sich das Schauspiel draußen und ich trete in den Erker, in dem wir hier unten nur den Servierwagen stehen haben. Ein paar uralte Whiskyflaschen, Vernissage- und Finnisage-Geschenke, alle praktisch unangetastet, nur der billige Wodka und der Cognac werden regelmäßig leer, und von mir stehen da ohnehin bloß die Likörgläser aus dem Großelternhaus, die den WG-Zirkus meiner Mutter überlebt haben. Ich fahre mit den Fingern darüber und lasse sie leise klingen, während ich rausschaue.

Die Kettensäge liegt im Gras, ein paar Meter weiter stehen, Arm in Arm, Tonio und Reik. Letzterem kleben die Haare, die immer dünner werden, am Kopf und seine weit auseinanderstehenden Zähne blitzen, so breit lacht er. Er war noch nie ein Posterboy. Es sind die Brüche, die ihn attraktiv machen. Die Unregelmäßigkeiten. Tonio boxt ihn sanft in die Seite, flüstert etwas in sein Ohr, und Reik lacht noch mehr.

Ich kenne diese Szenen gut. Früher oder später sucht jeder, der Reik trifft, seine Nähe. In unserem Kiez kann man mit ihm keine Straße hinabgehen, ohne dass er angesprochen oder gleich auf einen Kaffee eingeladen wird. Ob ich dabei neben ihm hergehe, scheint keinen Unterschied zu machen. Und ich kenne es nicht anders. Die ersten zwei Jahre war das mit der Monogamie noch recht leicht gewesen. Nachdem Reik aber einen Aschenbecher durch den Raum und in einen Spiegel geschleudert hatte, weil ich für seinen Geschmack ein bisschen zu sehr um die neue Galeristin bemüht war (und er selbst zwei Tage später betrunken um ihren Hals hing), hatten wir uns für das dritte Jahr einfach alles erlaubt. Was ohne den andern passierte, war völlig unwichtig. Und jede gemeinsame Minute, jede Berührung Haut auf Haut, jedes Verhaken unserer Wimpern wenn wir Kopf an Kopf einschliefen, wurde umso kostbarer.

Es war damals, als hätte sich ein Gewicht von unseren Schultern gelöst und nach einem weiteren Jahr war es mit der offenen Beziehung auch schon wieder vorbei, sie ging in den Winterschlaf und wachte nicht mehr auf. Vielleicht hat schon allein das Bewusstsein, dass man könnte, wenn man wollte, sein Übriges getan. Auch Abenteuer werden irgendwann Routine. Schließlich besorgten wir ein zweites und ein drittes Bett für Atelier und Arbeitszimmer, und seitdem ist das der Abwechslung eigentlich genug gewesen. Heute weiß ich kaum noch etwas aus dieser Zeit, aus den unwichtigen Stunden, die ich ohne ihn zugebracht habe. Und er ohne mich. Zuvor hatte ich nie verstanden, was jemand wie er ausgerechnet von mir wollte. Danach war es plötzlich klar. Weil wir zusammen Dinge konnten, tun und lassen und wagen. Stürme konnten über uns hinwegziehen und Fluten und Großbrände, und am Ende, wenn der Rauch sich verzog, standen wir immer noch beide da. Nicht neben-, sondern voreinander, manchmal Stirn an Stirn, unsere Nasenspitzen aneinandergedrückt.

Über die Jahre habe ich Reik ganz genau beobachtet und zu lesen gelernt. Seine einnehmende Art, mit den Händen zu gestikulieren, und wie er sich im richtigen Moment Kippen schnorrt und Feuer geben lässt und wie er entsetzlich ästhetisch Rauch ausstößt, und dabei so natürlich, dass jeder vor ihm in die Knie gehen möchte. Besonders Leute aus dem Feuilleton kriegt er ganz einfach um den Finger gewickelt, mit dieser Art und dieser Kopfbewegung, die immer noch ein bisschen Hoffnung übrig lässt.

Dabei ist die Kunstszene gar nicht so eine verfickte Gesellschaft, wie man sich das als Außenstehender ausmalt. Genau genommen: Wenn es um Stipendiengelder und Forschungsaufenthalte geht, wurde sich schon damals in meinen Kreisen wesentlich häufiger hochgeschlafen, gerade, wenn man zu den sogenannten teuren Geisteswissenschaftlern gehörte, für ein Projekt also mehr benötigte als einen Stuhl in der Bibliothek und Mensakaffee für 30 Pfennig in rauen Mengen.

Doch auch ganz ohne Sex: Unter den Besuchern der Ausstellungen, Galeriebesitzern, Agenten und Feuilletonheinis sind eine Menge Romantiker, auch wenn sie es nicht zugeben wollen, und Reik balanciert seit zwei Jahrzehnten auf einem schmalen Grat, der ihm erlaubt, dass die Alten sich in ihn vergucken und die Jungen immer noch unvoreingenommen zu ihm aufsehen können. Und ich verbünde mich regelmäßig mit seinen aktuellen Galeristinnen und sorge dafür, dass er sich rar genug macht. Denn in Wahrheit geht er furchtbar gern in seine eigenen Ausstellungen und schaut zu, wie die Leute schauen. Ein paarmal haben wir das im Ausland gemacht, drei, vier Tage nach der Vernissage einfach undercover hingehen und feixen darüber, wie bedeutungsschwanger einige seiner Kaffeespritzer mit Brillen auf den Nasenspitzen begutachtet wurden. Ich war dann sein Komplize.

In Kneipen und Bars und auf Partys dagegen, ist Tonio die Begleitung seiner Wahl. Und mir ist es meist nur recht, keine scheinheiligen Unterhaltungen mit Seidenschals mehr führen zu müssen. Dennoch: So, wie die beiden jetzt stehen, ihr Lachen umeinander zirkelt und zu einer gemeinsamen Nebelsäule aufsteigt, kann ich schlicht nicht wegsehen.

Ich weiß, dass Tonio Reiks erster Mann war, auch, wenn sie Teenager waren, ihre Schamhaare noch an zwei Händen abzählen konnten. Tonio 14 und Reik 16, dann 15 und 17, dann 16 und 18, übertraten sie nicht nur prinzipiell den noch in den Neunzigern mittelalterlichen Burggraben des Gesetzes. Strenggenommen waren sie für eine kurze Zeit ein Mann und ein Kind gewesen. Verbotene Früchte, ein geteiltes Geheimnis, das sie wahrscheinlich für immer verbinden wird. Und das wird mir immer bewusst sein. Es beeinflusst meine Wahrnehmung vielleicht nicht mehr so sehr, sicher, die Proportionalitäten ändern sich, und spätestens wenn wir zu zweit im Auto sitzen und auf unseren Schenkeln trommeln und laut *Roxanne* singen, weiß ich, dass Reik all das nicht missen oder eintauschen wollen würde.

Aber manchmal ist das Bild noch da, wie ich die Haustür öffne an einem Sonntagmorgen, um den Müll rauszubringen, und sie da hängen, übernächtigt und knutschend aneinander, im Dämmerlicht und vollkommen in ihrer Momentblase. Und ich weiß noch sehr genau, wie toll sie zusammen aussahen, und ich weiß, dass Reik insgeheim froh ist, dass Tonio seit Jahren Single ist, nur hin und wieder eine Pianobargeschichte, die schnell wieder erlischt, und er ihn sonst ganz für sich hat. Natürlich bin ich selbst erleichtert, denn wer möchte schon, dass sein Partner etwas nicht bekommt. Tonio gibt ihm, was ich nicht zu bieten habe, und das ist im Grunde in Ordnung. Unser Leben hat so bisher sehr gut funktioniert. Hin und wieder war es hässlich. Doch meistens ist aus jeder Kiste und Krise etwas gewachsen, worauf ich heute nicht mehr verzichten will.

»Wann hatten die eigentlich das letzte Mal was miteinander?«

Ich fahre herum, aber rolle noch in der Bewegung die Schultern nach oben und stehe ein bisschen zu gerade vor Pegas verschlossenem Gesicht, überrage sie noch weiter als sonst schon. Wir heben zeitgleich eine Braue. Dann dreht sie sich lachend um und zieht die Sachen an der Garderobe aus. Wie konnte ich ihre Absätze bloß überhören?

»Die sind mehr so was wie Brüder.«

Ich lüge wie gedruckt, aber egal, wie viel Pega noch wachsen wird, ich habe sie zu oft von der Schule abgeholt und mit ihr Eis gegessen, als ernsthaft mit ihr darüber reden zu können.

»Hätten aber auch gute Chemie.«

Ich schaue wieder aus dem Fenster, die beiden Männer blicken auf den See. Dann hebt sich plötzlich Reiks beringte Rechte und er winkt kurz, ganz ohne zu schauen, in meine Richtung, als könnte er meinen Blick spüren, ein Zeichen, eine winzige Aufmerksamkeit. Sie reicht. Mein Körper wird warm und schwer.

»Das ist eben Reik.«

»Ich schätze, ja.«

Im nächsten Moment ist Pega, auf dem Sofa eingekugelt, zum Glück schon wieder damit beschäftigt, auf ihrem Telefon herumzuwischen, und ich kann nach oben in die Bibliothek verschwinden, bevor ihr weitere Fragen einfallen, die man ihr jetzt, wo sie Psychologin wird, sicher für einige Semester nicht mehr beantworten kann, ohne ungefragt vermeintliche Wahrheiten über sich selbst zu erfahren, die, so weit reicht mein Aberglaube, schneller spruchreif werden, als man selbst ›Freud‹ sagen kann. Als ob dir jemand, wo du auch hingehst, mit einem Ganzkörperspiegel hinterherläuft und dich zu entlarven versucht. Irgendwann haust du ihm auf die Schnauze oder glaubst ihm.

Wir alle wären glücklicher gewesen, hätte sie ein Lehramt studiert oder Theater, etwas Harmloses. Aber so ist sie nicht. Von hier oben sehe ich noch deutlicher, wie dünn Reiks Haare sind. Und ich sehe, wie der zart vereiste See glitzert und wie viele verschiedene Farben die Bäume auch jetzt noch, ganz kahl, haben und wie man jeden ganz einfach vom nächsten unterscheiden kann. Ulme, Esche, Ahorn und dahinter Nadelwald und bald Forst. Fichten, Tannen und jede Menge alte Kiefern.

Mein Blick schweift über die mitgebrachten Bücher und dann über die Regale, die hier oben jede Wand bedecken, selbst über den Türen, jeder Zentimeter, alphabetisch sortiert. Schließlich ziehe ich etwas aus dem Kleist-Schuber und lasse mich in den Sessel fallen, dessen Ohren mich wie ein Schutzraum umgeben, so dass ich mich nur ganz sachte abstoßen muss und eintauchen kann. Der Sprachduktus ist ein urvertrautes Wiegenlied, tut immer noch das alte Zauberwerk, und binnen Sekunden bin ich weit weg und schaue auf andere Szenen hinab und stehe darin und lasse mich mitreißen. Ich bin Teil der Affären und Komplotte, ganz schnell, und ich sehe die Notwendigkeit dieser hoffnungslosen Romantikertaten und den zerstörerischen Charakter einer Liebe, die mir in ihrer Körperlosigkeit und Unberechenbarkeit mit 15 so viel Herzrasen beschert hat, und ich erinnere mich plötzlich an Nächte, in denen ich aufwachte, Unterhemd und Unterhose nass geschwitzt, und keine Vorstellung erschreckender fand als die, mich in ein Mädchen zu verlieben. Vor dem Wahrwerden dieser Befürchtung blieb ich gefeit. Und auch Männer wurden erst spät interessant, viel später jedenfalls als diese Bücher, die mir eine Idee davon gaben, wie stark Empfindungen wirklich, wie verstörend Gefühle sein konnten, war ich doch sehr behütet zwischen Kiffern und Langzeitstudenten und ohne Krach und Streit und Schläge aufgewachsen und hatte generell wenig Ablehnung erfahren – auch, weil ich wenig Zuwendung gesucht hatte.

Die gut riechenden Haare meiner Mutter waren mir lange Zeit Intimität genug und es fiel dem Rest der WG schnell auf, dass auch nackte Beine und Brüste unter Pullovern ohne BHs mich weitaus weniger aufregen und erröten lassen konnten, als das von einem Pubertierenden erwartet wurde (und als sich die Freunde meiner Mutter in ihrer diebischen, ja diabolischen Vorfreude schon jahrelang ausgemalt hatten, denn ich war ein beliebtes Opfer für ihre Scherze, so lange, bis meine Mutter ein Machtwort sprach und den Mitbewohnern deren Hegels und Schopenhauers einmal saftig über den Schädel zog). Meine erste Erektion hatte ich wahrscheinlich wegen – Bruce Lee. Oder John Lennon. Im Nachhinein ist mir das ziemlich egal und selbst damals, als ich in der WG in mein eigenes Zimmer zog, hing an meiner Wand über dem Bett nur ein Poster: eine große Weltkarte.

Schon mit zehn Jahren hatte ich angefangen, mir die Stadt und meine Umgebung systematisch zu erlaufen, immer wieder durch die Straßen zu streifen. Bis ich an die Mauer kam. Da drehte ich um. Mit 14 war ich das erste Mal alleine weggefahren, durch ein ganzes Stück Ostdeutschland, das sich anfühlte, wie die Erzählungen von der DDR geklungen hatten, und mit Bussen und am Ende sogar per Anhalter, bis nach Rom. Ich sah das Kolosseum und alles, was ich im Lateinunterricht auf vergilbten Schulbuchillustrationen bewundert hatte. Dass ich schon immer ein wenig zu groß für mein Alter war, spielte mir bei diesen Reisen in die Hände, und da meine Mutter mit den Jahren immer mehr Stücke ihres freien Lebens aufgeben musste, um zu arbeiten, ließ sie mich gern und halbwegs bedenkenlos ziehen, meine Jugend genießen, sofern es aus ihrer Perspektive, ungevögelt, wie ich war, die Möglichkeit dazu gab.

In den Jahren bis zu meinem Studium fuhr ich viel durch Europa, besonders oft nach Griechenland und Italien, und ich ignorierte, wie deutsch diese Vorliebe war. Und wann immer ich an den Küsten des Mittelmeers stand, in meinem Rücken weiße Dörfer und Oliven und Zitronen, hatte ich den Eindruck, jemand oder etwas würde mich rufen. Komm, noch weiter nach Süden, komm zu uns, bei uns wirst du fündig. Ein Säuseln in den sich kräuselnden Wellen, eine Ahnung, ein Ziehen in der Brust. Bis heute ist es so. Je weiter ich in die Ferne ziehe, desto stärker wird der Drang, immer weiter und weiter gegen den Horizont zu streben, immer fremder, immer mehr allein.

Die meisten meiner langen Distanzen überwand ich am Anfang als Reiks Begleitung. Sein Durchbruch ließ, nachdem wir zusammengekommen waren, tatsächlich nur noch etwa zwei Jahre auf sich warten. Das neue Jahrtausend sollte sein Jahrtausend werden. Sicherlich, diese zwei Jahre zuvor waren angefüllt mit Existenzangst und Zweifeln, mit durchwachten Nächten und einer Menge Tagträumen, die schienen, als würden sie ihren Aggregatzustand niemals ändern, niemals auch nur ansatzweise Realität werden können. Reiks Wutausbrüche und ausgerissene Haare und die Tage, wenn er als Häuflein Elend in eine Decke gewickelt durch die Wohnung schlurfte wie ein Kind, das König spielte, und absolut alles anzweifelte, was er tat, ertrug ich, ohne die Geduld zu verlieren.

Dabei war ich mir keineswegs sicher, dass er der erfolgreiche Künstler werden würde, der er jetzt ist. Vielmehr fühlte sich das alles wie ein Spiel an, als würden wir nur so tun, als wären wir erwachsen, und als säßen wir eigentlich noch immer im Sandkasten und würden nicht zögern loszustürmen, sobald von irgendwo aus der Ferne jemand MIRACOLI riefe. Wir waren noch jung genug, um der Dinge zu harren, die da kamen, vor uns hin zu arbeiten, von einem Tag zum nächsten. Auch wenn ich es nicht immer glaubte, sagte ich mir beharrlich, dass es besser werden würde.

Fand ich also Haare im Waschbecken und Reik am Boden liegend vor, gab ich ihm Küsse und besorgte etwas zu essen und einen Hongkong-Film auf VHS, und dann setzte ich mich neben dem Bett an den Schreibtisch und begann zu arbeiten, und auch Reik hörte irgendwann auf, dem Fernseher Beachtung zu schenken, und malte auf einem Block herum, und bald waren das Flimmern und die Hoffnung zurück. Und mit ihr kamen das Kritzeln seiner Kohle und meines Füllers, das Rascheln von Papier, das Knirschen unserer Gedanken.

Die Wende kam unverhofft. Reik hatte ein paar Bilder in einem Café bei uns um die Ecke aufgehängt, die er nicht mehr sehen, aber auch nicht zerstören konnte. Das Café war eine Kaschemme, heute sieht sie nicht sehr viel anders aus als früher, nur die Tapete ist von den Wänden gekratzt, und statt schlechtem Grüntee in Beuteln gibt es schlechten Matcha in Pulverform, und wenn man Pech hat, auch noch Sojamilch dazu. Jedenfalls verschlug es irgendein Mädchen dorthin, das an der Akademie studierte, und Journalistin werden wollte und im gerade frisch angebrochenen neuen Jahrtausend als Praktikantin im Editorial eines Kunstmagazins arbeitete. Ich weiß nicht, ob Reik für die überschäumende Rezension, die im nächsten Heft erschien, Sex mit ihr hatte. Auch damals verschwendete ich keinen Gedanken daran. Denn plötzlich war alles wie eine große, übertrieben kompliziert aufgestellte und doch klimpernd zu Boden gehende Dominokette. Ihre Besprechung erregte die Aufmerksamkeit des Chefredakteurs, der zunächst ungehalten war, dass sie da ein paar Kritzeleien aus einem Café in sein Blatt geschmuggelt hatte, der aber bei den Abbildungen von Reiks Zeichnungen und der großen gespachtelten Leinwand nicht mehr so recht dabei bleiben konnte. Irgendetwas lösten Reiks Bilder in ihm aus, und er goutierte den Artikel und kam in die ›Ausstellung‹, er fragte am Tresen nach dem Galeristen des Künstlers, und weil Micki, die Kellnerin, die uns gut kannte, das für einen Witz hielt, sagte sie meinen Namen und spuckte danach in einen imaginären Napf zu ihren Füßen wie im fiesesten Spaghettiwestern.

Zwei Tage später saß ich in meinem einzigen steifen Hemd in diesem Café und schlürfte Kaffee, den ich nicht mochte, aber trank, weil ich dachte, die beste Verkaufsstrategie wäre, das Verhalten des Kunden zu spiegeln – etwas, das mir ein hübscher, aalglatter BWL-Student auf einer Party geflüstert hatte, wahrscheinlich, um mich zum Trinken und dann zum Vögeln zu bewegen –, und handelte, bevor ich mich versah, ein für unsere Verhältnisse teures Exklusivinterview mit meinem Freund aus. Eine aufgekratzte graublonde Fotografin besuchte uns in der unsanierten Wohnung und lichtete Reik ab, wie er in einem meiner ausgeleierten Pullover im Fenster zum Hof saß. Ich erinnere mich bis heute gut an die Fotos, und in meinem Schreibtisch versteckt sich vermutlich auch noch eine Ausgabe des Magazins – Nr. 01.00, Stunde Null der modernen Kunst, wie Reik feixte (das steht da wirklich im Interview in Klammern, *»(feixt)«*), was ihm nur deshalb niemand übelnahm, weil er im Vorgespräch geschickt einen Halbsatz über seinen jüdischen Vater hatte fallenlassen. Reiks Augen sind in Schwarzweiß nicht weniger leuchtend und groß wie Untertassen, seine Lippen fein, und seine schwarzen Haare stehen ab wie die eines Fünfjährigen. Er sieht ein bisschen unbeholfen aus, nur halb so abgeklärt, fast, als wäre er nackt.

Ich erinnere mich, wie das Aufnahmegerät auf unserem Tisch stand und der bebrillte Chefredakteur selbst dort saß, in seinem polierten Anzug, sehr fehl am Platz in dieser Schrabbelküche, und Reik keine Fragen stellte, sondern ihm ständig absurde Sätze hinwarf, eine Technik, die damals en vogue war, so etwas wie: »Das Blau aus dem Himmel ist ja im Grunde etwas ganz Unnatürliches.« Es sollte wohl alles so Alexander-Kluge-mäßig daherkommen, verfehlte seine Wirkung aber bei Reik völlig. Am Ende schlug er vor, dass der Redakteur das Interview einfach gleich ganz selbst schreiben sollte.

Auf diesem Gespräch, diesem Editorial, baute sich dann Stück für Stück sein Ruf als Retter einer kunstverdrossenen Generation auf. Und über Nacht kamen Einladungen, überallhin. Reik schmeichelte das sehr, und dass seine winzige Ausstellung in diesem Café eine Auktion zur Folge hatte, die uns schlagartig aller Mietsorgen entledigte, war völlig unwirklich und gleichzeitig ein großes Glück, denn wir waren zu dem Zeitpunkt beide sehr abgezehrt, ernährten uns vorzugsweise von Chipsresten und befanden uns vermutlich kurz vor einem skorbutalen Tod. Dennoch: Bei jedem Erfolg, jedem Anruf auf dem, ja, Scheibentelefon, das wir damals besaßen, kam er zuerst zu mir. Ich saß meistens am Schreibtisch, er setzte sich auf die Kante und wartete, bis ich eine Hand auf sein Knie legte und hochsah und dann sagte er: Kyoto. Oder: Kairo. Und als ob er nicht wüsste, wie gut oder schlecht das war, biss er sich dann auf die Lippe und wartete mein Urteil ab und erst ein breites, warmes Lächeln von mir ließ es zu, dass auch er sich freuen konnte.

Auf all diese Reisen begleitete ich ihn. Bei den Stadtführungen gingen wir einige Male schlendernd nebeneinander her, ich als sein Galerist in meinem steifen Hemd, doch bald wies man uns darauf hin, wir könnten ruhig die Hände halten. Wir taten es folgsam, obwohl wir es vorher nie getan hatten.

Bald löste ich mich ganz von Reik ab auf diesen Trips.

Sobald wir irgendwohin flogen, durchstreifte ich die Orte allein und versuchte, alles in mich aufzusaugen, alle Museen und Straßen und Sprachen. Zu lernen für meine Prüfungen, das schaffte ich eigentlich immer nur in den Fliegern hin und zurück. Dabei blieb es unausgesprochen klar, dass ich mein Studium beenden würde, auch wenn Reiks Kontostand immer weiter wuchs und ich zugeben muss, besonders heute, dass mir das Reisen natürlich viel mehr Spaß machte als das Büffeln. Wobei, im Flugzeug, mit dem Kopf des verschwitzten kleinen Stars auf dem Schoß, war es manchmal schon viel angenehmer, ließ sich manche Radiokarbondatierung leichter verstehen, wuchs mancher typologische Cluster wie von selbst in meinem Kopf fest. Ich schlug mich also weiter durch, bewarb mich vergeblich auf Stipendien und Förderprogramme, während Reiks Ausstellungen immer größer und die Preise seiner Bilder immer astronomischer wurden.

Seine Reise nach New York war die erste, auf die ich ihn nicht begleitete. All die schriftlichen Absagen, all die *We regret to inform you*s und die harte Arbeit, die sich jedes Mal schlagartig ganz sinnlos anfühlte, machten mich griesgrämig, wie ich nie zuvor gewesen war. Und weil ich Reik gegenüber nicht zugeben wollte, dass ich ihn furchtbar beneidete wegen seines Erfolgs, der bei mir einfach nicht einsetzte, behauptete ich, immer mehr zu arbeiten, und blieb bis spät nachts in der Bibliothek und starrte auf meine leeren Karteikarten, meine Leselampe das letzte Licht auf dem Stockwerk. Draußen stand Berlin hässlich und kalt und dabei so betulich und langweilig gegen New York. Meine Haut fühlte sich an, als hätte sie jemand ganz fest über den Körper gespannt.

Ich erinnere mich, wie ich einmal besonders lang blieb, die Stirn auf meine Hände legte, nur kurz die Augen schließen wollte. Und wie ich sofort von Reik träumte, wie mich das im Traum schon wahnsinnig wurmte, direkt von Anfang an. Ich träumte ja noch nicht einmal, dass ich bei ihm war. Ich träumte, dass er anrief. Dass er anrief und Schluss machte und sagte, er würde nicht mehr zurück nach Deutschland kommen. Ich fragte ihn, ob es am Käsekuchen läge, doch da hatte er schon wieder aufgelegt. Ich erwachte vom Freizeichen in der Leitung. Noch nie war mir in einem Traum so schlecht gewesen. Mit Zwicken im Nacken und der Dämmerung über der St. Matthäus-Kirche gegenüber, dachte ich, jeden Moment brechen zu müssen.

An diesem Tag nahm ich alle meine Unterlagen, die Kärtchen und Notizhefte, aus meinem Fach, warf sie zu Hause tief in eine untere Schublade meines Schreibtisches und fuhr zu meiner Mutter in ihr neues Haus, das sie mit diesem seltsamen Mann teilte. Ich verstand nicht mal ein bisschen, wie das funktionierte. Das Reihenhaus in der Vorstadt schrie von den glasierten Dachziegeln bis zum Fundament und nach vorn zum weiß gestrichenen Lattenzaun seinen, aber auf gar keinen Fall ihren Namen. Ein paar Minuten stand ich ratlos davor, bis ich mich überwand zu klingeln, denn der Name auf dem Briefkastenschild, da führte kein Weg dran vorbei, war ihrer. Für die WG hatte ich noch lange einen Schlüssel gehabt.

Doch da wohnten jetzt Studenten, die sogar jünger waren als ich. Die Sandkiste hatte man fortgeräumt und durch einen Fahrradständer ersetzt, weil sie angeblich die Ratten angezogen hatte, und damit meinte die Hausverwaltung: die Schmuddelkinder, von denen ich selbst lang eins gewesen war.

Meine Mutter hatte sich mit Reik von der ersten Begegnung an auf schwiegermutterhafteste Weise verbündet, mit Zwinkern und Vornamen und allem. Bis heute habe ich das Gefühl, dass sie das ganz toll fand, einen schwulen Sohn zu haben. Sprüche, wann sie denn Großmutter würde, musste ich mir jedenfalls niemals anhören, und als Reik schließlich zu Erfolg kam, gab es niemanden, der sich mehr für ihn und mich freute.

Umso überraschter war sie, als ich vor ihrer Haustür stand, während er in New York war. Die Einbauküche, karmesinrot glänzend, trieb mir einen Schauer des Entsetzens über den Rücken, und eine ganze Weile saßen wir nur da, sie musterte mich, Tee dampfte in unseren um die Tassen geschalten Händen, der Kühlschrank brummte leise. Ihr Blick war einer, wie ihn nur Mütter haben, wissend und ruhig und unaufdringlich. Ob ich schmeißen wolle, hat sie ziemlich direkt gefragt, und ich hörte an ihrer Frage, dass sie selbst es zwar für nicht unrealistisch, aber ganz untypisch hielt. Ich hörte auch, dass sie es verstehen würde, sie hatte in ihrem Leben einiges abgebrochen, abgesehen von der Schwangerschaft mit mir, und mir war völlig klar, dass sie mich nicht verurteilte. Genauso wusste sie aber, dass ich im Gegenzug eigentlich nie etwas abbrach, dass ich wusste, was ich wollte, immer schon, und dass ich meinen Willen in der Regel durchsetzte – ob das nun gut war oder nicht. Vielleicht sah sie mich dabei immer noch in einer Sandkiste sitzen, mit meinen Büchern und der grünen Bankerlampe aus der Bibliothek und Tintenflecken an den Händen, immer noch der kleine Junge, nur in einem zu großen Körper. Und vielleicht saß ich dort auch eigentlich immer noch.

Sie fragte mich nicht nach Reik. Irgendwann stand sie auf und machte mir Bratkartoffeln, und am liebsten hätte ich an diesem Abend noch einmal mit in ihrem Bett geschlafen. Aber mit meinem Stiefvater gemeinsam ging das nun wirklich nicht, und außerdem war ich mittlerweile 25 und da hatte man solche Bedürfnisse nicht mehr, vor allem nicht als Mann, oder in jedem Fall wirkten solche Bedürfnisse dann nicht mehr harmlos, sondern bestenfalls besorgniserregend. Die Kartoffeln waren knusprig außen und innen weich und kein Stück mehlig, und eine Weile kauten wir einfach vor uns hin.

Dann begann meine Mutter zu erzählen, von der Arbeit bei der Post, sie zeigte mir das gelbe Fahrrad mit den beiden dicken Kisten vorne dran und schwärmte von der frischen Luft, und wie gut es sei, nicht an ein Büro gefesselt zu sein. Ich fragte sie nicht, wie viel von diesem Haus sie selbst bezahlte, schließlich entsprach es ihr meiner Meinung nach sowieso nicht, und ich hatte die stille Hoffnung, wie eine traurige kleine Piratenflagge, mit der ich hinter ihrem Rücken in der Luft herumwedelte, dass sie dort nicht lange bleiben würde. Als sie das Fahrrad in die Garage zurückschob und ich draußen stand, die Hände in den Taschen und das Dach des Carports knapp über meinem Scheitel, so dass ich mich jeden Moment daran stoßen konnte, gestand ich ihr das. Sie trat schief lächelnd ins Licht. Und sagte nur: Mäxchen.

Sie langte vorsichtig nach oben und streichelte meine Wange, und ich begriff, dass dies offenbar ihr neuer Lebensabschnitt war, dass sie das so entschieden hatte und gut fand und beruhigend, und dass ich das akzeptieren musste. An diesem Tag sah ich zum ersten Mal bewusst Falten in ihrem Gesicht, die nicht vom Lachen kamen, und vielleicht auch ein paar graue Strähnen, falls ich die in meiner Erinnerung nicht einfach nur dazu erfinde. Ein weiser Ratschlag wäre mir an der Stelle zwar lieber gewesen, aber sie sagte nur so etwas wie, dass ich schon wissen würde, was ich wirklich wollte.

Ich schlief in der Nacht nicht gut, genauer gesagt starrte ich stundenlang an die Decke, eine andere als Reiks Studentenbudendecke, aber immer noch eine mit nackter Glühbirne. Diesmal nicht mehr, weil wir uns keine Lampenschirme leisten konnten, sondern weil wir uns auf kein Modell hatten einigen können, beziehungsweise für Reik sowieso nichts von dem in Frage kam, was im Angebot war. Ich wachte weiter, die Daunen fest umgeschnallt wie einen Schlafsack, während an der Zimmerdecke ein Plan der New Yorker Metro wuchs und ein kalter Luftzug mich von der leeren Betthälfte her anwehte.

Am nächsten Morgen saß ich im Flieger und schaffte es schließlich noch rechtzeitig zur Vernissage in der kleinen Galerie in Manhattan, bevor die längst beschwipste Stuttgarter Galeristin in ihrem ulkigen Englisch die Ansprache beendete und von Reik aufgefangen und an die nächste Wand gelehnt wurde. Er hatte sich vielleicht noch nie so offensichtlich gefreut, mich zu sehen. Er küsste mich vor entzücktem Publikum auf den Mund und bestellte mir ein Sektglas mit Orangensaft, bevor er das erste Wort an mich richtete. Ohne mich, sagte er, würde es das alles nicht geben, und ich glaubte ihm gern – auch wenn ich meine Zweifel hatte. In New York standen das erste Mal Menschen vor Reiks Bildern, die in fünf oder sechs verschiedenen Sprachen darüber diskutierten.

Publikumsliebling war eine kleine Statuette, an die ich mich sehr genau erinnere. Es war ein Ring aus Speckstein, den kreisrund ein feiner Haarriss durchzog. Der Professor, der mir dann im Sommer den Forschungsaufenthalt in Cornell anbot, kaufte sie, und ich sah sie für zwei Jahre jedes Mal, wenn ich sein Büro betrat. Ich wohnte auf dem Campus und telefonierte täglich mit Reik, der gefühlt zu jedem Gespräch woanders auf der Welt unterwegs war, denn New York hatte den Stein erst so richtig ins Rollen gebracht. Man riss ihm alles, was er machte, förmlich aus den Händen, und ein paarmal hörte ich genau, dass er zwar froh war, nicht mehr auf Kellnerjobs angewiesen zu sein, allerdings hin und wieder dieses neue Leben in Frage stellte.

Als ich ihn schließlich zum ersten Weihnachten in Amerika vom Flieger abholte, war er betäubt, auf die seltsamste Weise entspannt. Ich wusste, dass ihm häufiger Drogen angeboten wurden und dass er, seit ich nicht mehr dabei war, nach den Eröffnungen oft noch mit den ansässigen Kultureulen trinken und feiern ging. Doch wie wir in der Eiseskälte durch den Central Park stapften, an den Pferdekutschen geradewegs vorbei, und er grinste, er könne sich zwischen Oslo und Amsterdam an nichts mehr erinnern, hatte ich das starke Gefühl, nach Hause kommen zu müssen. Entgegen meiner Erwartungen lief es allerdings gut mit der Promotion, das Alleinsein half mir, schneller zu arbeiten, zielstrebiger und die oberflächliche Anerkennung der Nordamerikaner war genau der Zucker, den ich brauchte, um das Maximale aus meiner Dissertation herauszuholen. Als mir der Preis zum Abschluss verliehen wurde, kam Reik nicht. Stattdessen erreichte mich etwas, das ich von ihm noch nie erhalten hatte: ein Brief. Zehn Seiten, in mäandernder, teilweise unlesbarer Klaue. Mir fiel in diesem Moment auf, dass ich Reiks Handschrift noch nie bewusst gesehen hatte und wie unbeholfen sie war, fast wie bei einem Kind. Was vor mir lag, doppelseitig und eng beschrieben, war eine einzige Entschuldigung.

Wenn man eine Weile zusammen ist, dann erschreckt einen so eine Affäre natürlich wenig. Gerade in einer Beziehung wie unserer hatte ich das kommen sehen. Angenehmer wurde es deshalb nicht. Und es wurde auch nicht egal, nur weil wir uns ein paar Jahre zuvor für einige Zeit eine Carte blanche ausgestellt hatten. Denn während dieser Monate war unsere Verbindung nicht abgerissen. Sie war vielleicht sogar stärker als zuvor gewesen. Zu meiner

Zeit in Cornell war das anders. Wir erreichten uns nur schwer und wenn, dann waren die Telefonate merkwürdig taub und zunehmend beliebig.

Ein gar nicht so kleiner Teil von mir hatte vermutet, es würde Tonio sein. Tonio, von dem Reik immer noch eine Geschichte zu erzählen hatte, egal, wie lange wir uns kannten. Immer waren da diese paar Jahre Vorsprung, die gemeinsame Nachbarschaft, die Kinobesuche, zu denen sich einer hineinschlich und den anderen durch die Hintertür einließ. Tonio, der jetzt, während ich hier in der Küche stehe, im letzten Rest Nachmittag an dem alten Klavier sitzt mit seiner großen Tochter und *My Way* spielt, das schlimmste Ausredenlied der Welt, und als gäbe es keine anderen Lieder, die bessere Ausflüchte lieferten als Sturheit und die Sucht nach Individualität und die verzweifelte Suche nach dem Besonderen, Lohnenden in jeder Verfehlung. Gut, vielleicht ist es das beste Lied für Reik und mich. Zugegeben, grinse ich ein bisschen vor mich hin, als ich die Möhren in den Topf gebe und den Knoblauch und das übrige Suppengrün. Und wie Tonio ganz tief und bassig und Pega ganz zart und leise gemeinsam singen, ist plötzlich aller Kitsch weg und der Fußboden unter mir wird sehr kalt, seine Kälte dringt durch die gefilzten Sohlen der Hausschuhe, kriecht tief in meine Haut, dass ich meine Zehen auf der Suche nach Wärme einziehe, so fest es geht.

Es war nicht Tonio gewesen. Es war Valium, mit dem Reik eine Affäre angefangen hatte, in meiner Abwesenheit. Ein ziemlich gefährlicher Flirt, wenn man es übertrieb. Er schrieb mir aus dem Krankenhaus. Alles war ihm zu schnell gegangen, und er war verwirrt gewesen – darüber, dass er nicht so glücklich war, wie er glaubte, sein zu müssen, darüber, dass ich nicht bei ihm war und eigene Ziele hatte und dass er mich dabei, er glaubte das jedenfalls, nicht mehr unterstützen konnte, und er hatte sich nichts mehr gewünscht, als dass die Welt einfach anhielte, nur für einige Minuten, vielleicht einen Tag, den er, geschützt von allem, in einer Blase verbringen könnte. Ohne Hände, die an ihm rissen, und ohne, das sagte er, ohne mich zu vermissen. Er hatte es übertrieben, und man hatte seinen Magen auspumpen müssen, und unser gesamter Bekanntenkreis, der inzwischen zu großen Teilen für Reik arbeitete, auf die eine oder andere Weise, war damit beschäftigt, diesen Absturz, wie man das in der Presse gern nannte, geheim zu halten. Deswegen durfte ich nicht kommen. Denn es hätte Aufmerksamkeit erregt.

Und so saß ich in Cornell in meinem winzigen Apartment, das ich mir mit drei anderen Promovenden teilte, und stellte nur wenig später fest, dass ich schon wieder stundenlang auf Karteikarten starrte, ohne einen einzigen Satz, ein Wort, eine Notiz zustande zu bringen. Reik verfolgte mich durch meine Träume, immer wieder sah ich ihn vor mir, manchmal auch mitten am Tag, wenn ich durch die Uni streifte. Da war er, einsam in der letzten Reihe eines leeren Vorlesungssaals, zu dem die Tür angelehnt war, oder in einer Ecke in einem Café, auf dem Boden, zusammengekauert. Der kleine wuschelige Typ, der mich an der Ampel überholte und fast überfahren wurde, jemand, der vor mir die U-Bahn-Treppen hinabstürzte. Und ein paarmal träumte ich davon, wie ich einen Spaten in die Erde stach und dachte, ich würde etwas Spannendes ausgraben, und erst als ich schon knietief im Loch stand, bemerkte ich, dass unter meinen Füßen ein Sarg lag, sein Sarg, und dass ich dabei war, ihn zu verbuddeln. Es wurde immer unmöglicher zu arbeiten, obwohl mir die Forschung in englischer Sprache half, mein deutsches Leben ein bisschen zu verdrängen, alles mehr von außen zu betrachten, wie eine Schneekugel oder ein Schiff in einer Flasche. Aber ich vermisste ihn und das Gefühl, gebraucht zu werden.

Die Promotion war zum Glück so gut wie abgeschlossen, und ich konnte deshalb, sobald die Luft rein war und Reik sich erholt hatte, nach Europa zurückfliegen. Ich hätte zur Biennale anreisen können, aber stattdessen kam ich, ohne es ihm zu sagen, vor ihm in unsere Wohnung, und als er heimkehrte, mit geklärtem Gesicht, doch erschöpft davon, Venedig und all die Seidenschals auszuhalten, ohne Valium, saß ich mit einem dicken Buch im Bett und genoss es, so zu tun, als wären die zwei Jahre in einem Augenaufschlag vergangen. Ich weiß noch, wie er hereintrat, zwei Schritte auf das Bett zu machte und einfach auf mich drauf fiel, das Gesicht im Kissen neben mir vergraben, und mich bat, nicht wieder wegzugehen. Seit diesem Tag wusste ich, warum er mich ausgesucht hatte, zwischen all den schöneren Jungs und Mädchen. Dass ich derjenige war, der sich hinwagte, wohin er sich wagte. »Weißt du, was ist?«, flüstert seine Stimme in diesem Moment, so dass ich zusammenzucke und mich mit dem Beil fies in den Finger schneide. Zischend drehe ich mich um, den Finger im Mund, was bitte soll sein? Er steht vor mir, hübsch, in seiner Jogginghose und dem weißen Shirt, mit dem Handtuch um den Nacken, aber seine Augen blinken zu den anderen hinüber. Ganz ernst sieht er plötzlich so alt aus, wie er ist. Mit Mühe reiße ich den Blick von ihm los.

Sie sitzen noch immer am Klavier, auf dem Pega bis vor kurzem im Schlafanzug herumkletterte und Ketten aus Gummibändern flocht und allen ungefragt um Hals und Ohren legte. Wir sehen sie von der Seite, ihre beiden dreieckigen Nasen, Tonios Lächeln und geschlossene Augen und Pegas weißes Gesicht, über das, auf der uns zugedrehten Seite, Tränen laufen. Die letzten Töne verklingen, und sie wischt sich die Wangen mit flatternden Bewegungen trocken, bevor ihr Vater sie bemerken kann. Reik und ich stehen starr nebeneinander in der Küche, bis seine Hand sich um mein Handgelenk wickelt.

Ich kenne das Gefühl, den bestimmten Zug. Er ist schon wieder woanders, der erwachsene Moment von eben ist vorbei. Jetzt sind die anderen erst mal egal. Obwohl ich nie etwas zu seinen Sachen sage, hat das nicht nachgelassen. Noch immer zeigt er mir jede Mail, jeden Zeitungsausschnitt, alles zuerst. Er verlangt nichts von mir, außer dass ich ihm ein paar Minuten schenke und einige Blicke und meine volle Aufmerksamkeit. Fast, als würde er sich davon ernähren. Auch wenn er immer Witze über die Kunstwelt macht, hält er sie am Ende für bedeutsamer als so ziemlich alles, was ich in unserem Leben je zustande gebracht habe. An manchen Tagen kommt es mir vor, als würde er mich irgendwann völlig aussaugen, bis ich keinerlei Gefühle und keinerlei Anerkennung und schon gar keinen Respekt für mich selber mehr übrig habe. Immer wieder unterbreche ich alles, was ich gerade tue, um bei ihm zu sein. Und das macht mich wütend. Mich machen die Lampenaugen wütend und die Selbstverständlichkeit, mit der er mich jetzt mit nach draußen in die Kälte zieht.

Also gehen wir in den Garten. Auf einem drögen Flecken Erde, freigefegt vom Laub, steht ein glattgeschliffener hölzerner Würfel. Obwohl ich weiß, dass es Buche sein wird oder Ahorn, etwas Europäisches, hat das Holz ätherische Qualitäten, glänzt und ist satt und dunkel, als stammte es von der anderen Seite der Welt. Zunächst kommt mir die Maserung einfach nur außergewöhnlich gewachsen vor. Wir stehen da und schauen darauf, und ich spüre Reiks Sinne auf mir liegen. Doch je näher ich hinsehe, umso deutlicher verlaufen die Linien im Holz nach einem Muster, einem Rhythmus. Noch einen Schritt und man sieht die feinen Löcher unter der glatten Oberfläche, die aussehen, als wären sie einzeln mit einer Nadel hineinperforiert. Ich nicke kurz, ziehe eine Braue hoch, als wäre das hier ein Film, und frage ins Leere, wie er das gemacht hat. Er grinst und ich weiß: Ich werde es nie erfahren. Er geht an mir vorbei und streicht über das Holz mit den Fingernägeln, und ich könnte schwören, dass er leise klimpernd Musik darauf spielt. Er sieht den Block an wie eine sehr gut gelungene Kartoffelsuppe oder einen Schokoladenkuchen. Gibt dem Holz einen Klaps und atmet seufzend aus. Dann schaut er mich wieder an, will bewundert werden für sein Handwerk. Er zaubert hier nicht, daraus hat er nie einen Hehl gemacht. Vielleicht ist das sogar das Attraktive, wie materiell sein Verständnis von Kunst ist. Wie wenig er selbst überlegt, wo die Wege hinführen und welche Geschichte sich der Betrachter am Ende dazu erzählt.

Ich ziehe die Nase hoch bis ein großer Batzen Rotz unangenehm tief in meinem Rachen sitzt und ich mehrfach schlucke. Der Pfropfen bleibt, wo er ist. Der Wind pfeift, der See knirscht, im Himmel über uns hängen graue Wolkenberge. Erst beim zweiten Mal verstehe ich es, als er fragt, ob wir noch eine Runde in den Wald wollen. Wenig später spazieren wir in Mänteln nebeneinander her einen von Wurzeln überwachsenen Pfad entlang. Unsere Schultern berühren sich fast. Reik entscheidet grundsätzlich, wo wir entlang gehen. Er muss dazu gar nichts sagen, er steuert mich, indem er mich mit seiner Präsenz und einem gelegentlichen Hieb mit Ellbogen oder Hüfte nach links oder rechts schiebt.

Der Wald liegt in schimmerndem Spätwinterlicht, und Reik erzählt von den Mails, die er zuletzt bekommen hat. Er wird dieses Jahr wieder jeden Monat für einige Tage außer Landes sein. Diesmal viel in Südeuropa. Nur die Türkei, die ließe man jetzt aus. Reik ist nicht besonders politisch. Seine Kunst ist es manchmal, doch aus dem Knast hat sie bisher noch niemanden geholt. Es geht auch wieder nach Japan, sagt er dann, Ende September, um deinen Geburtstag. So wie damals, das erste Jahr, weißt du noch? Und ob: Es war ganz kurz nach meiner Rückkehr aus New York, einen Monat lang quer über Honshu und zweifellos die beste Zeit, die wir je zusammen hatten. Vielleicht möchtest du mich begleiten. Da ist kein Fragezeichen. Er weiß, wie sehr ich Japan liebe und dass ich schlicht nicht nein sagen kann, auch wenn ich gar keine Lust habe auf seine Ausstellungen und auf die Seidenschals, mit denen er mittlerweile gut allein zurechtkommt. Es war ein Segen für ihn, als er schnell so berühmt war, dass man jede Macke gern entschuldigte, jedes Bedürfnis nach Privatheit, dass jede Ablehnung von Interviews und bloßer Konversation, jede Absage gern und schnell auf- und angenommen wurde, weil sie nun einmal so waren, die Künstler.

Ich beneide ihn bis heute für diese großartige Entschuldigung. Schrulligkeit ist zwar nichts, was mir in meinem Fach selten untergekommen wäre. Dennoch braucht sie bei uns wesentlich länger, entschuldbar zu sein. Das ist kurz als Student in Ordnung und dann erst im Lehrstuhl wieder, knapp vor der Pension. Dazwischen ist man auf zu viele Leute angewiesen, oder besser: auf ihre Empfehlungen, auf ihre Stimmen in Gremien und ihre Unterschriften auf Forschungsanträgen. Selbst die Studenten bekommen neuerdings Bögen ausgehändigt, mit denen sie einen bewerten sollen. Zwar unterrichte ich ganz gern, anders als die meisten Kollegen, die so tun, als wäre die Lehre nur eine ewige Bürde oder ein großer Gefallen, den sie ihrer Universität und ihrem Land täten – und nicht etwa ihre Hauptfunktion und ihre Forschung eine Spielerei, die der Staat ihnen nebenher erlaubt.

Aber es wird nicht einfacher, je weniger Zeit die Leute haben, je schneller alles bereitgestellt und vor allem durchdiskutiert und ganz einfach erklärt sein muss. Und je älter ich werde, umso stärker schrumpft meine Toleranz für Leute, die nur bestehen wollen. Sollten sie nicht wissen, dass unser Fach keines ist, in dem es sich lohnt, nur zu bestehen? Man muss zu den Besten gehören oder wenigstens zu den Fleißigsten. Alte Tonscherben auszubuddeln erfordert Mut und einen unumstößlichen Willen. Das sitzt man nicht ab. Das muss man wollen. Aber manche wechseln noch nicht einmal mehr. Sie studieren sogar zwei oder drei Sachen fertig, hintereinander, und ich frage mich dann, was aus diesen Leuten am Ende wird. Eine Frage, die man als Geisteswissenschaftler ständig gestellt bekommt, und eigentlich sollte ich sie leid sein und vor allem nicht auch noch selbst stellen. Doch die Fakultät ist nur eine Durchlaufstation, nicht mehr, und sofern sie nicht promovieren, verliere ich die meisten meiner Lieblinge aus den Augen. Das heißt, viele erkenne ich wieder, in der Stadt, an der Bahnhaltestelle oder manche sogar im Supermarkt. Aber es schickt sich nicht, als Professor die Alumni wiederzuerkennen. Wenn *sie* das tun, ist es das eine, denn sie haben mich über Jahre immer wieder stundenlang vor sich stehen sehen und mir Löcher in den Hinterkopf gestarrt, wenn ich einen Namen an die Tafel schrieb – als ich das noch tat. Ich aber sehe Hunderte von ihnen täglich. Während ihres Studiums kann ich mir gerade noch erlauben, ihnen im Gang zuzulächeln oder ein Nicken zu verlieren. Danach aber wäre das zu viel der Aufmerksamkeit. Dabei möchte ich meinen, keinen von ihnen vergessen zu haben. Es sind viele Tausend mittlerweile, aber mein Gedächtnis ist fit. Nur so kann man sich zweihundert Lehmsorten und noch wesentlich mehr Sandkornformen merken: mit einer sehr großen Festplatte. Ich vergesse eigentlich nie etwas.

Reik dagegen vergisst fast alles. Weswegen er sich zum Beispiel jetzt bei mir einhakt, obwohl er eigentlich wissen müsste, dass ich das nicht mag. Er fühlt sich schwer an, wie ein Gewicht, das mich nach unten zieht. Ich bin größer, aber nicht stärker als er. Dessen immerhin ist er sich bewusst, und darum schickt er mich vor, die glitschige Leiter des Hochsitzes hinauf, während er sie festhält. Ich spüre die grünen Schlieren an meinen Händen, das glitschige Gefühl an den Fingern, ich brauche gar nicht hinzusehen. Und eine Ladung Käfer zischelt uns entgegen, als ich die Bodenklappe zur Seite schiebe und mich durch das kleine Loch, am Absperrband vorbei, in den Ausguck hinaufquetsche. »Wie viele Wölfe sie von hier wohl jetzt schon wieder geschossen haben«, fragt Reik sich laut, während ich Spinnweben von der kleinen Bank wische und mechanisch erkläre, dass das inzwischen zwar nicht mehr illegal, aber immer noch streng reglementiert sei. Ich spüre im Nacken, wie er die Augen verdreht. Dann kauern wir da, unter dem sonnenlosen Märzhimmel und dem nassen, morschen Holzdach in dieser Hütte, viele

Meter zu weit über dem Boden. Die Felder vor uns sind karg und wächsern, der Wald ist unbewegt.

Jedes Mal, wenn wir hier sind, besuchen wir den Hochsitz. Das ist die eine Tradition. Der Sex hier oben ist eine andere. Ich warte auf die Hand, die unter meinen Mantel gleitet. Doch Reik sitzt nur da, bemerkt noch nicht mal, dass ich mich ihm zuwende. Seine Schläfe ist schon wieder von grauen Härchen durchsetzt. In seinen Augen meine ich, den Wald zu sehen und ein fernes Glänzen. Ich würde gern wissen, woran er denkt. Egal, wie lange man zusammen ist, man lernt nie, die Gedanken des anderen zu lesen. Sonst bliebe vermutlich niemand zusammen. Denn auch, wenn er bemüht ist, nichts zu erwarten, weiß ich nicht, ob Reik die tödliche Stille in meinem Kopf aushielte, wenn ich seine Bilder und Figuren anschaue, oder wie ich manchmal schon über die Vorbereitungen für die Vorlesung nachdenke, während er mir noch einen bläst, oder wie oft ich mich an die bewundernden Blicke von Studenten erinnere und was für ein beunruhigend befriedigendes Gefühl sie mir geben und die Idee, dass ich mit ihnen einfach um die Ecke in ein Café gehen könnte und sie willig mitkämen. Dass diese jungen Männer an meinen Lippen hängen würden und auch noch an anderen Körperteilen, wenn ich es zuließe – und sei es nur wegen der Noten. Ich mache das natürlich nie, denn ich mag keinen Kaffee und ich verstehe ganz grundsätzlich nicht, warum Menschen so gern in Gemeinschaft ein Getränk nehmen. Ist es nicht besser, redend nebeneinander herzugehen oder schweigend in einem Hochsitz zu kauern und relativ schnell Sex zu haben? Sex als Mittel zum Kennenlernen wird in Europa überhaupt unterbewertet. Klar, wenn man sich sehr gut kennt, ist selbst Sex manchmal langweilig. Auch das würde Reik sicherlich nicht hören wollen, oder dass ich niemals Kinder wollte, auch nicht seinetwegen und vielleicht sogar genau seinetwegen, dass er mir manchmal zu viel ist und auf ihn achtzugeben schon Aufgabe genug. Ich würde auch nicht wollen, dass er das weiß. Denn er hat natürlich so eine Ahnung. Egal, wie sehr er dagegen ankämpft und wie hart er arbeitet und damit immer reicher wird und mir dann Dinge kauft, im besten Fall Flugtickets, wie häufig er Pega Kleinigkeiten schenkt und Tonio größere Sachen: Er wird das Grundgefühl, uns allen eine Last zu sein, niemals ganz vergessen, ablegen können. Und deswegen muss ich ihn darin nicht bestätigen, nicht einmal ein klein wenig.

Sicherlich gab es Momente, in denen ich an Trennung gedacht habe. Eigentlich denke ich sogar bestimmt jeden Monat mindestens einmal darüber nach. Dann zieht mich alles von ihm fort, und alle guten Dinge wirken sehr klein gegen den Eindruck, in einem festen Gestell zu leben. Eingepfercht im eigenen Schloss, das ich derart sorgfältig gemeißelt und gemauert habe, dass es daraus kein Entkommen gibt. Wir haben dieses Sideboard, hier im Wohnzimmer, auf dem ich die Dinge so passgenau sortiert habe, wie es mir sonst nirgends annähernd gelungen ist. Ein echtes Teegeschirr, mitgebracht von unserer ersten Japanreise. Niemand weiß, dass ich dieses Arrangement einmal mit einem ausholenden Schlag meines rechten Arms abgeräumt habe.

Eine Absage war es gewesen, mein alter Bekannter, das *We regret to inform you.* Reik war bei einer Veranstaltung zu seinen Ehren in Luzern und ich hatte nur einen fahlen, dünnen Umschlag bekommen von *National Geographic.* Körbe erkenne ich immer noch aus zwanzig Metern Entfernung. Und auch den Brief zu öffnen bestätigte nur, was ich gleich gewittert hatte: *tut uns leid, aber.*

Also trat ich die Flucht an. Weg aus der Wohnung, der Stadt, möglichst weit von Briefkasten, Telefon, Highspeedinternet. Ich weiß, dass es ein Klischee ist und eine wirklich populäre Zeitschrift, über die sich die Fachwelt nur schieflacht. Doch ich hatte genug von den teuren Büchern, in denen meine Arbeiten erschienen und versauerten, weil sie nie jemand las, der dafür keine Note bekam. Die Aussicht auf eine Kolumne, in der ich jeden Monat einige Zeilen Aufmerksamkeit bekommen sollte, hatte mich in den letzten Wochen wieder etwas aufrechter gehen lassen. Die Anfrage war per Telefon gekommen, eine ehemalige Studentin. Ob sie schon damals einen Narren an mir gefressen und immer eine Gelegenheit gesucht hatte, mich wieder zu kontaktieren, oder sich längst nicht mehr an mich erinnerte und nun nach unzähligen ergoogelten Namen und anonymen Vorzimmerabsagen auch auf mich gekommen war, fragte ich nicht. Ich spielte cool und gab mich sehr beschäftigt. Doch noch am gleichen Tag hatte ich angefangen zu schreiben. Die Themen standen Schlange: Expeditionen, Anekdoten aus dem Alltag als Forscher, als Pinsler im Staub und als Alleinunterhalter im Audimax. Es ließ mich nicht los, ich merkte kaum, als Reik seine Koffer packte und in die Schweiz fuhr. Und als ich ihm am Abend der Absage von der Uckermark aus eine Nachricht schrieb und nur das übliche *Die haben doch keine Ahnung* zurückkam, meinte ich, sein Grinsen und seine Erleichterung durchschimmern zu sehen.

Solange ich brav an seiner Seite blieb, das wusste ich, war Reik zufrieden. Und je abhängiger ich ihm vorkam, umso besser fühlte er sich. Und beim Blick auf die leere Wand, wenn ich allein am Tisch im Esszimmer saß, war da wieder so ein Schatten, eine Ahnung, obwohl er noch weit fort war, dass er seine schmalen Lippen an meinen Hals legte und zubiss und alles aus mir heraussaugte. Nach einer sehr langen Dusche, unter der mir die Finger schrumpelig geworden waren, trat ich auf den Badvorleger aus Bambus und draußen auf den teuren Teppich. Hinterließ nasse Fußspuren im ganzen Haus, jedem Zimmer, streifte vorbei an den Gummistiefeln, an deren Sohlen hier in unserem Wochenendhaus der rote Wüstenstaub zu einer müden Kruste verkommen war. Verlassen standen sie unter der Garderobe, neben der Eingangstür, riesige Stiefel mit einem Schaft, der Reik bis weit über die Knie reichte, wenn er sie zum Waten am Seeufer benutzte. Für mich waren sie wie angegossen, und ich hatte sie hier einfach vergessen. Im Wohnzimmer sah ich auf das Arrangement auf dem Van Duysen nieder und hielt es nicht mehr aus.

Es gab einen riesigen Lärm und haufenweise Scherben, als die Teeschale zerbrach. Der Krach war herrlich. Der Schlag tat gut, ließ die Wände um mich her und die Gegend und den ganzen See erzittern. Noch ewig klirrte es von den Wänden nach, und ich japste nach Luft, als hätte ich gerade einen Hinkelstein gestemmt. Ich starrte auf die versprengten Teile des Porzellans, die noch Minuten, so schien es, nachzitterten und vibrierten, auf die gelbliche kleine Pfütze, die sich unter der gusseisernen, umgestülpten Teekanne langsam ausbreitete, und für einen Moment schwor ich mir, einfach zu gehen. Reik zu verlassen und endlich allein Afrika, Asien und jeden anderen Kontinent zu bereisen und am besten auch den Mond. Ich packte meine Zahnbürste und zerrte den Reservekoffer aus der Kammer, der hier schon seit unserem Einzug deponiert ist, polterte die Treppe hinab, Tränen liefen mir dabei übers Gesicht, und ich schämte mich vor mir selber, wie verzweifelt und dramatisch und feige ich war, und das ohne jemanden, der zusehen könnte. Im Badezimmer blitzte selbst der Spiegel leer und quecksilberfarben durch mich hindurch, als ich mit hängenden Schultern zurückkam, um mein Handtuch aufzuhängen. Die Fugen stierten reinweiß, der Dschungelgeruch des Teebaumöls kletterte die Wände hinauf. Im Fenster wie immer die Parfumflaschen, eine flache Keramikschale für Seife, in einer langhalsigen klaren Vase ein getrockneter Baumwollzweig mit dicken, weichen Blütenwolken. Daneben, zu gleichmäßigen kleinen Walzen gewickelt, Handtücher für Gäste. Ich ging auf die Knie und wischte mit gewohnter Präzision und meinem Handtuch zwischen den Fingern alle Fußabdrücke wieder fort.

Ich schaffte es nicht einmal vor die Tür, blieb die ganze Nacht wach – etwas, das ich selten tue und eigentlich seit meinen Zwanzigern, seit der Nacht vor New York, nicht mehr getan habe – und reparierte, was zu reparieren war. Die Teeschale war sehr gut gebrochen, so dass man sie wie ein Puzzle wieder zusammengesetzt bekam. Nur in einem ganz bestimmten Winkel, einem Lichteinfall, der selten ist, und wenn man sehr viel, sein ganzes Augenmerk darauf legt, dann kann man erahnen, dass dort etwas nicht stimmt. Reik sagte ich nichts. Und ich weiß, bis heute hat er das nicht gesehen. Er hat noch nie verstanden, was überhaupt die minutiöse Anordnung der einzelnen Stücke auf dem Sideboard soll. Ausgerechnet er.

»Autsch!«

Da stößt er mich plötzlich in die Seite, krallt sich in mein Knie und zeigt geradeaus. Hebt die Arme, wischt mir dabei fast mit dem Ellbogen durchs Gesicht. Legt ein imaginäres Gewehr an. Auf die Lichtung stakst, bis an die Brust im Nebel schwebend, eine Hirschkuh. Sie ist schmal und ihr Fell strohig und ausgeblichen. Ihr Winter war lang. Dieser März ist zu grau und kalt. Es ist kein Kitz zu sehen.

»Schön ist die.«

»Ja«, sage ich automatisch, und meine es nicht. Ich wickle mich fester in meinen Mantel und bete, dass Reik nicht gleich PENG schreit, weil er es vielleicht gerade witzig findet, und ich ihn dafür dann vom Hochsitz stoßen muss. Der Boden ist nass, aber tief drin noch gefroren, und das wäre sein Ende. Es gibt Momente, in denen ich nichts fühle, keinen Blick, keinen Kuss erwidern kann. Manchmal denke ich dann, dass ich den Absprung verpasst habe. Den Moment, in dem ich hätte gehen können, vor vielen Jahren. Dem Schatten entkommen, noch einmal wieder ganz unbehelligt zu sein von Reiks Stimmungen und davon, in welcher Stadt er es sich mit der Szene gerade verscherzt hatte. Köln zum Beispiel mag ich gern. Aber die ewigen Schwulenwitze hatten sie dort, auch mit mir an seinem Arm, nicht ausgehalten. Genauso wie die Bananen, die er in Leipzig jedem Galeristen wie einen Blumenstrauß schenkte, feierlich, mit feinem Lächeln, scharf hochgezogenen Mundwinkeln, einfach nur weil er es konnte. Gemein sein. Vollidiot. Wie oft ich das denke und wie selten ich es noch ironisch meine. Manchmal träume ich davon, ihn zu erdrosseln, einfach kräftig im Schlaf zu würgen oder am besten beim Sex, während er kommt, ein Kissen ganz fest in sein Gesicht zu drücken. Ich weiß auch, dass das nichts Besonderes ist. Vielleicht ist das sogar der Ursprung vieler monogamer Beziehungen, der Wunsch nach ein bisschen Drama und nicht immer nur der fluffige Flaum von Ausgeglichenheit und Harmonie.

Man braucht nicht nur ein Liebesobjekt, sondern auch eine Projektionsfläche für all die Verachtung, die Abneigung, die man der Welt gegenüber empfindet und die mit dem Alter in der Regel nicht weniger wird. Zumindest, bis die völlige Gleichgültigkeit einsetzt, von der ich, immerhin, bisher noch nicht befallen zu sein scheine. Und wer eignet sich als eine solche Projektionsfläche besser als der eigene Partner?

Als wir zum Haus zurückkehren, fällt mein Blick noch einmal auf den bronze-braunen Block, den er gemacht hat. Ich würde ihm zutrauen, dass er den Baum dafür eigenhändig, mit einem entschlossenen Ruck, aus der Erde gerissen hat. Er hat diese Energie, dieses Unverwüstliche, das ihm zu jeder Tageszeit entspringen kann, ein Strom rasendes Blut, der ihn unter seiner Haut antreibt. In eine Richtung, die er nicht kennt, auf lange Sicht aber immer voran. Ohne dieses Rasen wäre er vermutlich längst eingegangen. Mit allem, was er erlebt hat, und allem, was ihm versagt geblieben ist.

Oshoo war der einzige Sohn einer fleißigen Fischersfrau. Seine Mutter hatte ihn zu Demut und Liebenswürdigkeit erzogen. Er war von sonnigem Wesen und in der Gegend sehr beliebt. Als die Fischerin alt war, umsorgte er sie mit Hingabe. Regelmäßig zog er ins Hinterland, um dort in einem See nach Karpfen zu angeln. In einem besonders harten Winter jedoch fegte der Wind eisig über das Land, so dass der See zufror und seine Mutter erkrankte. Er schaffte getreulich alles herbei, was nötig war, damit sie sich etwas besser fühlte, und erfüllte ihr jeden Wunsch. Eines Tages lag sie recht schwach auf ihrem Lager und sagte: Ach, hätte ich doch nur etwas von den fetten Karpfen aus dem See. Wenn ich davon äße, wär ich sicher bald geheilt. Oshoo brauchte einen Augenblick, sich zu fassen, aber lächelte tapfer und beschloss: Ich gehe sofort los! Die Alte segnete ihren Sohn, und der verließ das Haus. Der Wind fauchte noch immer über Berge und Täler. Die Spiegelfläche des Eises war so dick und fest, dass es Oshoo nicht möglich war, an die Karpfen zu gelangen. So kniete er auf dem Eis, trommelte und kratzte und flehte den Himmel um Hilfe an.

Da fühlte er, wie just eine fremde Wärme seinen ganzen Körper durchdrang. Geistesgegenwärtig legte er seine Kleider ab und blieb nackt auf dem Eis liegen. So schmolz allmählich und ohne Splitter und Risse ein ebenmäßiges Loch in die Eisdecke. Und kaum war er zur Seite gerollt und beugte er sich zaghaft über den Rand, sprangen schon mehr und mehr Karpfen an die Oberfläche, die Oshoo mit gewohntem Geschick abfischte. Reich beladen machte er sich auf den Heimweg. Über dem Feuer bereitete er die Fische für seine Mutter zu, und als diese von ihnen gegessen hatte, fühlte sie sich auf wundersame Weise gekräftigt. Und als sie verstand, dass die Götter Oshoo für seine kindliche Liebe belohnt hatten, bekam sie noch mehr Kraft und preiste den getreuen Sohn bis an ihr Lebensende als ihren Retter.

Wie Reik überhaupt alles so auf die Reihe bekommen, den Abschluss gemacht hat und an der Kunsthochschule aufgenommen wurde, allein zu Hause mit der Säufermutter, ich weiß es nicht. Seit wir uns kennen, genießt er es, ganz viel an mich abzugeben oder in mich hineinzurufen, wie in eine Höhle, um das Echo zu erzeugen, das ihm bis dahin immer gefehlt hat. »Weißt du«, sage ich und nicke hinüber zum Block, »woran mich das ein bisschen erinnert?« Er sieht mich groß an, denn ich sage selten etwas zu seinen Arbeiten. Ich unterdrücke das Grinsen, das sich auf mein Gesicht schleichen will, und ziehe die Brauen ernst und weit nach oben. »An diesen Tisch«, sage ich todernst, »einen, den ich mal wollte.«

»Tisch?«

»Diesen einen. Von Van Duysen.«

...

»Halt die Schnauze.«

Im Wohnzimmer sitzt Tonio noch immer am Klavier. Wenn er einmal da ist, bekommt man ihn nicht so schnell wieder fort. Er scheint eine kitschige Phase zu haben. Zarte Moll-Akkorde zirkeln da umher, umbalzt von pathetischem G-Dur, Optimismus auch in harten Zeiten, Geklimper. Eingängig und repetitiv, fast schon Pop. Ich schaue zu, wie Reik sich auf den Boden neben das Klavier setzt, lässig, wie er ist. Ich verdrehe die Augen, verkneife es mir aber, auf die freien Stühle zu verweisen, und setze heißes Wasser auf. Manchmal fehlt mir der alte Teekessel, den wir hier lange noch hatten, einer der wenigen brauchbaren Gegenstände, die Reik geerbt hat. Jetzt steht hier der gläserne, schmale Wasserkocher, modern und makellos, direkt aus Japan importiert, ein Geburtstagsgeschenk von wohlmeinenden Freunden. Natürlich, die genaue Temperatur einstellen zu können ist ein kleiner berauschender Moment, jedes Mal, aber die blaue Digitalanzeige ist grauenhaft, und wie ewig poliert das Ding aussieht, funktioniert für mich nicht. Und für die Japaner auch nicht. Wahrscheinlich exportieren sie es vor allem deshalb, um es loszuwerden. Da wäre mir sogar der rostige Nachgeschmack noch lieber, den der alte Kocher jedem Aufguss beigemischt hat.

Das leise Rauschen des hölzernen Besens in der Schale mit dem grünen Pulver passt, weich und rund und rhythmisch, so gut in Tonios Klavierspiel, dass ich lächeln muss. Draußen fällt die Sonne auf den See, und einen Moment könnte man meinen, er sei nicht vereist. Und schließt man die Augen so weit, dass die Wimpern sich wie ein zarter Vorhang ins Blickfeld legen, sieht es fast wie Sommer aus. Ich meine, einen silbrigen Schatten über die Wasseroberfläche huschen zu sehen, einen Vogel, aber nicht von dieser Welt, groß und schmal und unendlich elegant. Ich blinzle. Dann ist er schon verschwunden.

Letzten Juli waren wir hier segeln, mit zwei meiner Kollegen. Ein Ehepaar, beide Professoren am gleichen Institut, vielleicht ist der Wasserkocher sogar von ihnen. Jeder am Institut weiß über sie Bescheid, aber natürlich sind sie das übliche Paar in der Menge. Nur entfernte Blicke, versteckte Gesten, in zwei getrennten Ecken im vollen Fahrstuhl. Reik fand sie grauenhaft. Sie sind ein paar Jahre älter als wir und lieben Rotwein und Kunst und gutes Essen, und es ist nicht so, als ob Reik mit alldem nichts anfangen könnte. Aber er mag einfach die meisten Leute nicht. Und ich kann ihn verstehen. Mehr, als er weiß. Trotzdem wollte ich ihn an diesem Wochenende ganz besonders oft würgen, schütteln oder im Schlafzimmer einsperren. Der spöttische Blick auf die Leinenhosen, die verdrehten Augen, als wir zu dritt in der Küche standen und Zwiebeln schnitten.

Segeln ist natürlich ein Hobby, das ganz und gar nicht zu uns passt, aber ich hatte beschlossen, ihn herauszufordern. Denn diese Dinge sind Herausforderungen für ihn, auch wenn allein dieser Gedanke prätentiöser ist, als der ganze Ausflug es war. Segeln ist im Grunde die Vorstufe zu Golf. Das große Boot, die Hüte, Sonnencreme. In der Mitte des zweiten Tages hing er auf dem Bug und lachte in den Wind. Am dritten Tag war er der Letzte von uns, der anlegen wollte. Die anderen beiden haben uns beneidet, das weiß ich.

Von außen sieht alles sehr harmonisch aus, wir sind eingespielt. Aber wenn ich ihn jetzt da auf dem Boden sitzen sehe, dann ist er plötzlich unerreichbar fern. Als könnte er meine Augen spüren, sieht er mich in diesem Moment an, und ich stehe da, im Boden festgewachsen. Zwischen uns in der Luft schweben mehr Fragen als Antworten. Und wenn er auch sonst wenig versteht, erkenne ich in seinem weichen Blick, dass er sie auch sehen kann.

Ich flüchte mich ein weiteres Mal in die Bibliothek, ein kleiner Sprint treppauf, der nicht weiter auffällt, weil meine Schlaksigkeit von jeher fast alle Bewegungen ein bisschen komisch wirken lässt. Der Sessel ist besetzt. Pega hockt da, die Fersen in das Sitzpolster vergraben, und wühlt sich durch eines meiner Bücher. Sie trägt hellgrauen Kaschmir und das Märzlicht fällt ganz leicht auf ihre glatte Haut. Sie ist das Prächtigste, was wir hervorgebracht haben. Mir bewusst darüber, dass genau ein Stockwerk tiefer Reik an der gleichen Stelle am Boden sitzt, lasse ich mich neben ihr nieder, ziehe ein Buch aus dem

Stapel. Ich lese nicht. Ich sehe die braunen Augen über das Papier flattern, nicht angestrengt nach den Worten greifen, sondern leichthin darüber tanzen, als müsste sie nichts daran entziffern, als ginge ihr alles einfach so ein, wie man Luft atmet und Wasser trinkt. Von hier kann ich im aufgeschlagenen Wälzer auf ihrem Schoß kein Wort erkennen, geschweige denn einen Autor.

Wir waren ein paarmal essen im letzten Monat. Sie hat mich zur Mensa zurückgebracht, zu labbrigem Salat und diesen furchtbaren Eierschalenfarben überall, und ich habe Sprudelwasser aus dem Automaten mit ihr getrunken und viel gelacht. Schon früher war sie manchmal auf dem Spielplatz zu mir zurückgerannt und hatte darauf beharrt, dass ich ihr einen Teil meiner Zeitung gab. Dann saß sie neben mir und spielte lesen. Ich weiß nicht, was ihre Kommilitonen denken, wenn sie uns sehen, so groß ist die Uni nun auch wieder nicht, und man kann sich nicht verstecken. Sie scheint daran keinen Gedanken zu verschwenden oder, und das hätte sie dann von Reik, sie mag es zu wissen, wie abscheulich die anderen so etwas finden. Pegas Äußeres war immer sehr zahm geblieben, Pubertät hin oder her. Es war schwierig, gegen einen Vater wie Tonio zu rebellieren. Aber unter ihrer Haut, so viel weiß ich, ist sie eine gegen den Strich gebürstete junge Frau. Und jedes Jahr wird es angenehmer und interessanter, mit ihr Zeit zu verbringen. Denn auch, wenn sie jetzt groß ist, kann ich ihrem Geist erst seit kurzem wirklich beim Wachsen zusehen. Und das ist eine helle Freude. Noch eine Weile sitzen wir da und lesen, das Klavier von unten ebbt langsam ab. Ich spüre Pegas Blick auf mir, aber ich erwidere ihn nicht. Ich lese nur umso konzentrierter. Und so kehrt auch sie wieder zu ihrer Lektüre zurück, beide sind wir bemüht, uns keine Gedanken zu machen oder so zu tun, als würden wir es nicht tun. Das hat schon immer gut funktioniert.

Erst als das Buch mir aus den Händen rutscht und mit einem Klonk auf dem Boden ankommt, schrecke ich aus diesem Dämmerzustand auf, der mich neuerdings manchmal befällt. Taubheit ist überall. Pega fragt etwas. Dann ruft Reik von unten, so schwer war das Buch, so laut das Klonk. Ich drücke bloß zwei Jajas heraus, ein lautes und ein leises. Dann gehe ich in unsere Schlafkammer. Pega sagt noch etwas, aber da ist die Tür zum Glück schon zu. Das Bett riecht nach ihm und nach mir, mein Sichtfeld krisselt nach wie vor, als jagten Ameisen darüber, und ich gebe mir Mühe, richtig einzuschlafen. Doch es klappt nicht. Auf Kommando zu schlafen ist etwas, das ich bis heute nicht beherrsche. Ich schlage die Zeit tot, indem ich meine Träume plane.

Ja, wir haben Probleme, ziemliche sogar, auch, wenn einem das immer niemand glauben will. Alle sehen in uns so viel. Wir sind ihnen der Beweis, dass es das geben kann, worauf sie alle hoffen, wir werden gern als Beispiel herangezogen in den Beziehungsstreitigkeiten anderer Paare, unangenehmerweise sogar manchmal, während wir dabei mit am Tisch sitzen. Für sie alle bergen wir das eine Geheimnis, den Schlüssel zum Glück und das mag deswegen keiner hinterfragen. Die Einzige, die von Problemen je wirklich etwas mitbekommen hat, ist schon seit zwei Jahren tot.

Seit zwei Jahren bin ich Waise. Das klingt zwar albern, wenn man ein erwachsener Mann ist, aber es fühlt sich grauenhaft an. Die Nachricht über die Diagnose, die ewigen Fahrten, die man mit ihr machen musste, zum Krankenhaus und zurück, und wie sie immer weiter in sich zusammenfiel, die einst so starke Frau, die mich auf ihren Schultern durch Berlin getragen und mich vor bösen Träumen und Mitschülern und ihren besoffenen Mitbewohnern beschützt hatte. Plötzlich war sie klein und faltig, und ihre Haare fielen aus.

Es war am Tag, bevor sie die Maschinen abstellten, als sie sagte, ich solle es mir überlegen. Als ich fragte, was zum Geier sie meine, sagte sie: alles. »Überleg dir alles. Und wenn du's weißt, dann mach. Schau dich dabei um. Hol mal Luft. Aber schau nicht zurück. Das Leben ist kurz.« Bald danach war sie tot. Jetzt liegt ihr Körper unter der Erde und wird von Maden gefressen, und sie lebt nur noch in meiner Erinnerung – etwas anderes als das hat sie mich nie glauben lassen.

Bei der Arbeit als Archäologe entkommt man den vielgestaltigen Totenkulten kaum, die sich beharrlich durch alle Zeiten und Kulturen der Weltgeschichte weben: Der große Enthusiasmus, den der Mensch aufbringt, wenn es um das Thema geht, das ihn eigentlich am meisten deprimieren oder ängstigen sollte, dem er rauschende Feste und große, feierliche Bauten widmet. Die Ahnen sind nirgends egal, immer haben sie konkrete Rollen und viel

Respekt verdient, und es ist eine Ehre, ihnen zu dienen. Logisch, denn die Toten können nicht widersprechen. Sie können keine Fehltritte mehr machen, keine Geburtstage vergessen oder Kindheiten und Familien und Beziehungen ruinieren. Ich habe meinen Vater nie kennengelernt, und fragte man mich in der Schule nach ihm, so behauptete ich, er sei tot. Tote Väter sind gute Väter. Denn sie sind nicht abwesend, weil sie sich nicht für einen interessieren oder Besseres zu tun haben, sondern weil sie keine Wahl mehr haben, weil die Natur sie von einem trennt, ziemlich genau 180 Zentimeter Humus. Und auf ihre Grabsteine kann man all die guten Erinnerungen schreiben, die man sicherlich geteilt hätte, wenn nicht das tragische Unglück …

Meine Mutter hat mir nie verraten, wer er ist oder war, und ich habe niemals danach gefragt. Für mich war sie stets beides, und seit sie fort ist, sind meine Eltern fort. Auch sonst habe ich keine Verwandten, Reik ist meine ganze Familie. Reik und unser kleiner Origami-Kranich, den er mir damals in Hiroshima gefaltet hat – es ist geradezu ärgerlich, wie schnell er sich solcherlei Dinge aneignet –, der in unserem Schlafzimmer auf meinem Nachttisch steht und das ist, was in unserem Besitz am ehesten an einen Nachkommen erinnert.

Ja, meine Mutter fehlt mir. Sie fehlt mir an jedem Tag, und je länger sie tot ist, desto weiter weg kommt sie mir vor, desto schwächer das Band zu ihr, das lange das stärkste in meinem Leben war. Auf die Beerdigung waren über fünfzig Leute gekommen. Ich kannte und erkannte kaum jemanden davon, ich hatte keine Zeitungsanzeige geschaltet, sie mussten es auf anderem Wege erfahren haben. Natürlich war mein Stiefvater dort, der sie einst in das Vorstadthaus entführt hatte, aber es war klar, dass wir nichts mehr miteinander zu tun haben würden.

Bis heute habe ich kaum um sie geweint. Im Gegenteil, fast immer bin ich ein bisschen durstig, meine Zunge ist rau, mein Rachen trocken.

Mit schlaffer Hand greife ich nach der Fernbedienung für die altmodische und zu kleine Stereoanlage, *Abbey Road* dreht sich darin, der Kopierschutz stottert den Anfang von *Come Together*. Ich erinnere mich an ihre weizenfarbenen langen Haare, und wie sie mir die Fingernägel schnitt, an der rechten Hand, bis ich 21 war, und an das Gefühl der großen Empfindsamkeit, das diese Prozedur an meinen Händen hinterließ, und wie ähnlich unsere Finger sich plötzlich sahen und wie meine nur ganz langsam über ihre hinauswuchsen. Ich denke daran, wie wir in ihrem WG-Zimmer tanzten und gemeinsam Bücher lasen, erst sie für mich und allein nur, wenn ich schlief, dann beide gleichzeitig, manchmal um die Wette. Erst im Krankenhaus habe ich ihr vorgelesen. Bald danach der Anruf, sie sei eingeschlafen. Die Sonne schien warm, die Straßen waren frei, und im Radio des Taxis spielten sie *Play Me* in der Version mit Sidney Bechet, ohne Werbeunterbrechung und ohne dass die Moderatoren ins Outro quatschten.

Obwohl ich nicht an eine Seele glaube, die durch die Gegend schwebt oder auf einer Wolke sitzt und auch nicht daran, dass sie anderswo als irgendwas wiedergeboren wird, sondern wie gesagt die Würmer- und Kompostvariante meine Interpretation des Ganzen bleibt, besuche ich gerne ihr Grab.

Im Grunde ist Grabpflege eher Angehörigenpflege, Beschäftigungstherapie, die unter Umständen Ruhe bringt und auf Dauer einen schlimmen Rücken. Heute bin ich mir sicher, dass auch meine Mutter sich darüber längst klar war. Dass ihr Grab wichtiger für mich sein würde als für sie. Vielleicht hat sie mir deshalb nie Wünsche mitgeteilt, dass sie gern auf offener See ausgekippt oder als Diamant zusammengequetscht um meinen Hals baumeln wollte. Ich schmiege mein Gesicht in die Baumwolle, schau' schräg auf das Zickzackmuster, das die Wipfel von Kiefern und Fichten auf das Kopfkissen malen, und denke an die taubengrauen Kiesel, die ich auf ihrem Grab ausgelegt habe. Die ich regelmäßig vom jungen Unkraut befreie und sachte durchharke und die Siegel genug sind, dass ich meine Finger nicht zu tief hineinstecke und versuche, die 180 Zentimeter zu durchdringen, um sie zurückzuholen.

Fotos von ihr habe ich kaum. Obwohl sie als junges Mädchen in sehr kurzer Zeit sehr weit gekommen ist auf der Welt, jeden Kontinent bereist hat, habe ich nur Geschichten darüber von ihr gehört. Vor meinen Augen laufen all die Filme ab, egal wie klischeehaft. Das Elefantenreiten und das Trampen am Highway und die vielen Moskitos im Amazonas. Für mich war sie immer eine große Heldin, mit all dem, was sie erlebt hatte, obwohl sie schon Anfang ihrer Zwanziger mit mir schwanger wurde.

Von da an, das weiß ich auch, war ihr Leben systematisch unfreier geworden. Ich habe mich oft gefragt, ob sie es je bereut hat. Mich bereut hat. Nicht, dass sie eine Gelegenheit ausgelassen hätte, mir ihre Zuneigung zu zeigen. Bis heute ist es mir unverständlich, wie Mütter ein derartiges Ausmaß an Liebe für ihre Kinder aufbringen können, ganz ohne dass diese etwas für sie getan hätten. Im Gegenteil. Meist bedeuten sie eben: Unfreiheit. Sich hinten anzustellen, sich zu limitieren, Opfer zu bringen. Diese Bereitschaft, das weiß ich, liegt mir mehr als fern. Dazu wäre ich nicht imstande, niemals. Ich weiß allerdings, dass Reik es wäre.

Nur ein einziges Mal haben wir fast darüber gesprochen. Wir waren Mitte zwanzig, und die meisten heterosexuellen Paare in unserem Umfeld waren noch lange nicht dabei, über Kinder nachzudenken. Aber wir gingen hinter Pega und Tonio her, ihre kleine Hand lag in seiner großen, ihre Schultüte einen Kopf größer als sie selbst, und für uns war es der seltsamste Tag in Pegas Leben bis dahin. Im Restaurant, an einem langen Tisch, mit Tonios Familie füllten wir schon das halbe Lokal aus, stolperten wir über eine ihrer Kindergartenfreundinnen, die für mich alle gleich aussahen, und dort, nach den ersten durchgestandenen stillen Minuten auf Schulbänken, tobten beide wild durch das Lokal und versteckten sich unter gestärkten Tischdecken, während Reik vorgab, sie nicht finden zu können. Als die beiden sich mit wehenden Blumenkleidern und schmutzigen Strumpfhosenknien freigeschlagen hatten und zurück auf die Stühle neben ihre

Väter krochen, setzte Reik sich neben mich und sah mich mit diesem Blick an. Und ganz kurz erkannte ich da etwas, genau diesen Willen, sich aufzugeben, den ich auch von meiner Mutter erinnere, gepaart mit einem unsicheren, aber unendlich munteren Lächeln. So hatte ich ihn noch nie gesehen. Dieser Ausdruck war genauso neu wie der Satz, der dann folgte. »Vielleicht wäre es doch nicht so schlecht.« Eine maßlose Untertreibung, aber mehr traute er sich nicht, mir zu sagen. Ich zog damals die Lippen breit und die Schultern hoch, sah Pega an, die mit sperrangelweit offenem Mund über ihren Kuchen herfiel, und als ich den Kopf zurückdrehte, räusperte Reik sich schon und sah auf seinen Teller, schlug den Mantel erneut um sich, den Kragen hoch. Das Licht schien grell auf das weiße Porzellan, und obwohl mich ein Impuls durchzuckte, ihn an der Schulter oder am Knie zu berühren, tat ich es nicht.

Ich habe mich niemals als Vater gesehen. Ich war immer Sohn und dann Lehrer, immerhin, das ist ein bisschen so ähnlich. Und auch wenn wir auf Pega aufpassten, war ich doch eher nur dabei. Ich führte sie aus, zum Eisessen, und machte Hausaufgaben mit ihr. Aber sie begeisterte mich mit jedem Tag mehr, mit dem sie erwachsener wurde. Reik dagegen machte es fast unglücklich, sie wachsen zu sehen, und wenn sie in ihrem neuen Zimmer eine Lampe anbringt oder sich mit Freunden in einer Bar trifft, dann ist sein Gesichtsausdruck beinahe so wehmütig wie der von Tonio. Nur, dass er sich weniger Mühe gibt, seinen Unmut zu verbergen, vor ihr, vor uns allen. Dann zieht er sich zurück und kritzelt, wird selbst das Kind, und ich stehe da und frage mich, wohin das führen soll.

Als ich wieder aufwache, ist mir heiß unter der Daunendecke. Ich bin immer unausgeschlafener, je öfter ich mich hinlege. Eine defekte Batterie. Das Licht im Zimmer ist schon eine Idee rosa, die Baumwipfel stechen in den Himmel. Die Luft ist stickig, ich öffne ein Fenster. Draußen schreien Vögel, fast, als wäre das Meer gar nicht mehr so weit. Wenn ich die Augen schließe, kann ich es rauschen hören. Komm. Komm fort. Flimmernd vor meinen Augen ist ein Leinentuch und staubige Wüste und eine Hand, die mich in ein tiefes Loch winkt. Als ich mich aufrichte, ramme ich meinen Schädel gegen die Dachschräge, fluche laut und erschrocken. Warum hat mich die trotz meiner Größe hier eigentlich noch nie gestört? Überhaupt, wie eng und unpassend der ganze Raum für mich ist. Mein Kopf scheppert noch einige Minuten. Dann wanke ich aus der Schlafkammer. Pega ist fort. Das Buch liegt aufgeschlagen auf dem Sessel.

He broke my heart. You merely broke my life.

Ich räume es, leise weiter vor mich hin fluchend, an seinen Platz zurück, schaue durch das Fenster. Sie steht vor dem Holzblock. Kurz denke ich, dass sie raucht, aber es ist noch immer nur dampfender Atem in der Kälte. Unten umkreist Reik mich plötzlich, scheint das Gepolter gehört zu haben und redet in dieser entnervenden gutschigutschi Stimme auf mich ein, was denn sei, Bubu, und hängt sich grinsend um meinen Hals und küsst meine Wange ab. Er ist schwer und heiß, und ich schleppe ihn widerwillig keuchend mit in die Küche. Tonio liegt auf der Couch und macht etwas Seltsames: Er hat sein altes, silbernes Klapphandy ausgepackt und tippt darauf herum. Normalerweise ist er kaum erreichbar und antwortet schon gar nicht auf SMS. Reik wickelt sich mehr und mehr um mich, und ich versuche, ihn nicht von mir zu stoßen. Wie lang kann eine SMS sein? Gibt es da nicht eine Zeichenbegrenzung? Ich finde Textnachrichten abscheulich, genauso wie Telefonate. »Wir können nicht alle noch ewig weiter Telegramme schreiben«, murrt es von der Couch, und ich schaue Tonio ertappt an, der seine Füße, zweifellos mit voller Absicht, mit Schuhen auf dem Mies-van-der-Rohe-Leder abstellt, weshalb ich schnappe: »Ist es sonst nicht deine Tochter, die nur am Telefon hängt?«

Doch Tonio tippt ungerührt weiter.

Reik hat sich unterdessen gelöst und durchforstet den Kühlschrank laut und unvorsichtig, und ich ziehe ihn fort, weil ich das Gewühle nicht mit ansehen kann. Sein Grinsen ist schelmisch wie eh und je. Manchmal aber sehe ich den Charme nicht mehr, er geht an mir vorbei wie ein Parfum, das leicht unangenehm ist und einen wegtreten lässt, obwohl es den Menschen, der es trägt, anziehender machen sollte. So etwas gibt es eigentlich nur in der Natur, abstoßende Sekrete. Ich greife in Reiks Grinsen und schiebe sein Gesicht unsanft aus dem Weg, sage etwas wie »Geh spielen«. Doch Reik geht nicht. Mein Finger pocht immer noch an der Stelle, an der ich mich vorhin geschnitten habe, die zur Hälfte kleingehackte Möhre liegt unverändert auf dem Brett und ich nehme die Arbeit wieder auf. Er schaut zu, wie ich Gemüse putze. Hin und wieder schaffe ich es ganz gut, ihn zu ignorieren. Er legt eine Platte von den *Small Faces* auf, die mich begeistern soll. Ich raufe mir kurz die Haare, um mir danach, über mich selbst etwas bedröppelt, die Hände erneut zu waschen. Pega kommt herein und sieht schon wieder traurig aus. Vielleicht, weil ich sie vorhin sitzengelassen habe? Ich rühre geistesabwesend mit einer Gabel im Suppentopf, und Reik wirft planlos Kräuter hinein. Einen langen Moment überlegen wir beide, etwas zu sagen, dann streichelt Tonios warme Hand, sie sieht warm aus, über den schmalen Rücken seiner Tochter, die sich in ihre graue Strickjacke über dem grauen Pullover wickelt und neben ihn hockt, ebenfalls mit den Füßen auf dem schweineteueren Sofa. Ich spüre förmlich, wie winzige Sandkörner feine Spuren in das Leder ritzen, beiße mir auf die Lippen, um nichts zu sagen. Beide sehen erwartungsvoll auf. Kurz tausche ich einen weiteren Blick mit Reik, der zuckt seinerseits mit den Schultern, ich auch, dann beugt er sich in den Topf, zieht geräuschvoll die Nase hoch und sagt laut: »ECHT? Möhreneintopf? Also morgen koche ich.«

»Poah!«

8 Uhr am Abend

Auf dem Tisch in einer Schüssel: der Möhreneintopf. Max langt darüber und tut allen auf. Reste der Brötchen, Butter, Wasser, Bier und eine Kerze, fast niedergebrannt.

PEGA: Geht's dir besser?
REIK *(den Löffel im Mund)*: Jiah.

Alles löffelt.

REIK: ... Ist ganz gut geworden, das Teil draußen. Die neue Galeristin kriegt einfach alles verkauft, der könnte ich auch auf einen Teller scheißen, das würde die ohne weiteres loswerden, für fünf-, sechstausend.
PEGA: Dann mach mal!
MAX: Unterstütz' ihn doch nicht auch noch!
PEGA: Na ja, dann muss ich mich nicht so an die Regelstudienzeit halten.
MAX: Das ist doch sowieso Humbug.
TONIO: Ist es?

MAX: Für uns Geisteswissenschaftler ist das der größte Unsinn. Jeder meiner Kollegen, auch alle deine Dozenten, haben mindestens zehn Jahre studiert.

TONIO: Du doch nicht, soweit ich weiß.

REIK: Na ja, aber kann ja nicht jeder so'n Extremist wie Max sein.

MAX: Musst gerade du sagen.

TONIO *(zu Pega)*: Also wenn der das geschafft hat, schaffst du das auch.

Pega löffelt und schweigt.

MAX: Ist doch egal, wie lange du brauchst. Und wenn's mal knapp werden sollte, dann –

TONIO: Darum geht es hier nicht. Es geht darum, Dinge durchzuziehen. Durchzuhalten. Prinzipiell.

MAX: So wie du mit deinem Studium etwa?

TONIO: Das hatte andere Gründe, das weißt du genau –

PEGA: Nennt das Kind doch beim Namen: ich! Ich bin der Grund, warum du nicht Musik studiert hast und warum du nicht so leben konntest wie Reik. Ist doch so.

Reik legt den Löffel ab.

REIK: Was hab' ich damit zu tun?!

PEGA: Ist doch so!

TONIO: Was ist wie »so«? Was meinst du damit? Was willst du damit sagen?

PEGA: Dass du, wenn ich nicht gewesen wäre, vielleicht heute auch so reich wärst und berühmt und erfolgreich. Mehr nicht.

Keiner löffelt mehr.

MAX: Das meinst du doch nicht so.
PEGA: Natürlich! Genau das meine ich. Du hattest eine große Karriere vor dir, das sagt Nonna schon immer.
TONIO: D-das sagt sie mir schon seit ich geboren wurde, Kind. Das hat nichts mit der Realität zu tun. Eltern sagen so was immer.
PEGA: Die Realität ist, dass ich dir immer ein Klotz am Bein war.
TONIO: PEGA.
MAX: Laut werden bringt dich da jetzt auch nicht weiter …
TONIO: Du bist mal ganz still! Du hast doch gar keine Ahnung, was los ist. Ihr kennt das nicht mehr mit den Geldsorgen und ihr wisst überhaupt nicht, wie das ist …
PEGA: Papa!
TONIO: Würdet ihr vielleicht gerne, weil ihr sonst immer alles ganz genau bewerten könnt, aber das ist *meine* Tochter. Sie hat Ziele und Ambitionen, und sie kann nicht einfach auf einen Teller scheißen und das verkaufen und ich auch nicht, okay?! Sie muss erwachsen werden, so wie das fast alle müssen, außer euch zwei dämlichen Peter Pans! Wilde Ehe, dass ich nicht lach–
PEGA: STOP!

Sie ist aufgesprungen. Alle am Tisch starren sie an, jeder will etwas sagen, aber sie ist schon am Gehen.

PEGA: Hier geht es überhaupt gar nicht um mich. Also lasst mich gefälligst in Frieden!

REIK: Okay, bevor ihr euch jetzt zankt, wer daran gerade mehr Schuld hat: Klärt das hier drin. Ich kläre das da draußen.

Reik folgt Pega vor die Tür. Da waren's nur noch zwei. Sie schweigen, die Äderchen in den Augen des anderen zählend.

MAX: Was war'n das?

TONIO: WAS? Ich kann es nicht mehr hören, deine ewigen unaufgeforderten Erziehungsratschläge!

MAX: Aber sie fängt gerade an zu studieren. Du kannst ihr doch nicht jetzt schon Druck machen. Das bringt nichts. Sie muss sich entfalten und lernen, rausfinden, was sie wirklich will, was ihr wichtig ist.

TONIO: Du bist doch auch nur Reiks Anhängsel seit Jahren, was willst du ihr erzählen …

MAX: Du kannst sie nicht zwingen, sie ist klug und muss frei sein.

TONIO: Die ewige Freiheit. Dir ist vielleicht nicht klar, dass ich ab jetzt kein Netz mehr sein kann. Ich kann sie kaum noch fangen, und plötzlich ist jede Stolperfalle tödlich.

MAX: Aber im besten Fall hast du ihr beigebracht, wie sie sich selbst abfangen und dann wieder aufstehen kann, oder etwa nicht? Außerdem ist sie eine Frau und sie weiß, dass, was ihr Leben angeht, auf Männer zu hören das Letzte ist, das ihr weiterhilft.

TONIO: Warum musst du nur so sein? Warum musst du immer alles besser wissen, warum musst du alles und jeden belehren, immer das Paar, das aus dem Olymp der Erhabenheit hinabsteigt und mir Lektionen erteilt über das Leben und wie das mit Kindern ist und jetzt: mit Frauen. Pah. Ich möchte mal sehen, wie ihr wärt, wenn ihr wirklich jeden Tag mit ihr zugebracht hättet.

MAX: Haben wir doch teilweise. Manchmal über Wochen.

TONIO: ... Und jetzt kommst du mir noch mit Vorwürfen, oder was? Du weißt genau, dass mir nicht so das Geld in den Schoß gefallen ist, dass ich immer arbeiten musste.

MAX: Hör doch mal auf, in diesen ganzen Sprichwörtern zu reden, sonst tacker' ich dich gleich auf die Fußmatte draußen! Was genau glaubst du eigentlich, was wir den ganzen Tag so machen, hm?

TONIO: Euch gegenseitig in den Arsch ficken, was sonst?

MAX: Spinnst du?!

TONIO: Nicht? Vielleicht sollte ich euch dann zur Abwechslung mal ein paar Takte erzählen, wie ihr euer Leben einzurichten habt.

MAX: Kapier doch, es ist nicht dein Leben. Es ist ihrs! Sie ist groß. Du hast einen prima Job gemacht, ja, aber jetzt ist sie dran. Sie macht sich selbst schon genug Druck, vertrau mir da mal.

TONIO: Und woher willst du das wissen? Kommste mir jetzt damit, dass du sie gerade häufiger siehst als ich, in den Vorlesungen, was?

MAX: Sie ist dein Kind, solltest du derlei da nicht von ihr kennen? Kann's vielleicht sein, dass du einfach nur griesgrämig und eifersüchtig bist? Du bist doch gerade einfach nur wütend auf jeden, der dir nicht zuspricht. Das ist völlig albern! Geh jetzt und beruhige dich gefälligst!

TONIO: Du hast mir gar nichts zu sagen! Ich bin nicht dein scheiß Ehemann!

MAX: Wir sind nicht ver–

TONIO: UND WARUM? Warum, heh? Sag mir Max, wer von euch beiden will nicht, hm? An wem liegt's? Sicher, dass er sich da nicht eine Tür offen halten will? Einen Weg in die Freiheit? Vielleicht hat er auch keine Lust mehr auf so nen zänkischen Diktator, ja? Oder bist du's? Willst vielleicht doch noch eigene Kinder, die du rumkommandieren kannst?

MAX: DANN GEHE ICH EBEN.

Runksend werden Stühle von Kniekehlen nach hinten gestoßen. Tonio räumt krachend das Geschirr zusammen, und Max stapft die Treppe rauf. Die Teller in die Spüle rasseln lassend, sieht Tonio sich einen langen Moment nach der versteckten Kamera um. Erst als er sich sicher ist, dass da niemand ist, der sich lustig über ihn machen will, räumt er den Tisch fertig ab, setzt sich auf die Arbeitsplatte neben das Küchenfenster, zündet sich eine Zigarette an und vertieft sich in den Bildschirm seines Telefons, der sein Gesicht grün beleuchtet.

sabi

Ich ziehe die Tür hinter mir zu und tauche in die Dämmerung. Die ganze Gegend geht in Blassorange. Mit manchen Situationen wusste ich noch nie umzugehen und weiß es bis heute nicht. So wie gerade, am Tisch drinnen. Eine falsche Wendung, ein deplatzierter Satz, und plötzlich sind alle beleidigt oder aufgebracht und stürmen durch die Gegend. Ich stürme selbst ganz gern, zugegeben, das ist so meine Rolle. Aber alles, was dem Impuls vorausgeht, liegt mir nicht: die Aufgeladenheit der Luft, wenn Streitigkeiten über den Köpfen hängen wie Fallbeile. Zuletzt miterlebt habe ich das bei Hendrik und Jana, zwei, na ja, Freunden von uns, die sich vor kurzem erst fortgepflanzt haben und seit der Geburt ihres ersten Kindes gar nicht mehr so sehr ein Herz und eine Seele sind wie vorher – weil sich der schreiende Krümel ständig zwischen sie drängt. Da muss auch nur ein falsches Wort zur falschen Zeit fallen, manchmal nur irgendein Wort zu irgendeiner Zeit, und sofort stehen Vorwürfe im Raum wie dicke Wände eines Labyrinths, und die beiden finden sich einfach nicht mehr. Rennen ständig gegen Mauern. Fluchen beispiellos, weil sie von vornherein so frustriert sind und keine Geduld haben, jetzt auch noch dieses beschissene Rätsel zu lösen.

Von Tonio und Pega aber, die ein eingespieltes Team sind wie kaum jemand, kenne ich so etwas nicht, und ich frage mich, warum ausgerechnet an diesem Wochenende alles plötzlich so anders aussieht. Sich so anders anfühlt. Wie ein Paar alter, eingelaufener Schuhe, das auf einmal total unbequem ist. Und man fragt sich, ob man so fett geworden ist. Die Füße so aufgequollen sind. Oder ob man sich den besonderen Komfort ebendieses Paars Schuhe nur eingebildet hat. Sie eigentlich in Wirklichkeit immer so eng saßen, man sie nur stets rechtzeitig ausgezogen und weggestellt hatte, bevor man sich Blasen rieb.

Fisch und Verwandtschaft fangen nach drei Tagen an zu stinken, hat Max' Mutter gern gesagt. Wir sind zwar nicht blutsverwandt mit Pega und Tonio, dafür mögen wir sie viel zu gern, aber doch sind es die beiden Menschen, die wir zu jedem Anlass als Erstes, in diesem Fall sogar als Einzige, einladen.

Und dann ist es der erste Abend und alles vereist. Und ihr nachzugehen war das einzig Richtige. Schon wenn sie einen als Kind einfach stehen ließ und man pfeifend in die entgegengesetzte Richtung davonschlenderte, kam sie partout nicht zurück. Sie beobachtete nur sehr genau, wo man stand und ging, und in der Regel waren es Tonio oder Max oder ich, die das Experiment abbrachen und zu ihr zurückliefen. Als wäre sie die Erwachsene.

Der Waldweg lässt meine Schritte dumpf klingen, ein Teppich aus Piniennadeln knirscht unter dem bisschen

Last. Vor mir her Pegas viel zu erwachsene, viel zu weibliche Silhouette. Ich meine, vor uns noch die Spuren ausmachen zu können, die Max und ich vor wenigen Stunden hier in den gleichen Pfad getreten haben. Aber ich werde mir nicht noch die Blöße geben und sie rufen, und fangen werde ich sie nur, wenn ich vorher mit zugehaltenen Augen bis zehn gezählt habe und sie wieder quietschend in hellblauen Riemchenschuhen vor mir her wirbelt. Irgendwie habe ich noch immer die Hoffnung, dass sie sich in diesen Zustand zurückentwickeln könnte, wieder die kleine, gutgelaunte Kniefte sein, die jede Situation auflockerte, die über die Sofas sprang und doch von Max nie ein böses Wort hörte, weil sie so charmant war und ihm geschickt vorgaukelte, wie sehr sie ihn respektierte. Wie sie so in ihren Absatzstiefeln vor mir her stakst, erinnere ich mich genau an ihre ersten Schritte an meiner Hand, die heißen Fäustchen, die winzigen Zöpfchen, eine Welt im Diminutiv.

Noch ein paar betont lässige, aber weit ausfallende Schritte, dann hole ich sie ein. Wir gehen nebeneinander her. Sie würdigt mich keines Blickes, als ob ich etwas könnte für den Streit, der da losgebrochen ist. Wir schweigen. Von irgendwoher schuhut es. Zeitgleich ziehen wir unsere Nasen hoch und sehen uns um. Dann wird sie ein bisschen langsamer. Der Weg vor uns undeutlicher. Ein paar Minuten später, und sie hat sich bei mir eingehakt. Erst gestern hat sie noch vorzugsweise auf meinem Arm gesessen oder auf Max' Schultern und geweint höchstens bei einer größeren Enttäuschung, einer schlechten Note oder einem in der Hosentasche geschmolzenen Schokoriegel. Aber im Dunkeln ist sie auf meine Führung angewiesen. Niemand kennt sich hier so gut aus wie ich. Die meisten bemerken noch nicht mal, wie sich der Wald um einen her langsam in einen Forst verwandelt – das Spiegelkabinett der Botanik.

»Sag mal«, sag ich, »du bist doch schon etwas älter jetzt.«

»Was soll'n das heißen?«

Sie klingt verweinter, als sie aussieht.

»Na, du hast doch Abitur und alles.«

»Weißt du doch.«

»Und, ich weiß nicht, ich war lange nicht mehr in einer Schule, aber so, wie Menschen sich fortpflanzen, das bringen sie euch doch noch bei?«

»Bitte?!«

Der richtige Zeitpunkt für ein Räuspern.

»Dann frage ich mich, wie du zu der Annahme kommst, Tonio hätte einfach Pech gehabt, mit 18 ein Kind zu bekommen. Das ist vielleicht eine bequeme Opferrolle, in die dein Papi mit seinen großen traurigen Augen für dich wunderbar reinpasst. Ist aber nicht so. Er hat da sogar einen ziemlich erheblichen Teil zu beigetragen.«

»Ach DAS meinst du.«

Wir durchstreifen einen kleinen Hain, der Boden ist weiter trocken und kalt, es hat doch noch einmal deutlich angezogen, je näher wir der Nacht sind. Der Himmel, gestreift hinter den dürren Bäumen, wird immer röter. Pegas Augen suchen die Horizontlinie der Waldwiese ab.

»Das meine ich. *Er* hat *dich* bekommen. Ganz bewusst. Dafür hat er sogar ziemlich entschieden gekämpft. Für die Väter ist es bis heute nicht einfach, das volle Sorgerecht zu kriegen, was glaubst du, wie das vor 21 Jahren war? Besser? Leichter? Alles ein Schnipsen und ein loser Handschlag mit deiner Mutter? Fist Bump vielleicht? Auch wenn du mir das jetzt nicht glaubst: Er hat es sich so ausgesucht.«

Betreten, fast wie beschämt über ihre Kurzsichtigkeit, schaut sie auf ihre unlackierten und meine lackierten Fingernägel, als ich den Arm senke und ihre Hand nehme, ihr mit dem Daumen über den Handrücken streichle, die feinen Knochen fühle und die stets hellblau schimmernden Adern ertaste. Sie taumelt leicht gegen mich. Mir wird so warm wie schon seit einer Weile nicht mehr. Ich würde ihr jetzt gerne ein Spielzeug kaufen gehen.

»Wie geht's dir, Schnecke? Hm?«

Sie seufzt nur muffig. Sie klingt dabei genau wie Tonio, was mich leise lachen lässt. Ich frage sie, ob was mit dem Studium ist, aber weiß eigentlich schon, dass es das nicht sein kann. Schon seit einer Weile frage ich mich, wann sie uns den ersten Typen oder die erste Schnalle vorsetzt, die große Liebe. Die erste, die am schönsten, aber auch am schmerzhaftesten ist, am extremsten. Ich bin mir sicher, wir drei haben uns unabhängig voneinander lange und ausführlich Gedanken gemacht darum, wie man sie von dieser Erfahrung fernhalten könnte. Ihr das Leid ersparen. Aber man kann Kinder genauso wenig davor schützen, irgendwann eben doch auf die heiße

Herdplatte zu greifen. Zu akzeptieren, dass sie sich in die eine oder andere Gefahr würde begeben müssen, so dass aus ihr ein echter Mensch werden könnte, dass es nicht möglich ist, sie für immer als diese kleine Fee zu behalten, an die wir uns alle gern erinnern, ist schwer. Für jeden Vater. Also frage ich dann doch, nach Jungs. Nach Mädchen. Vor uns erstreckt sich ein weiter, unbestellter Acker. Bald wird hier gesät. Wir beginnen, das große Quadrat einmal abzuschreiten. Ich überlege, den Hochsitz anzusteuern. Die Erde ist holprig, und ein paarmal fange nicht ich sie, sondern sie fängt mich auf, bevor ich mich auf die Schnauze lege. Dann fühle ich mich sehr alt.

»Du weißt doch, ich bin das *tugendhafte Täubchen.*«

Ich gluckse, als sie mich an diesen alten Namen erinnert, den sie im Kindergarten oktroyiert bekommen hat und mit dem wir sie ewig lang getriezt haben.

»Um mich braucht man sich keine Sorgen zu machen. Jedenfalls nicht in *der* Hinsicht. Da ist nach wie vor Ebbe.«

Die Sätze kommen nur langsam und in großen Abständen zwischen dem Schmatzen unserer Schritte aus ihr raus. Ich drücke ihr kurz einen Ellbogen in die Rippen und versichere, dass mir das sehr bekannt vorkommt, von einem gewissen jungen Archäologen, der sich dann aber als ein ziemlich versautes Biest herausgestellt hatte, bereit zu fast allem, um mal so richtig anständig –

Sie langt einmal durch die Luft und hält mir den Mund zu. Aber ihre Augen glühen wieder ein bisschen. Vielleicht ist es auch nur das grelle Abendrot.

In der Ferne klappt ein kleiner Schwarm Vögel als Häkchen immer wieder auf und zu, verändert dabei stetig seine Formation. Dann ist er plötzlich viel näher als erwartet, steigt hoch, macht eine scharfe Kurve nur wenige Meter um uns herum, leises, schräges hungriges Krächzen. Sie sind früh dran, es ist noch nicht viel los in der Seenplatte. Die Urlaubszeit hat noch nicht begonnen, eigentlich sind die Sommervögel noch nicht wieder da. Max wüsste all das natürlich genauer, aber ich weiß, dass Pega das im Moment auch nicht sonderlich helfen würde, wenn ich wüsste, was für Spatzen oder Sperber hier vor unserer Nase herumflattern. Schließlich ziehen sie Richtung der nächstgelegenen Baumwipfel davon.

Die Erde wird auf dem Feldweg immer unberechenbarer unter unseren Füßen, manchmal noch halb vereist, manchmal schon Matsch, und eigentlich weiß ich, dass ich jetzt mit ihr ein Gespräch über Liebe führen müsste, vielleicht über Männer und am besten auch über Frauen, und ihr zeigen, wo die sicheren, trockenen Stellen sind, an denen sie beherzt auftreten kann. Schließlich war ich ungefähr in ihrem Alter, als ich Max kennenlernte, und bis dahin hatte ich schon eine Menge ausprobiert. Denn anders als bei ihm, war es bei mir nie besonders heimelig zu Hause, und es trieb mich früh nach draußen.

Ich bin in einem Reihenhaus aufgewachsen, mit Rutsche im Vorgarten und einem gesteckten Kranz an der Tür, mit einem Schild, auf dem *Dies ist ein freundliches Haus* stand. Mittlerweile weiß ich natürlich, dass Leute, die sich so etwas an die Tür schreiben müssen, das aus einem ganz bestimmten Grund tun, und das ist meistens nicht der, dass dieses Gefühl schon da wäre und selbstverständlich. Das ist so ähnlich wie mit diesen Bilderrahmen aus Styropor, wenn auf den in der Drogerie um die Ecke ausgedruckten Fotos in großen Lettern HAPPY FAMILY oder LOVE prangt. Wo in leuchtenden Lettern LOVE draufsteht, ist nie LOVE drin. Meistens verbergen sich dahinter vor allem zerrüttete persönliche Verhältnisse. So war es auch bei uns. Natürlich scheiterten diese krampfhaften Versuche, Harmonie heraufzubeschwören, unweigerlich und ständig. Denn das Haus war sehr weiß und gefliest und immer ein bisschen zu leer, mit nur mir und meiner Mutter darin. Und es wurde nicht viel besser mit den Jahren, weil ich kein besonders groß gewachsener Mann bin und das Haus nicht weiter ausfüllte und meine Mutter schon früh begann, nur zwischen Schlafzimmer und Gästeklo zu leben. Das Haus hatten uns ihre Eltern hinterlassen. Die dunklen Möbel aus den dreißiger Jahren, Nazimöbel, wären heute sicherlich einen Haufen wert. Für meine Mutter war das Wertvollste an ihnen, dass man in den deckenhohen Schränken recht einfach viele Flaschen unterbringen konnte. Sie hat immer getrunken. Wir wohnten im Norden, einem der äußeren Bezirke von West-Berlin, die Mauer war, auch nach ihrem Fall, noch zu erahnen in den Spielstraßen, auf denen ich mich herumtrieb. Ich kannte meine Nachbarschaft, wusste, wo man den Ball besser nicht über den Zaun schoss und den Bumerang nicht über den Carport schleuderte und wenn, wo man dann am sichersten nachts einstieg, um ihn wiederzuholen, wollte man nicht mit stumpfen Gegenständen und Flüchen beworfen werden.

Besonders wild war die Gegend nicht, und das ist sie auch nie geworden. In den Kellern lag noch der Muff der alten Tage, in denen es einem gutgegangen war, solange man deutsch war durch und durch und kein Jude oder schwul oder zu vorlaut. Mein Vater war polnischer Jude und kein sehr mild temperierter Zeitgenosse, so viel weiß ich über ihn. Ich passte also schon erblich bedingt mehr schlecht als recht in dieses Viertel, und auch die Trinkermutter sah man hier nicht gern. Es war noch lange nicht üblich, von einem Alkoholproblem zu reden. Alkohol half gegen Probleme, und manchen half er eben nur, wenn es ordentlich viel war, und man erwähnte das nicht gerne, und man diskutierte es vor allem nicht, und auf gar keinen Fall brachte man einen Arzt ins Spiel. Dass alle es wussten, aber niemand es aussprach, half mir immerhin so weit, dass man mir aus Mitleid über den Lattenzaun hinweg großzügige Tortenstücke oder ganze Mittagessen anbot und dass ich die dunkelgrünen Augen mit den langen schwarzen Wimpern hatte, würde Max hier sagen, half mir dabei auch, und ich denke, damit hätte er wohl recht.

Auf den Spielplätzen, über die ich meine Runden machte wie ein einsamer, kurz geratener Cowboy, kannte man mich. Die meisten Mädchen warteten darauf, dass ich sie küsste, und einige verloren die Geduld und kamen einfach herübergerannt von der Schaukel oder nutzten die Chance, wenn ich auf dem Klettergerüst hochkonzentriert war und keine Hand frei hatte und schmatzten mich ab. Vielleicht warteten auch ein paar Jungs auf einen Kuss, aber in diesem Alter sind Mädchen forscher, entschiedener. Dass die Welt dahingehend noch immer sehr ungerecht ist, man mit langen Beinen und roten Lippen beschämend weit kommt, wohingegen Entschlossenheit und Durchsetzungswille als unsexy gelten, lernen sie erst später.

Trotzdem blieb ich auch noch Jahre danach immer der Außenseiter. Küssen wollten mich viele, mit mir befreundet sein weniger. Ich hatte einen schlechten Ruf. Dass ich klaute, hieß es, und dass ich Leute gegeneinander aufbrachte. Nur sehr wenig davon ist wahr. Wobei, je älter man wird, desto schlechter erinnert man sich bei so was an Details. In dem Versuch, aus allem eine logische, am besten noch poetische und lehrreiche Geschichte zu bauen, verklären wir die Dinge.

Max behauptet, ich hätte diese Theorie von Schopenhauer geklaut. Dabei hatte ich noch nie im Leben etwas von ihm in der Hand. Ich habe ungefähr seit meinem fünfzehnten Geburtstag kein Buch mehr gelesen.

Auf jeden Fall liege ich manchmal wach und habe das ungute Gefühl, dass ich damals, in meiner Nachbarschaft, vielleicht genau das miese kleine Arschloch war, für das man mich hielt und als das man mich beschimpfte. Dass die Sauferei meiner Mutter nur eine willkommene Ausrede für mich vor mir selbst und vor anderen war. Nun, vor Erwachsenen. Kinder akzeptieren solche Entschuldigungen nicht. Unter Kindern ist man ein Arschloch, oder man ist keins.

In der Schule hasste ich jedes Fach und das hatte nichts mit dem Stoff zu tun. Gerade in den wenigen Momenten, wenn sich im Unterricht vor mir plötzlich eine Formel auftat, die scheinbar Unerklärliches erklären konnte: die Unzerstörbarkeit der Doublé-Verbindung, die Unschärferelation der Wirklichkeit, fühlte sich mein Kopf plötzlich angenehm kühl und wach an. Mit den Lehrern aber kam ich nicht klar. Sie warfen ihren Schlüsselbund nach mir, wenn ich zu spät kam und behandelten mich sonst wie Luft. Kleinsein hieß vor allem: machtlos sein.

Sicherlich wäre an einer Kindheit wie meiner nicht viel zu retten gewesen. Selbst ein kluger Justus oder ein warmherziger Nichtraucher – ob die geholfen, ob ich Hilfe gewollt hätte, kann ich nicht sagen. Mein Selbst und mein Leben von damals sind mir dieser Tage sehr fremd. Aber da ist die Ahnung, dass die Leere nicht ganz allein geherrscht hätte, Schmerz vielleicht noch ein bisschen länger nur ein Wort mit sieben Buchstaben geblieben wäre und ich in mir drin nicht diesen Kerker hätte bauen müssen.

So drückte ich jede Klage, die mir auf der Zunge lag, gleich tief in das geheime Verlies in mir hinab, zusammen mit allen Tränen, bis nur noch Wut übrig blieb und das Gebet, dass die Zeit schneller vergehen und ich wachsen möge, wachsen, bis mein Kopf an die Decke stieße und ich kräftiger wäre als sie alle.

Mittlerweile kann ich schon seit Jahrzehnten ohne irgendjemandes anderen Wort entscheiden, was ich will. Und vor allem: Was ich nicht will. Erst vor einigen Tagen habe ich einer jungen Reporterin das von langer Hand geplante Interview abgesagt. Aus heiterem Himmel und per SMS. Ohne Bandscheibenvorfall oder sonst eine gemogelte Begründung. Angenehm ist mir das nicht. Aber an manchen Tagen steht die Kerkertür in mir sperrangelweit offen, und dahinter liegt ein Meer. Auf diesem Meer gibt es Wetter und Gewitter. Mal eine leichenkalte Welle, die mannshoch aufsteigt und über mir zusammenschlägt, voll mit Bildern und Gespenstern. Manchmal ein Sog, der mir die Luft in Tausenden Bläschen aus dem Gesicht hinauszieht und mir die Worte nimmt. Manchmal auch nur ein diesiger Nebel, ein leichter Seegang, doch so still und dicht, dass man die Hand nicht vor Augen sehen und den eigenen Herzschlag nicht mehr hören kann. Und nur noch liegt. Fast gar nichts hilft. Bevor ich Max hatte, gab es dann nur das Malen.

Das klingt natürlich alles wie ein Klischee, »das Malen hilft mir, und ohne kann ich nicht leben«, aber wer ein solches Meer in sich trägt, der lacht nicht, versteht, und fragt nicht weiter.

Als ich schon allein wohnte, rief meine Mutter manchmal noch an, wenn sie etwas brauchte – Zuwendung oder eine Flasche Klaren. Und sie stieß die Kerkertür damit zuverlässig jedes Mal weit auf. Ihre Stimme, die wie flüssiges Blei durch den Hörer tropfte, bohrt sich mir heute noch ins Ohr, wenn ich mich nur daran erinnere. Beschwert mich, dass meine Füße sich immer tiefer in den Boden unter mir zu graben scheinen, auch wenn ich auf Stahlbeton stehe oder Marmor. Dabei waren die Gespräche meistens harmlos, es ging um Feiertage, die vergangen waren oder anstanden, um das Wetter, um Sonderangebote im Supermarkt. Und trotzdem war es mit jeder Minute mehr, die die Gespräche dauerten, als würde sich ein dickes Tau fest um meinen Brustkorb ziehen. Und als würde ich von einer Minute zur nächsten schrumpfen, wieder klein, wieder ein Kind werden, das Sprechen verlernen, und sogar das Stehen, lehnte mich mit einer schwachen Schulter an die Wand, das Kugelgelenk knackste unter der Last meines tauben Körpers. Es war, als zöge sie mit jedem Wort alle Kraft aus mir, einfach so, durch den Hörer, weg, fort, bis ich langsam wieder durchsichtiger wurde, wie noch zu Schulzeiten. Ein gläserner Junge. Die Erinnerungen an das Haus, die weißen Wände, die wegrückten, die Räume, die zu bedrohlicher Größe anwuchsen, und ich als kleiner schmutziger Fleck darin. Ich bildete nur müde Laute aus, die kaum ganze Wörter waren, drückte Fragen hervor, deren Antwort mich nicht interessierte:

»Was gibt's bei dir zum Abendessen?« Und sie sagte dann, und ich versuche dabei, möglichst zu vergessen, wie hohl ihre Stimme klang: »Hausmannskost.« An guten Tagen hieß das, Hühnerfrikassee. Oder immerhin Eintopf aus der Dose. An schlechten: Berliner Luft.

Sie fragte nie viel zurück, aber die Pausen in unseren Gesprächen, Stille wie Treibsand, verrieten mir, dass sie eigentlich etwas erwartete. Etwas aus meinem Leben vielleicht, womit sie etwas anfangen konnte. Mein tolles, junges Leben, mit der Akademie, an der ich Sachen tat, die sie nicht verstand, und Dinge malte, die nichts in ihr auslösten, dabei ging es mir die meiste Zeit um sie. Gerade am Anfang.

Es waren die Selbstporträts von Patrick Angus und Francis Bacon, voller Schmerz und Leid und Angst vor dem Tod und dem Weiterleben, die mir eröffnet hatten, was Leinwände eigentlich sind: Türen oder Spiegel. Spiegel für uns selbst und die Welt, in der wir standen, und Türen, die überallhin führen konnten, kreuz und quer durch Zeit, Raum, Dimensionen. Und wenn ich in meinem Zimmerchen saß und auf das Telefon starrte und ihr trockenes Schnauben hörte, wartete ich nur darauf, den Hörer auf die Gabel zu knallen und mich zu vergraben in irgendeiner Technik, einem Material, einer Farbe, um auf den Abmaßen der Grundfläche alles zu machen, was mir nur einfiel, bloß nicht stillzustehen, nicht auszuharren, nicht abzuwarten. Mich selbst zum Material zu machen, zuzuschneiden, zu formen, zu kneten war eine Alternative zum Haareausreißen und dazu, das Meer im Verlies Oberhand gewinnen zu lassen.

In der besten Form bin ich, wenn ich dabei vergessen kann, was andere zu dem sagen, was ich tue. Die Bedenken kommen, wenn ein Stück fertig ist, noch früh genug zurück. Und sie auf Distanz zu halten ist viel schwerer, als es für Max oder Tonio oder die meisten Leute erscheint. Dabei braucht man sich zum Beispiel nur einmal vorzustellen, man würde von heute auf morgen einfach keine Spiegel mehr benutzen. Natürlich haben wir alle diese Phasen, einen guten Tag hier, eine Stunde da, in der man nicht drüber nachdenkt, wie man gerade wirkt oder aussieht, sich nicht vergleicht, sondern einfach da ist. Eine Stunde, einen Tag ohne Spiegel, ohne Echo. Aber lange halten diese Zustände selten an.

Gegen Zweifel macht einen kein Erfolg immun. Manchmal nagen sie nur leise hinter dem Ohr, ziehen am Ohrläppchen, umschwirren einen wie Mücken. Manchmal sind sie Wadenbeißer, die man abschütteln, vertreiben kann. Und manchmal fühlen sie sich an wie ein großer Raubfisch, der beherzt auf einem herumkaut, einem einfach ein großes Stück Körper aus der Mitte herausbeißt. Besonders nachts unter unseren Decken.

Mittlerweile stehe ich in diesen Momenten auf, egal, wie spät oder früh es ist. Ich lasse meinen Körper sich bewegen, lausche der Luft in mir nach, das habe ich schon als kleines Kind am liebsten gemocht, beim Malen. Basteln war grausam, gerade entlang einer gestrichelten Linie ausschneiden – wie um alles in der Welt soll *das* gehen? –, Prickelnadeln und Bastelnieten, mühsam in Pappkartonfiguren gestanzt. So etwas lieben Vorschulpädagogen und Eltern und Großeltern auf ihren Nachttischen, oder wenigstens tun sie so. Aber das meditative Potential der Kreativität wird kleinen Kindern leider viel zu selten beigebracht. Alles soll ein konkretes Ziel haben, ein Ergebnis vorzeigbar sein, und an die Fenster, die das schiere Tun, Zeichnen, Malen, Formen in den Köpfen der Kinder aufstoßen kann, glaubt kein Erwachsener, weil sie ihrem Nachwuchs nicht trauen. Da muss man schon etwas in den Händen für halten können.

Auch im Kindergarten soll am Ende immer ein Werk stehen, am besten zwanzig kleine bunte Werke, die an der Pinnwand nebeneinander hängen, alle nach dem gleichen Konzept, die aufgeklebte halbe Walnussschale ist die Sonne, Vögel malt man als rotes V über die Horizontlinie und Schneewittchens Rock ist blau-grün-blau. Beim Ausmalen über die Linien zu gehen bringt den Kindern keine Lorbeeren, keine Stempel im Heft. Aber jedes Aufsetzen des Stiftes jenseits allem Vorgegebenen trägt einen Funken Selbstermächtigung in sich – und manche Kinder spüren das und malen daneben.

Denn wenn man sich zum ersten Schritt überwinden kann, zum ersten Schlag oder Schnitt oder Pinselstrich, dann funktioniert es oft wie von selbst. Die Überwindung ist der Knackpunkt. Das Anfangen. Viele Ideen entstehen erst danach, der Appetit beim Essen und so weiter. Aber das zu lernen hat eine ganze Weile gedauert. Diese Ladehemmungen waren als Jugendlicher nur mit aufgekratzten Ellbogen und zerkauten Tintenkillern zu kompensieren. Besonders, als Tonio kam. Tonio, dem alles so leicht von der Hand ging, aus dem die Musik gemeinsam mit dem immer ruhigen Atem nur so zu fließen schien, ohne dass er etwas dazu tun musste.

Wir waren sehr jung. So jung, wie man damals war, mit 14 und 16. Heute ist das nicht mehr besonders jung, jeder in diesem Alter hat einen eigenen Youtube-Kanal oder Blog und verkauft sonst was im Internet. Ich habe da keinen großen Einblick und das Privileg, dass mich all das nicht interessieren muss. Damals aber, als Tonio schon ein paar Jahre in unserem Bezirk wohnte und immer noch der Neue und der Ausländer war, weil selten jemand dazuzog und wenn, dann schon gar keine Ausländer (jedenfalls nicht freiwillig), da war das ein sehr junges Alter. Man durfte noch sehr naiv sein, man durfte rummachen unter der Spielplatzrutsche in der Dämmerung und halbgerauchte Kippen aus dem Sand fischen und daran ziehen, weil man kein Geld für eigene Zigaretten hatte.

Für mich war es vielleicht das Wichtigste überhaupt, dass da jemand Neues war. Jemand, so still, wie ich noch nie zuvor jemanden gesehen hatte. Es war manchmal, wie in einen Wald hinein zu sprechen. Nur selten bekam man Antworten. Doch mit Tonio war das Schweigen anders. Es ließ Platz, um Gedanken zu entfalten und manchmal auszusprechen. Den Rest füllten wir auf mit Dosenbier und AC / DC, auch wenn das damals schon eine vollkommen uncoole Band war, die jeder Verwaltungsfachangestellte mochte. Wir hielten uns trotzdem für wahnsinnig punkig, gerade weil Tonio meist zwei Stunden zuvor zu Hause noch Chopin geübt hatte.

Dabei wäre es wesentlich provokanter gewesen, hätten wir unsere Knutschereien, die nach dem Bier und den alten Zigaretten schmeckten, ganz offen vor versammelter Nachbarschaft demonstriert. Damals war das schließlich noch eine illegale Angelegenheit – sobald ich 18 war und er noch 16, sogar doppelt und dreifach verboten. Aber wir versteckten uns gut. Solche Momente, kleine Gesten, ein bisschen sehr nasse Küsse und schüchternes Nasenaneinanderdrücken waren nur für uns, und niemand sonst sollte daran teilhaben. Denn ich erinnere mich, dass es uns beiden den Rest der Zeit in der Regel dreckig ging. Mir wegen meiner Mutter und all dem, woran sie ausnahmsweise nicht schuld war, was ich aber auch auf sie schob, und Tonio wegen seiner Angst. Seiner immerwährenden Angst vor dem, was auf ihn zukam. Tonio machte sich stets hauptsächlich Sorgen, auch wenn seine unaufhaltsam gutgelaunte Mutter das nicht wissen sollte. Er biss die Zähne zusammen, bevor auch nur ein unterdrücktes Gefühl nach draußen springen konnte. Er meisterte jede Komposition und jede stilechte Interpretation mit Bravour, wo andere Stipendiaten über Jahre extra Unterricht nehmen mussten. Das Klavierspielen und das Schreiben eigener Stücke waren für ihn nicht mehr als für unsereiner Fahrradfahren, dazu standen ihm die Hemden ausgesprochen gut, und allen war klar, was in ihm steckte. Er musste niemandem etwas beweisen. Und spielte mit. Wir sprachen nicht darüber, und ich beneidete ihn nicht mehr um das Stipendium und das Vorspiel an der Hochschule. Weil ich sah, dass es ihn offenbar, auch wenn ich das nicht verstand, unglücklich machte.

Wir saßen nur und schwiegen oder gingen und schwiegen oder taten so, als ob wir rauchten, und schwiegen. Auch ich merkte nicht, dass er etwas verbarg. Aber das ging nicht allzu lange gut. Denn wenn man vergisst, dass man die eigenen Gefühle genauso respektieren muss wie die anderer, ebenso wie man auch sich selbst respektieren muss und nicht immer nur die anderen, dann sind die

Gefühle schnell beleidigt. Und: Sie sind nicht nur widerspenstig und sensibel, sie sind auch höchst eitel.

Ob auch hinter seiner Verliestür ein Meer lauerte, weiß ich nicht. Aber ich weiß: Tonio veränderte sich. Als Erstes waren es die Zigaretten, die wir uns schließlich leisteten, die immer mehr wurden, die Zigaretten und dann die Biere, dosenweise am Kiosk, *dem* Kiosk, in dem ich bald Max über den Weg laufen sollte. Tonios braunes Gesicht wurde grau, an schlechten Tagen lag dieser leichenhafte Grünton in den Vertiefungen, den Falten, wie man sie sonst nur von Kirchners *Potsdamer Platz* kennt.

»Kannst du dir vorstellen, wie das ist, wenn der Bruder, den man immer haben wollte, sich auflöst, Pega?«

Wir werden immer mehr Menschen auf der Welt, und wir werden immer älter, aber wir verlieren schneller an Farbe, und Ton in Ton kann man uns nur schwer einzeln erkennen, schlecht voneinander unterscheiden. Tonio konnte ich kaum sehen, als ich ihn nach Wochen, in denen er sich abgeschottet hatte, wieder traf; ich schaute beinahe durch ihn hindurch. Denn auch wenn er umsorgt wurde und gemocht, auch wenn er eine Kämpfernatur ist: Seine Gefühle, die er so lange schlecht behandelt hatte, schienen ihm keine neue Chance geben zu wollen. Taub und blind erfüllte er sein Soll, was Arbeit, Schule, oder Sex mit älteren Frauen nach seiner Schicht in den Bars betraf. Das Schweigen mit ihm hatte sich verändert, ihn zu treffen wurde zunehmend schmerzhaft, weil er einen nicht mal mehr ansah. Und damit konnte ich schon nicht umgehen bei Leuten, die mir nichts bedeuteten.

Es gab schließlich ganz genau einen Punkt, der ihn befreite. Dieser kleine blaue Punkt kündigte ein Kind an. In diesem Moment, nach dem Schock und in dem Wissen, dass es dieses Kind gab und dass er es großziehen können würde und sein Vater sein konnte, röteten sich die Wangen, die so lange pergamentfarben und stachlig geblieben waren. Seine Füße wippten wieder im Takt jeder Musik, die ihm zu Ohren kam, und er summte vor sich hin, während er all die Windeln und Strampler sortierte und bunte Tierbilder an die Wände seines Jugendzimmers klebte. Wenn ich Tonio dabei beobachtete, fiel mir immer nur dieses Jugendromanwort ein: Magie. Mit diesem Mädchen auf der Welt ist Tonio so sehr bei sich wie nie zuvor. Sie hat ihn geheilt, sie hat einen Knoten gelöst mit ihrem furchtbaren Geschrei mitten in der Nacht und den rudernden Ärmchen, die ihn verzweifelt suchten. Und jedes Mal, wenn sie sich mit ihrem Zahnlückengrinsen umschaute und staunte über eine Knallerbse, die am Strauch wuchs, oder über einen Bagger, der eine Grube aushob, war das ein Ereignis. Jedes gerade geschriebene Wort und jede gelöste Rechenaufgabe ließen auch Tonio immer noch ein Stück wachsen.

Lange habe ich rein gar nichts von alldem gehalten. Mütter waren für mich etwas grundsätzlich Geisterhaftes, Familien ein Konstrukt, das niemals wirklich funktionierte, außer in der Werbung, um die Geschichte zu verkaufen, dass das eigene Leben auch so aussehen könnte, farbübersättigt und mit treibender Popmusik unterlegt, wenn man nur genug Nutella kaufte und es sich morgens brav auf sein Graubrot schmierte. Ich esse Nutella bis heute aus Überzeugung nur mit dem Löffel. Mit dem Esslöffel, dem größten, der gerade so noch durch die Öffnung passt, und nein, ich male keine Bilder damit, wer bin ich, Udo Lindenberg?

Als Tonio vom Sohn zum Vater wurde, habe ich eine Zeitlang sogar nur sehr wenig Kontakt zu ihm gehabt, weil ich einfach nicht klarkam mit dieser Vorstellung. Wie er jetzt zu Hause stehen sollte, in Unterwäsche und mit Gummihandschuhen vier Putzutensilien gleichzeitig schwang, dabei ein plärrendes Baby herumjonglierte und dessen angesabberte Kekse aufaß.

Eventuell hatte das auch damit zu tun, dass Max in mein Leben getreten war und wir beide uns, offen gestanden, sehr, sehr, sehr lange vollkommen genügten. Tatsächlich war Tonio einer der wenigen Freunde, die weiter zu mir hielten, während ich diesen Halm von einem Archäologen durch mein Zimmer vögelte und den Rest der Welt vergaß.

Natürlich weiß ich mittlerweile, dass Tonio etwas geschafft hat, was ich seit Jahrzehnten mit Leinwänden und Modelliermasse und Speckstein und Schweißerarbeit imitiere. Im Vergleich zu der sagenhaften jungen Frau, die hier gerade neben mir her geht, sind all meine Figuren und Bilder nur Pappkameraden, Bemühungen, bedeutungslos am Ende. Mir zieht sich die Brust dabei zusammen, aber genau so ist es. Ich glaube, dass alles, was ich geschaffen habe, arm und dörr ist im Vergleich zu dem, was Tonio vollbracht hat. Ganz ohne Stücke zu schreiben und auf Welttournee zu gehen. Es geht mir nicht um das Getobe über den Teppichboden, um die ersten Schritte und Wörter und den ersten nur halb wieder hochgewürgten Möhrenbrei. Ich beneide ihn um das Endergebnis und um die Gewissheit, einen großen Teil seines Lebens etwas so Wunderbarem gewidmet zu haben.

Dass ich ein passabler Vater wäre, ist ein unbestimmtes, aber hartnäckiges Gefühl. Ein Echo im Hinterkopf. Dass da etwas Neues lauert, in dem ich gut sein könnte. Das sich richtig anfühlen würde und eine große Aufgabe wäre. Viel unbekannter und größer als alles Bisherige. Und mit jedem Jahr füllt sich eine Sanduhr kurz unterhalb meiner Brust ein bisschen weiter, und der Wunsch wächst beharrlich. Zwar ist es gerade in meiner Zunft und unseren Zeiten kein moralisches Problem mehr, schließlich habe ich einen Penis und kann auch mit hundert noch Kinder zeugen. Und natürlich bin ich jetzt noch jung, also relativ, aber ich weiß auch, dass so ein Zwerg nicht vom Himmel fällt und man vor allem anderen erst mal rauskriegen muss, woher man ihn nimmt. Und ich weiß, dass Max nicht mitzieht, bei dieser Geschichte. Er ist kein Familienmensch, vor Urzeiten haben wir mal halb darüber gesprochen und bei jedem schreienden, lachenden, Eis essenden Kind, dem wir begegnen, sagt sein Gesicht es wieder und wieder: nicht für mich. Ich würde, und das ist das erste Mal in meinem Leben, im Moment einiges dafür geben, mit einer Frau zusammen zu sein. Es einfach passieren zu lassen, es drauf ankommen zu lassen und zu hoffen, dass das zu meinen Gunsten ausfällt.

All das liegt mir auf der Zunge, während wir so gehen. Die kargen Nadelbäume stehen aufgereiht wie müde Riesen nach einer langen Wanderung, Nebelschwaden schlängeln sich zwischen ihnen hindurch. Die Luft ist mittlerweile beißend kalt. Aber ihr meinen Schal anzubieten bringt jetzt nichts, das weiß ich. Auch als sie noch wesentlich kleiner war, konnte man sie nie davon überzeugen, sich wärmer anzuziehen. Mützen, Schals, Handschuhe, alles störte, nur das Allernötigste wurde akzeptiert, bis ihre kleinen Finger steif, die Ohren knallrot waren und die Lippen auch wirklich zitterten.

Dass ihre Lippe auch jetzt, hier, heute zittert, kann ich hören, als sie sagt: »Er wird mir niemals wirklich glauben, dass ich erwachsen bin. Er tut so, aber er nimmt es eigentlich nicht an.«

»Du wirst immer sein Kind bleiben, da führt kein Weg dran vorbei.«

Manchmal fallen mir die Phrasen einfach aus dem Mund, ohne dass ich etwas dagegen tun kann. Sie kommentiert das nicht. Im Mondlicht sieht sie noch älter und noch elfenhafter aus und lächelt mich an. Sie ist auf ihren Stiefeln ein bisschen größer, was die ganze Situation recht unbehaglich für mich macht. Ich beneide Max, zu dem nahezu alle aufsehen müssen. Und in ihrem Blick liegt mehr als nur Dank und Respekt. Ihr Grübchen auf der linken Seite ist tiefer als das auf der rechten, etwas Schiefes ist in ihrem Gesicht. Mitleid mit dem alternden Typen, der hier vor ihr steht und versucht, ihr die Welt zu erklären, obwohl er nichts weiß, nichts über sein eigenes und schon lange nichts über ihr Leben, wie ihre Tage laufen und die Nächte und was sie im Ernst gerade beschäftigt. Schon länger habe ich den Eindruck, dass da etwas zwischen uns steht, ungreifbar. Und ich könnte daran wirklich, wirklich verzweifeln. Ich sollte mir dringend weniger Gedanken darum machen, ob sie mich liebt. Als sie etwa elf war, hat das angefangen. Bis dahin war ich ihr Held und sie meine größte Verehrerin, fand alles toll und erstrebenswert, was ich tat. Ich hatte für Kinder immer schon etwas übriggehabt, mochte sie meist beneidet haben um die ganze Zeit, die vor ihnen lag, ohne Druck und Sinnfragen. Mit der Kunst versuche ich bis jetzt, alles an Kindereien auszuleben, was mir so in den Sinn kommt. Max würde jetzt sagen, dass ich da etwas aufzuholen hatte. Selbst Pega würde dazu jetzt wahrscheinlich irgendein Spruch einfallen von wegen Kompensation. Und sicher,

Mutter sagte nein und schlug mir auf die Finger.
Was Vater sagte, weiß ich nicht,
denn meinen Vater gibt es nicht.

Schon stehe ich zum zweiten Mal heute am Hochsitz und sehe jemandem beim Raufklettern zu. Ich hoffe, ich habe nicht so viel laut gesagt, Pega schaut im Mondlicht aus großen Augen zu mir hinab, erhobene Brauen. Sie traut dem morschen Gebilde nicht, in das ich sie da gerade schicke, aber sie ist furchtlos wie immer.

»Und was ist mit dir? Hältst mich auch noch für ein doofes kleines Mädchen?«

Wir hocken also nebeneinander in der Hütte auf Stelzen, meine kurzen und ihre langen, schlanken Beine, ihre Stiefel stoßen gegen die Wand vor uns. Ich lasse einen meiner Füße gegen ihre kippen.

»Interessiert dich das wirklich?«

Sie seufzt. »Nein.«

»Danke.« Auch wenn es manchmal hart ist, mag ich, dass sie ehrlich zu mir ist. Dass sie mir nichts vorheuchelt. Diese kindliche Direktheit hat sie nie abgelegt, und ich finde das sehr angemessen. Sonst sind die Leute selten offen zu mir, ich bin das Scharwenzeln und Schleimen gewöhnt und die anbiedernden Blicke und ausgegebenen Getränke. Überhaupt: Alkohol! Sehr gut, ich ziehe unter der Sitzbank hervor, was ich hier schon länger deponiert habe. Es ist ein Cognac, nicht wirklich mein Fall; seit ich 17 war, hat sich mein Geschmack eigentlich nicht verändert. Sternburger und Chips ziehe ich immer noch vor. Ich könnte das natürlich auch bei jedem Empfang, jeder Vernissage und jeder anderen Veranstaltung bestellen, wäre sicher eine niedliche, gut vermarktbare Macke, aber solche Geister ruft man lieber nicht. Ein einziges Mal hatte ich vor Jahren auf einem Podium durchblicken lassen, eine Schwäche für rote Smarties zu haben.

»Erinnerst du dich noch an die Smarties?«

Zu meinem Vergnügen kichert sie leise röchelnd vor sich hin.

»Diese Wagenladungen, die du immer bekommen hast. Und dann durfte ich sie essen.«

Sie nimmt einen Schluck Cognac. Sie trinkt trotzdem

noch wie aus der Schnabeltasse, da kann sie mir erzählen, was sie will. Ihr zufriedenes Schmatzen ist auch immer noch gleich. »Die mag ich immer noch. Aber lieber die grünen.«

»So? Dachte, du wärst erwachsen?«

Der Stoß in die Rippen zieht fies, der Satz danach auch: »Und ich dachte, du wärst so ein Flummi? Superresilient, das Alter kann dir nix anhaben und so?«

»Hör auf, ich hab mich vorhin mit der Kettensäge schon verhoben.«

»Wie wär's mal mit ein bisschen Sport?«

Ich schnaube so laut, dass ich kurz befürchte, jetzt Rotz aus der Nase hängen zu haben. Ich wische prüfend mit dem Handrücken nach, der trocken bleibt. Pegas Grinsen, das Max' erschreckend ähnelt, blitzt. Jeder noch einen Schluck. Natürlich würde ich niemals mit was auch immer für einem Sport anfangen, die Philosophie des Laufens, hopp oder top, dafür ist mir die Zeit viel zu schade.

»Max macht das«, versucht sie eine letzte Bemerkung in die Richtung.

»Natürlich. Was hat das mit mir zu tun?«

»Möchtest du nicht mithalten?«

»Sag, so in deiner Vorstellung: Wie oft rennen wir da um die Wette?«

»Na ja, so allgemein Kondition, den Körper jung halten.«

»Ist alles eine Illusion. Älter werden ist prima.«

»Sagst grad du?«

»Findest, es steht mir nich?«

»Dir steht *alles.*«

Wir sehen uns lange an und atmen uns ins Gesicht. Sie zwinkert, das konnte sie früher nicht. Sah immer eher aus wie eine komische Grimasse und wir warnten sie wie alte Omchen, wenn die Uhr gleich schlüge, dann würde das so stehen –! Jetzt ist es keck und sexy. Ich frage mich, ob sie so etwas vor dem Spiegel übt.

»Das haste aber nicht von deinem Vater.«

»Flirten ist nich so sein Ding.«

Oh, wenn sie wüsste.

»Erzählst du mir heute noch, was mit dir ist?«

»Wie, was ist?«, eine typische Tonio-Frage-Gegenfrage-Situation.

Jetzt kann sie was lernen. Ich neige den Kopf, weiß, wie meine Augen am größten und hellsten aussehen, wenn ich den Winkel richtig abpasse, durchleuchte sie, bis sie leise stöhnend klein beigibt: »Nichts. Er nervt. Obwohl wir uns so wenig sehen, nervt er trotzdem.«

»Das ist alles? Wieso juckt dich das jetzt plötzlich?«

»Keine Ahnung. Die ganze Zeit hab ich mich so frei gefühlt, und kaum bin ich weg von ihm, fühl ich mich kontrolliert, sind da diese komischen … Widerhaken, wenn wir reden.«

»Das sind einfach nur Widersprüche. Das kennst du bloß kaum von ihm. Aber ist kein Wunder.«

Der Cognac wird immer besser, je mehr man trinkt. Bei einem besonders großen Schluck rinnt ihr ein Tropfen aus dem Mundwinkel und das glatte Kinn hinab. Ich hindere sie nicht. Wie viel sie verträgt, sollte sie seit zwei bis vier Jahren selbst wissen. Und wenn nicht, wird sie es eben heute lernen. Nur von der Leiter fallen sollte sie nachher nicht, Splitterbrüche sehen Eltern auch an volljährigen Kindern ungern. Wie sie aufsteht und sich wankend einmal um sich selbst dreht, um sich mir gegenüber hinzusetzen, zucke ich kurz und will sie wieder halten. Sie sitzt breitbeinig da und sieht mich mit roten Wangen an, es wird immer dunstiger hier drin, obwohl die Wände wie aus Pappe und die Fenster, logisch, unverglast sind.

»Konntest nicht ewig alles machen, was er dir gesagt hat.«

Das missfällt ihr sehr, sie will widersprechen, aber das geht in einem Rülpser unter, der mich wiederum grunzen lässt.

»Alles halb so wild.« Ich klinge wie ein sehr, sehr alter Sack heute. Ich frage: »Also? Wird das heute noch was?«

»Nö.«

Eine Weile lassen wir die Stille zu, das leise Rauschen, keine Vögel und keine Seelen. Ich schaue zu, wie ihre Schemen sich hin und wieder sachte verschieben. Die symmetrischen Lichtpunkte, die sich in ihren Augen spiegeln. Es bringt nichts, immer wieder denke ich: Etwas so Vollkommenes ist mir nie gelungen.

Da ist dieses Ziehen, das immer schwächer wird bei den Bildern und Sachen, die ich mache. Sehnsucht. Sie kommt zurück. Die, die mich am Anfang ausmachte. Gerade in der Zeit dazwischen. Zwischen der Entscheidung, zu malen, zu malen und nichts anderes zu wollen, und der ersten Anerkennung, die Zeit, die sich damals wie eine Ewigkeit anfühlte. Der Spagat zwischen Hoffnung und Ungewissheit, die zwar so fern auf den ersten Blick nicht voneinander liegen, aber einen doch zerreißen können. Es war schmerzhaft, immer wieder Hoffnungen, Aussichten, vielversprechende Kontakte und dann erdrückende Enge in der Brust bei jeder Absage. Die zweifelnd-mitleidigen Blicke der andern. Kollegen, die viel früher als ich den Durchbruch schafften. Und dabei der Drang nach dem Malen, das Wissen, dass es nichts anderes gab, was ich so sehr wollte. Und konnte. Wie eine Ziehharmonika auf und zu gefaltet werden, zusammengeschoben, bis man winzig klein ist und verkrümmt. Töne der Verzweiflung, der Klage, aber manchmal auch Jauchzen, weil mich nichts so glücklich machte, wie der Vater dieses Bildes und jener Figur zu sein. Und jetzt sitze ich hier und möchte nur dieses Mädchen.

Wie ich die Hand ausstrecke, ihr Haare hinters Ohr lege, ist meine Geste lange nicht so vertraut, wie sie sein müsste. Ihr Ohr ist warm, wärmer als gedacht, vielleicht macht auch das der Cognac. Sie hält mein Handgelenk fest, ihre Finger wickeln sich darum wie eine sanfte Fessel. Es ist nicht klar, ob sie mich hält oder näher zieht oder wegdrückt. Mein Herz schlägt einen Moment lang schneller, ich weiß gar nicht, warum. Vielleicht ist das der Grund dafür, dass ich ständig alte Fotos anschaue von ihr. Um nicht zu vergessen, wie klein sie einmal war. Wenn sie keine Kniefte mehr ist, dann ist sie – das. Die Porzellanfrau im Mondschein. Die verletzliche Muse. Unwillig, auch. Und mit Trinkeratem. Genau der richtige Bruch an der passenden Stelle. Mitten im goldenen Schnitt. Ich lächle ihr panisch zu. Sie lächelt nicht mehr zurück. Ich lasse die Gelegenheit verstreichen, der Abstand zwischen unseren Nasen bleibt gleich, sie sieht mich herausfordernd an, so lange, bis ich frage: »Was willst du?«

»Euch vergessen wär ein Anfang. Euch alle drei.«

Sie zeigt auf mich und daneben auf zwei Stellen in der Luft, als wären Max und Tonio auch hier. Ich hocke weiter ganz nah bei ihr, aber meine Hand sinkt. Den Kopf nach links legen. Das weckt Sympathie in ihrem Hirn, ohne dass sie das kontrollieren kann. Das hat sie zwar wahrscheinlich schon im Grundkurs gelernt, aber vielleicht will sie ja auch das vergessen.

»Uns vergessen? Auch mich?«

»Vor allem dich.«

»Wa–«

Jetzt grinst sie schon wieder, aber nur kurz und ein bisschen so, als würde es weh tun. Mehr werd ich nicht bekommen. Ich strecke die Arme raus und zieh sie an den Schulten zu mir ran, drücke ihr Gesicht gegen meine Jacke, sie lässt das zu, aber es hilft ihr offenbar nicht so, wie mir. Ihre Haare fließen durch meine Finger. Der Moment geht vorbei, das Herzklopfen wird leiser. Es stinkt in dieser Hütte. Und es ist kalt.

»Hol dir keinen Splitterbruch«, sage ich noch, bevor ich ihr voran nach unten steige. Die leere Cognacflasche fällt ihr aus der Hand, gleich am Anfang der Leiter, und geht klirrend zu Boden, zerspringt gelblich glitzernd im

Licht ihres Telefons. So hart ist der Boden also doch noch. Sie schliddert nicht einmal ein kleines bisschen, und auch als sie am Ende in meine Arme fällt, macht sie das mit Absicht. Vielleicht, um mir nah zu sein. Vielleicht auch nur mir zuliebe, um mich zu trösten. Jetzt berühren unsere Nasen sich beinahe. Ein Zucken blitzt in ihrem Gesicht, wie aufwachen, zögernder Griff an meiner Jacke, ihre enge Kleidung, ihr Geruch sind noch da, ihr Herzschlag, sie vermeidet Blickkontakt, schaut auf den Scherbenhaufen hinab. Kurz flimmert die Erinnerung auf, ihre winzigen patschenden Händchen in der Farbe. Tausendmal wertvoller jede Leinwand, auf die sie einen Klecks gemacht hat, ihre ungläubigen Augen, als sie begreift, dass sie die Farben fassen kann und eine Leinwand hernehmen und dass dann schon alles bereit ist und nur durch ihr Ein- und Ausatmen, winzige Bewegungen, etwas entsteht. Die Echtheit, die sie auslöst, ihre überraschten Laute und das Gefühl, das sie mir geben, wie eine ganze Picknickdecke in der hinteren Jeanstasche, die man auffalten kann und aus der man alles für sie bauen will, Zelte und Segel und königliche Gewänder, zu jeder Zeit. Plötzlich ist alles möglich. Sie riecht anders als sonst. Sie riecht nicht mehr nach Tonio.

»Du hast mich betrunken gemacht.«

»*Du* hast dich betrunken gemacht.«

Wir wanken. Ihre Arme legen sich um meinen Hals, leises Kichern, dann doch ihre Augen, zwei schwarze Löcher oder schimmernde Käfer.

»Und jetzt ab ins Bett.«

Ich halte sie fest, den ganzen Weg bis zum Haus, denn: »Der Boden wackelt.«

Ein mir wohlbekannter Satz. Einer, der meine Kindheit ganz gut überschreiben würde. Die kranke Mutter, ein abwesender Vater, große Bleistiftzeichnungen, große Träume auf der Raufasertapete an den Wänden, der Geruch nach Frust und nach Alkohol, die schweren Flaschen und meine zitternden Arme, wenn ich sie vom Kiosk heimtrug. Verhasste Einkäufe, für die ich natürlich niemals ein gutes Wort hörte. Aber nicht nur ihre Stimme halte ich fern. In meinem Kopf ist sie nur die Summe der einzelnen Körperteile. Haare, die strähnig auf dem alten Kissen liegen. Die nackten Füße. Die Hand reglos auf der Fernbedienung. Ich habe keine Ahnung, ob sie einmal schön war. Oder schlau. Oder charmant. Ob sie wirklich ein Mensch war, mit einem Lieblingsessen und Schuhen und einem Wunsch danach, wie sie ihr Leben gestalten, was für eine Person sie sein wollte.

Wenn sie mich ins Bett brachte, war sie meist grob. Am Anfang noch gab sie sich Mühe, wenn wir in der Öffentlichkeit waren. Dann strich sie mir im genau richtigen Takt über den Kopf oder die Schulter und gab mir höchstens einen Klaps in den Nacken, wenn mein Blick sich in den Wolken verfangen hatte oder ich jemandem zu lange nachsah. Trotzdem war ich, als es noch gute Tage gab, zu jung, um mich bis heute daran zu erinnern. Da ist nirgendwo Dankbarkeit und viel verlorenes Türschwellensitzen und darauf warten, dass sie aufwacht. Das Unsichtbarwerden hatte ich mir aus Notwehr beigebracht.

Unser kleines Haus hier am See liegt nicht weit von Sachsenhausen. Ich weiß nichts über die Familie meines Vaters. Ich weiß nur, dass er ein Jude war und ein Pole und ein Vollidiot. Ob meine Großeltern in einem KZ waren, keine Ahnung.

Meine Mutter war keine Jüdin, also werde ich nicht als jüdischer Künstler wahrgenommen. Ich hatte mit Religionen sowieso nie viel am Hut. Meine Großeltern mütterlicherseits waren zwar Feiertagschristen, ich wurde getauft und immer an Heiligabend in eine Kirche verschleppt, obwohl ich mit fünf schon dagegen protestierte und mit sieben begann, mich während des Gottesdienstes aus dem Staub zu machen, erst durch die Kirche zu streunen, den Blick immer an die bunt glitzernden Fenster geheftet, und dann drumherum und über den Friedhof. Ich suchte nie nach Gespenstern. Früher fand ich den morbiden Charme, die flackernden Lichter und verdorrenden Blumensträuße und die schwangere Stille, in der alles liegen konnte, sehr anziehend. Aber die Todessehnsucht und Faszination für das Vergängliche werden weniger, je älter ich werde. Nur *The End* von den Doors wird mir nie zu lang.

Max dagegen geht zunehmend gern durch Grabstätten. Vielleicht ist das eine Berufskrankheit, seine Kollegen kenne ich nicht, er hat mich nie jemandem vorgestellt. Und wenn, dann habe ich die alle umgehend wieder vergessen. Die seien alle noch langweiliger als er selbst, hatte er zu mir gesagt. Aber vermutlich war ich ihm einfach zu seltsam. Ich glaube nicht, dass seine Kollegen eine

Zeichnung oder Plastik oder Skulptur schätzen können, die sie nicht eigenhändig ausgebuddelt haben und die nicht unter irgendeinem Pharao vor Tausenden von Jahren in Auftrag gegeben wurde, damit der sich in seiner muffigen Grabkammer nicht ganz so allein fühlte. In diesem System bin ich ein Niemand. Aber mit Max würden besonders zukünftige Doktorsöhne und -töchter, so weit bin ich mir sicher, sofort überallhin gehen.

Er hat nie gelernt, wie anziehend er wirklich ist. Hat keine Ahnung, wie gut ihm dieser neue, knappe Rollkragenpullover steht. Oder vielleicht weiß er es, aber er hat sich über die Jahre diese Lässigkeit angewöhnt, das betonte Desinteresse an seinem Äußeren. Als wir uns Ende der Neunziger kennengelernt haben, waren wir uns gar nicht so unähnlich. Flanellhemden und alte Jeans. Mit 21 waren unsere Skateboards glücklicherweise schon zu peinlich, als dass wir sie noch öffentlich mit uns herumtrugen, und so stellten wir erst, als wir zusammenzogen, fest, dass wir sogar genau das gleiche billige und fast unbenutzte Modell besaßen, und rollten darauf eine halbe Stunde lachend in unserem neuen riesigen Flur auf und ab.

Ein paar Jahre später war er dann darauf gekommen, betont Schlichtes oder gar Hässliches anzuziehen. Aber nicht laut-hässlich, rote Lederjacken oder bunte Budapester, wie ich sie manchmal trug, sondern khakifarbene Turnschuhe und beige, unförmige Sonnenhüte. Hosen und Pullover hatten grundsätzlich unkompliziert und grau oder schwarz zu sein. Und wann immer ich ihm heute ein gutes Kleidungsstück anzudrehen schaffe, triumphiere ich leise, wenn ich sehe, wie er sich heimlich kurz vor dem Spiegel dreht, bevor wir das Haus verlassen, wie seine Haltung sich verändert, wenn die Schulterweite stimmt und der Stoff sich angenehmer als sonst anfühlt auf seiner Haut. Seine schmalen Hände mit den langen Fingern, die wie zwei Fächer über das Material gleiten, ruhig und ganz im Moment.

Das Haus liegt still da. Wir kommen herein, Pega murmelt die Namen von Sesamstraßenpuppen vor sich her, Tonio sieht im dunklen Wohnzimmer von seinem Klapphandy auf. Das Ding ist wirklich steinzeitlich und grauenvoll hässlich, aber er besteht darauf, es zu behalten. Sein wacher Blick streift uns, die dunklen Brauen sinken in eine gerade, sanfte Linie. Als Pegas Körper, behutsam aus dem Mantel geschält, die Laken des Gästebettes berührt, ist sie fast sofort eingeschlafen, murmelt noch, Bibo hätte sie immer gemocht. Morgen wird sie aufwachen mit Kopfschmerzen, aber der Gewissheit, dass ihre Probleme vorbeiziehen werden wie Wolken. Mit der kalten Decke tupfe ich ihre geröteten Wangen ab, auf dem Nachttisch lasse ich ein Wasserglas und eine Aspirin.

Tonios Lächeln ist, von unten durch das grünliche Display beleuchtet, besonders breit, als ich wiederkomme. Dann sehe ich zu, wie er im Schummrigen den schwarzen Pullover abstreift. Er ist immer noch schmal, ein bisschen gesetzter, er hat mehr Brusthaare als früher, und sie nehmen sich nicht dezent zurück. Sie kräuseln sich dick und schwarz, besonders um seine Brustwarzen. Bevor er sich untenrum auszieht, legt er sich das Pyjamaoberteil um und knöpft es zu. Ein Berg Baumwolle, dezentes blaues Muster, schimmernde Knöpfe wie Perlmutt, das volle Programm. Ich muss leise grunzen, schon wieder. Cognacatem schwelt durch den Raum, vielleicht bis zu ihm hinüber, denn da sieht er plötzlich kritisch auf, ein Blitzen in seinen Augen, und ich bin nicht sicher, woher sonst die Spannung in der Luft plötzlich kommt. Ich versuche angestrengt, ihn zu lesen. Aber er steht nicht auf, und es ist wirklich sehr dunkel. Ich gehe auf ihn zu, bis ich ein bisschen schwankend vor ihm stehe, mein Hosenstall auf seiner Augenhöhe. Da ist auf einmal etwas. Herausforderung vielleicht, Elektrizität, nicht ganz greifbar. So ähnlich, wie vorhin mit Pega. Unklar, ob es Zu- oder Abneigung oder Mitleid ist. Plötzlich erhebt er sich ebenfalls, sein Gesicht ein bisschen über meinem, unsere Gürtelschnallen berühren sich, klingeln sachte. »Wo wart ihr?« Ich gluckse. Grinse ihn an. Er grinst nicht zurück. Er macht ein paar Schritte nach vorn, ich lass mich dirigieren durch das dunkle Wohnzimmer.

»Was soll das?«

»Was soll was?«

»Füllst sie ab?«

»Reg dich nich auf.«

Seine Hand legt sich schwer auf meine Brust, schiebt mich weiter, reflexartig greif ich den Kragen vom Pyjama. Ganz weich. Er riecht nach Salz und Wasser. Er riecht besser als früher. Das Grinsen wächst von selbst, sticht mir schon in die Wangen, ich kann gar nichts dafür. Irgendwas ist wahnsinnig komisch daran, ihn so im Trüben zu lassen. Überhaupt ist es wahnsinnig komisch, betrunken Leute in die Irre zu führen, so dass sie einfach nicht absehen können, wie betrunken man wirklich ist. So, dass man eigentlich selber nicht mehr so genau weiß, was wahr ist und was Einbildung.

»Ist doch nicht dein Ernst.«

»Ich sag doch: Reg dich nicht auf. Kein Grund.«

Ganz nah vor mir atmet er, im Rachen rasselt es leise. Da ist Ärger in seinem Gesicht und Angst und noch etwas: »Stehst immer noch auf Minderjährige, oder wie?«

Von allen Seiten drängen Bilder in mein flackerndes Blickfeld, jetzt bloß nicht die Augen schließen. »Bist du bescheuert?«

Er schiebt mich noch weiter, zwischen mir und der Wand aber ist das Sideboard, das mich ins Wanken bringt. Dieser beschissene Van Duysen, dieser Arsch. Ich sacke wie eine Marionette nach hinten weg und rutsche die Wand runter, Gekippel, will wieder nach Tonio fassen, doch da klirrt es schon. Leise eigentlich, aber in der Stille dröhnend laut. Wir beide, rausgerissen, drehen die Köpfe im Dunkeln. Dann plötzlich hastige Schritte, Tonio schaltet die kleine Lampe am Sofa ein. Ich sacke ganz auf das dämliche Möbel zusammen und blase mir bar jeder Lässigkeit die Haare aus der Stirn. Ich schwitze. Die Teeschale liegt da. Einen Moment sieht es aus, als wäre sie unversehrt, als wäre nichts weiter passiert. Als wäre sie einfach ein Stück im Boden versunken, wie in einer Pfütze. Doch die Seite, die den Boden als Erstes berührt hat, ist durchgeschlagen, nach innen weggeknickt. Bei genauerem Hinsehen: wie gesprenkeltes Moos und Kristalle. Mir wird jetzt wirklich schlecht. »Ich mach das schon. Geh nach oben«, sagt Tonio mechanisch. Ich gehe ins Bad, kotze ins Klo und schlag mir dabei die Knie an wie ein Teenager, frage mich, was heute Abend hier passiert, wo der Fehler ist. Ein Geschmack im Mund, als hätte ich einen Bienenstock gefressen. Dann aber tue ich wie mir geheißen und bin heilfroh, dass das Licht im Wohnzimmer schon wieder aus ist und ich von Tonio nichts erahnen kann als einen Deckenberg und im Nacken gefühlt zwei glühende braune Augen.

Hier oben hat man offenbar nichts gehört. Auf dem Boden der Bibliothek, den Blick aus dem Fenster gerichtet, liegt Max und lässt sich vom Mond anleuchten. Ich habe ihn einige Hunderte Male gezeichnet und gemalt, in den letzten zwanzig Jahren. Er weiß nur von einem Bruchteil dieser Entwürfe, und auf vielen Bildern hat er sich niemals erkannt. Ein weißer, gespenstischer Mann. Auch die Schatten lieben ihn. Wabern, räkeln sich genussvoll über ihn, wenn er am Fenster sitzt oder hier im Haus im Erker liegt und in den Himmel blinzelt. Er ist ausgestreckt. Groß und schlank und selbstverständlich nimmt sein langer Körper den Platz ein, den er braucht. Ich weiß nicht, worüber er dort nachdenkt. Ich nutze den Moment, lege mich dazu, auf die Seite, neben ihn, die Fingerspitzen seiner Rechten schweben kurz vor meinem Gesicht über dem Teppich. Nachts ist es immer leichter, es fühlt sich manchmal noch an, wie früher, im Halbdunkel. Wenn da nicht gerade die Scherben gewesen wären.

»Was machst du?«

»Nachdenken.«

Ein Gespräch, das wir schon Hunderte Male geführt haben. Nebeneinanderliegen und nichts sagen. Es quält mich, wie schön ich ihn finde. Aber er glaubt es mir nicht. Deswegen sage ich es nur noch selten. Jetzt nicht.

»Die Kniefte?«

»Ist im Bett.«

»Schlimm?«

»Nur ein bisschen betrunken.«

Er verzieht das Gesicht. Dieser Mann trinkt nicht, und das macht viel dazu, dass ich ihn liebe. Die Klarheit seiner Gegenwart ernüchtert auch mich, ist ein Spiegel, ein Stoß Gebirgsluft, als würde man den Kopf unter kaltes Wasser halten. Ich hebe den Blick, robbe ein Stück nach vorn, lege mein Gesicht in seine Hand, die zögerlich meine Wange umschließt. »Was ist mit ihr?« Ich drücke müde Küsse in die Handfläche. »Die Frage ist eher, was mit euch war.« Er dreht den Kopf zu mir. Er kann sehr böse dreinschauen. Deswegen kommt zu seinen Vorlesungen auch niemand zu spät. Er starrt die Leute einfach nieder. Es ist eine Qualität, die er sich erst in den letzten Jahren angeeignet hat, berufsbedingte Dominanz, sehr männlich. Vielleicht finde ich es genau deswegen so sexy, eine ganz neue Seite an ihm. Jetzt bloß keinen Witz, keine Grimasse. »Was sollte denn diese ganze Preußennummer von wegen Fleiß und Vorhaben und Durchziehen?«, fragt er, als ob ich Tonio für ihn übersetzen könnte.

Die Stille der Nacht macht es leichter für mich, seine Sätze, die auf dem Weg an mein Ohr zu verwackeln und zu verrutschen scheinen, wieder zu sortieren. Ich rücke noch näher, wie automatisch klappt sein Ellbogen um und sein Unterarm liegt faul auf meinem Rücken. Ich kremple den Pullover nach oben, ziehe dann etwas ungeduldig das Unterhemd aus seiner Hose und schiebe es hoch bis unter die Achseln. Seine Brust ist ein bisschen zu flach, die wenigen Haare schimmern ganz hell. Er riecht nach Salbei, Mandeln und Seife. Er riecht immer gut. Auch wenn er schwitzt. Auch, als er in den Neunzigern mit mir schnaufend Farbeimer und Schrottmöbel durch Berlins Verkehr schleppte, wir zwei mit unseren vier dürren Armen. Ich kann ihn vor mir sehen, mit einer zerknautschten Baseballkappe und wie seine blonden Augenbrauen zuckten, als ich, wie wir den Kiosk das erste Mal gemeinsam verließen, nach Feuer fragte. Wie er keins hatte und wie er laut sagte, dass er Nichtraucher sei. Ich rauchte erst recht weiter. Aber trotzdem tauchte er beharrlich immer wieder auf, immer wieder vor mir an der Kasse und manchmal hinter mir, sein Blick in meinem Nacken. Obwohl er zugab, keine Ahnung von Kunst zu haben, kaufte er mir Papier. Lang, bevor er etwas von mir gesehen hatte. Er behauptete dann manchmal schmallippig, zu investieren. Wenn ich fragte, in was, dann gab er mir darauf keine Antwort mehr und schenkte mir ein Grinsen. Klein, blitzend, selten, überstrahlte das dann alles.

Und dann vögelten wir. Das erste Mal in meinem Zimmer, ich hatte dafür allen Ernstes Kerzen aufgetrieben und billigen Wein. Mir lag sehr viel daran, ihn zu beeindrucken. Vom Wein trank er nicht einen Tropfen. Ich dafür umso mehr. Und seine Lippen wurden immer röter, und seine blonden Haare kräuselten sich michelangelomäßig. Als ich von meiner Säufermutter erzählte, hob er mitleidlos eine Braue und sagte so was wie »na dann«. Wir saßen da, und ich trank, und die Kerzen brannten ab, und zu *Whole lotta love* legten wir uns voreinander hin, auf den Boden, und sahen uns ewig lang an bei dem ganzen Geflacker. Dann packte er meine Handgelenke, und ich ließ mein Gesicht gegen seins fallen. Anders kann man es wirklich nicht beschreiben, natürlich stöhnten wir auf vor Erlösung und rekelten uns zusammen herum und fanden das wahnsinnig leidenschaftlich. Im Nachhinein waren wir beide zwei schmächtige Würmchen, und wir stießen die Köpfe aneinander und bissen uns auf die Zungen und rammten uns Ellbogen und Knie an weiche Stellen. Aber der Puls in den Ohren und das Adrenalin in den Adern pochten darüber hinweg.

Dass ich am Ende über ihm kniete und tief gebeugt meine Finger in ihn schieben konnte, war dabei kein Zufall. Er hatte das ganz bewusst geschehen lassen. Obwohl er sonst besitzergreifend den Arm um mich legte und mich manchmal einfach aufhob und herumtrug, damals war ich schließlich ein Fliegengewicht. In dem Moment lag er seufzend in meiner Achselhöhle, die halboffenen

Augen zu mir aufgerichtet, seine flachen Wangen rosa. Sein Blick weit weg. Bis heute ist es eines der besten Gefühle, ihn so halten zu dürfen, wie ihn sonst keiner anfassen darf.

Aber wir haben uns verändert. Da ist nicht der billige Laminatfußboden unter uns, da ist weicher Teppich ohne Krümel. Wenn wir uns ansehen, dann ist das wie eine warme Dusche. Das Vertrauen rieselt als feiner Sand durch meinen Körper. Wenn ich mein Bein anwinkle und an ihm einhake, bleibt es wie von selbst an der Hüfte liegen, mein Oberschenkel quer über seinen flachen Bauch. Er sagt nichts. Dass er diese Phasen hat, in denen er kaum redet und die immer länger werden, schnürt manchmal auch mir die Kehle zu. Seine feinen Gesichtszüge sind dann unergründlich, schweigsam wie der Wald um uns und der See und dieser ganze Ort, der mich schon beim ersten Mal an ihn erinnert hat. Ich küsse seine Wange. Er reagiert nicht, nicht mal ein Blinzeln. Hat er doch etwas gehört von dem Zirkus unten? Ich habe das Gefühl, nicht nur die Schale, sondern auch das Bild von eben, er, hier, liegend, versunken, kaputt gemacht zu haben mit meiner Anwesenheit. Ich klammere mich stur fest. Drücke meine Hüfte gegen seine. Er hmpft nur, verbirgt das Gesicht ein bisschen an meinem Hals.

»Du bist betrunken.«

Er nuschelt schlimmer als ich. Seine Stimme ist sanft und hoch und ein bisschen wie mit zwanzig. »Tonio pennt wohl schon, dass de jetzt ankommst?« Da unterbreche ich, schaue auf ihn hinab. Diese Betonung. Ich hänge jetzt halb über ihm, und er liegt immer noch weitestgehend reglos da. Langsam gleiten seine Augen einmal um mein Gesicht her. Sehen mich an, ohne hinzusehen.

»Der simst.«

»Das gibt's noch?«

»Vielleicht spielt er auch *Snake*, was weiß ich. Eifersüchtig?«

Zur Strafe rolle ich mich schwer auf ihn, er keucht, ich schaue böse. Keine Arme, die sich um mich wickeln, kein Versuch, mich hochzuheben.

»Wenn er an deinem Rockzipfel hängt und den alten Zeiten hinterhertrauert, dann lässt er die Kniefte wenigstens in Ruhe.«

»Was hast'n auf einmal gegen seine Erziehungsmethoden?«

Max schweigt sehr lange. Die Zeit dehnt sich, schwelt zwischen uns, die Stimmung ändert sich mehrfach, bis ich gar nicht mehr weiß, was jetzt kommt: Witz, Pointe, Lehrstück?

»Er sperrt sie ein. Sie ist schon ganz unruhig.«

»Als ob.«

»Er tut's.«

»Er macht sich Sorgen.«

»Ja, um sein Meisterstück. Darum, dass seine Arbeit zunichtegemacht wird.«

»Sie ist doch schon unsere Nichte. Und wir sind die bösen Onkels.«

»Reik.«

Wann haben wir begonnen zu zischen?

»Max.«

»Reik.«

Ich küsse ihn. Er reagiert immer noch kaum. Ich packe in seinen Schritt.

»Mach mir doch ein eigenes Baby. Dann lässte seins in Ruhe.«

»Musst du grad sagen. Cognac, ehrlich.«

»Hey, du kannst das unterscheiden? Nur vom Mundgeruch? Du wirst besser.«

Plötzlich schneidet seine Stimme fast in mein Ohr: »Was hast du mit ihr gemacht, hm?«

Ich bin auf ihm, unsere Schwänze liegen direkt beieinander, ich kann seinen ein bisschen zucken fühlen. Vielleicht ist es auch meiner. Seine Augen bohren sich in mein Hirn. Ich seh doppelt. Da sind zwei Mäxe. Einer schaut böse drein, einer grinst wölfisch.

»Mach keine doofen Witze. Sie ist'n Baby. Mach mir mein eigenes.« Warum auch immer ich das noch mal sage, dieser Satz klingt so doof. Baby ist auch ein blödes Wort. Aber man kann ›Kind‹ einfach nicht ironisch sagen. Auch nicht halbironisch.

»Lass uns schlafen.«

Er wartet nicht auf mich. Er steht auf und geht hinüber in die Kammer. Ich sehe ihm nach, seiner gebeugten Haltung, der Hand, die seinen Nacken reibt. Höre das Kritzeln, die stoppelig kurz rasierten Haare zwischen den Ohren. Ich rolle mich hinüber auf das Stück Boden, auf dem er gelegen hat, aber da ist nichts von ihm zu spüren. Er hat keinerlei Wärme hinterlassen. Ich versuche, ihn beim Ausziehen zu beobachten. Aber eigentlich erkenne ich nichts. Da sind leise flappende Geräusche von Kleidung, die abgestreift und gefaltet und auf einen Stuhl gelegt wird. Himmel, das Geklacker, war das ein Kleiderbügel, auf dem er jetzt sein T-Shirt aufhängt? Manchmal wünschte ich mir, er würde mich mal anständig betrügen, einfach durchdrehen, so wie er es im Bett sonst macht. Nur ohne mich. Mit sonstwem. Irgendeinem niedlichen Studenten. Anderswo trifft er ja keine Leute mehr.

Doch obwohl es erst einige Jahre her ist, dass er das erste Mal nach Japan gereist ist, durch die Vorstädte von Tokyo, in Kamakura über Stunden durch Schreine und Tempel strich und vor dem großen Buddha stand und begeistert zusah, wie die kleinen Türen an seinem Rücken aufgeklappt wurden und es kurz so aussah, als hätte selbst Buddha Flügel verpasst bekommen: das steinern Ruhige, Erdige, Entspannte, lag schon von jeher in seiner Seele, ganz tief, die Basis. Vielleicht hat er nur auf diesem Weg die turbulente Kindheit aushalten und verkraften können. Natürlich hat er das selbst verklärt. Erinnerungen an die WG seiner Mutter, in der er als kleiner Junge an einem Nachmittag in der Küche einen Mann tot aufgefunden hat, das Gesicht in seinem Porridge begraben, ein Arm abgebunden, gibt es nicht. Er hat an diesem Tag und auch in der Woche danach nicht gesprochen und war kaum aus dem Sandkasten zu kriegen gewesen. Hatte nur manisch Muster in den Sand gekritzelt, wie ein sehr kleiner Irrer. Wir haben darüber nie geredet, einer der vielen Exfreunde seiner Mutter hatte mir das erzählt, die tauchten eine Zeitlang häufig bei Ausstellungen auf und schnorrten. Gute Menschen sind nicht automatisch gute Eltern. Mein Blick schweift über die unzähligen Buchrücken in diesem kleinen Zimmer.

»Ich will nich schlafen.« Ich klinge heiser und schwach und sauer und trotzig. Im Dunkeln der Schlafkammer wird verharrt. »Du willst ein Baby machen.« Ich lache leise, aber es klingt sehr falsch.

»Geht das denn?«

»*Du* kriegst das alles hin.«

»Aber *wir* nicht?«

Es ist lange still, dann erwidert er: »Aber *wir* nicht.«

Max' schlanke Silhouette kehrt in den Türrahmen zurück. Er ist barfuß. Ich setze mich auf, bin immer noch sehr klein vor ihm. Zwischen uns einige Meter weicher Teppich. Mein Puls geht nicht schneller, aber ich höre ihn plötzlich sehr laut in den Ohren, er schlägt bis in jeden Winkel meines Körpers, das Haus scheint zu beben.

»Gibt es einen Ausweg?« Ich hauche plötzlich und weiß nicht, warum, aber habe auch keine Kraft, mich zu räuspern. »Ich meine, gibt es *noch* einen Ausweg? Wir haben das so lange gemacht. Geschafft.«

Er macht ein kurzes Hm, amüsiert und nachdenklich, »Hm, geschafft. Vielleicht. Aber ja: Es gibt immer einen Ausweg. Müsstest gerade du doch wissen. Nichts hiervon ist ein Gefängnis.«

Er macht eine kurze, zärtliche Geste durch die Luft, er meint das Haus.

»Alle bewundern uns. Was würde Pega denken?«

Er lacht trocken, und wenn mir nicht so übel wäre, würde ich mit lachen.

»Darum geht es nicht. Es geht da um niemanden außer um dich.«

»Und dich.«

Ich würde mich gern noch mal übergeben, aber bin leer und schaffe es nicht einmal aufzustehen. Der Herzschlag pumpt Blut bis in meine Knie. Ich versuche, etwas in seinem Gesicht abzulesen, den feinen Linien. Er verschließt sich. Sein Mund ein gerader Strich: »Du weißt schon, dass ich dich nicht schwängern kann.«

»Auch nicht, wenn du mich so richtig fest–«

»Hör auf.«

Zischend zerschneidet er noch einmal meinen blöden Witz. Ich rapple mich hoch, das macht mich nicht viel größer.

»Ich leg mich jetzt hin.«

Und dann schau ich ihm zu, schau in sein Gesicht, auf die Augenlider, die ganz ruhig da liegen. Ein Lineal hätte zwischen uns Platz oder ein Haufen Fragen. Ist es schon zu spät dafür, war es das jetzt? Fangfrage: Wo sehen Sie sich in zehn Jahren? Gibt es noch Luft nach oben? Kann es noch besser werden? Ob er je eine Beziehung wollte? Zu unserer Zeit fragte man sich das noch nicht ständig. Wenn sich etwas ergab, blieb man zusammen, und seither gab es niemanden, der uns mehr interessiert hätte als der jeweils andere.

Träume gab es viele, in denen er einfach fortging, aufwachen in einer halbleeren Wohnung und in der Küche der Boden voller messerscharfer Splitter und Scherben von zerborstenem Teegeschirr. Wie ein Fakir lege ich mich darauf, weil es mich ablenkt, den unsagbaren Druck von mir nimmt, weil ich natürlich kein Fakir bin und die scharfen Kanten wie Klingen sich fest in meine gespannte Haut drücken, immer weiter, bis Zelle um Zelle reißt, die Haut zerschnitten wird und die Scherben splittrig in mich hineindrängen. Ich spüre das Blut nicht wirklich, ich spüre nur Wärme, die sich auf dem Küchenboden ausbreitet, wie der Druck nachlässt und ich bemerke, dass da eine Flüssigkeit ist, aber sie riecht weder salzig noch metallisch. Dann fällt es mir ein: Das ist Terpentin. Da läuft Farbe aus mir. Ich schaue runter, und es ist ein goldgelber Ton, ich sehe aus, als wäre das der lächerliche Versuch einer Performance, und allein die Vorstellung all der dummen Gespräche hinter einer Glasscheibe im Nebenraum und der berührten Seufzer und bestürzten Schmatzer widern mich an. Alles, was ich fühle, nachdem der Druck fort ist, nach der Entladung, ist die Leere. Ein Schlund, der zu einem Sog wird und mich verzehrt und verquirlt, dass ich erst recht nicht mehr weiß, wohin, weshalb, und der Antrieb schwindet und ich liegen bleibe, mit den Scherben tief in mir drin und auf den Tod warte. Das Zerren in der Brust: Sehnsucht nach Sehnsucht. Die Liebe zweifle ich nicht an. Es ist das Gefühl zu ertrinken, wenn man nicht jetzt den Kurs ändert. Es ist wie Segeln. Die Idee, dass in jeder nächsten Sekunde einfach alles vorbei sein könnte, egal, wie bescheuert die Leinenhose aussieht, und egal, wie teuer sie war und wie gut das Wetter ist. Das bedeutet ganz schnell alles gar nichts mehr.

Ich liege in der Baumwolle und starre Max weiter an, seine im Mondlicht bläulichen, weichen Züge, die zarten Falten, die strahlenförmig von den Augen abgehen, hin und wieder ein ernsterer Zug um den Mund, manchmal eine scharfe Kante. Ich wüsste so gern, was er träumt. Unter meiner Haut hat längst alles wieder zu brennen begonnen. Ich liege still da, und in mir rast es, die Bilder des Abends, ich kann sie alle drei hören, nicht nur Max, sondern auch Tonio, wie er arglos auf dem Sofa schnarcht, und seine Tochter ein paar Meter weiter. Warum keiner von ihnen verstehen kann, wie ernst die Lage ist. Und dass man so etwas nur mit Witzen überleben kann. Sie müssten es doch mittlerweile besser wissen.

Wenn man an diesem Ort nicht schlafen kann, ist das Beste: mit baumelnden Füßen im Erker sitzen. Den See beobachten, der jetzt, in der Morgenstimmung, vor allem ohne Mücken und Gefleuch, alle Schatten vertreibt. Der See mit dem sandigen Spazierweg darum, den man in etwas unter zwei Stunden abschreiten kann, der mit all den kleinen Erinnerungspunkten ein Bilderbuch formt, ein Fotoalbum, so dass eine Anekdote im Kopf sich an die nächste reiht wie auf einer Perlenkette. Die Idee, dass nicht das Alleinsein das Problem sein könnte, sondern das Verlassenwerden, das schon weit vorher regelmäßig an die Tür klopft und eigentlich ein alter Bekannter ist, den man gern vergessen würde. Der geworfene Schlüsselbund, der im Nacken so stach, war immer noch besser als das Desinteresse. Die Kunst als Zuflucht, oder als Bühne, beleuchtet, sichtbar, ein eigener Kosmos mit eigenen Regeln oder besser – ganz ohne. Das ist natürlich eine Illusion. Das System ist da. Man kann nicht ausbrechen. Doch man sucht immer weiter nach den wenigen funktionierenden Ventilen. Der Weg in die Ausgeglichenheit, der Weg aus dem Hass und der Zersetzung, den am tiefsten empfundenen Gefühlen überhaupt, geht nur mit Lack, mit Farbe, mit Hammer und Meißel oder mit dem Schwanz.

Die Dämmerung hat das beste Licht. Das blasse, kühle Blau, nur noch im Augenwinkel gähnende Laternen. Der Wunsch, dass es nie wärmer und heller wird als in diesem Moment, halbnackt in die plüschige Decke gewickelt, die Beine baumeln lassen aus dem bodentiefen Fenster, an den Sessel gelehnt. Der wache Blick auf das Rosa, das dem Hellblau nur noch Wolkenflecken lässt. Die größte Enttäuschung in der Einöde das Quietschen eines Eisentores, das Klingeln eines Schlüssels, Surren eines Fahrrads. Enttäuschung darüber, dass man nicht allein auf der Welt ist. Und damit dringt auch die Erinnerung an Straßen ins Bewusstsein, dass wahrscheinlich keinen Kilometer entfernt schon Autos fahren, immer Autos fahren. Sag tschüss, Nacht. Noch ein paar Atemzüge der Luft, die sich als kühle Maske auf das Gesicht legt, die von den Affären der Bäume und Sträucher im Dunkeln erzählt und über Schneeresten liegt und die Zeit zäh und langsamer verstreichen lässt, bis sie schwarz und dickflüssig durch die Finger gleitet.

Der Streifen Wiese vor dem Fenster, zwischen Haus und Seeufer, hat im ganz langsam vorbeiziehenden Morgenlicht unzählige Farben. Rot und grün und blau und lila. Das braune Sommergras vom Vorjahr, das noch vor kurzem unter Schnee versteckt lag. Im Gelb des Tages wird dann alles eins, verschwimmt, verblasst. Nur jetzt ist alles einzeln, ganz für sich. Erde, Gräser, Steine, Weide, Sand, Vogel, Vogel, Vogel, ich, Lastwagenfahrzeug, draußen vor dem Tor. Schnell, bevor noch mehr anderes auftaucht, die nackten Füße noch weiter aus dem Fenster strecken, in die Kälte halten, fallen lassen, bis die Fersen die Hauswand streifen, die Zehen ausbreiten, Luft auch dazwischen, bis jede Faser auskühlt. Die Kälte als Schutzschicht unter der Haut mit bis ins Bett tragen, die Decke über den Kopf ziehen und den Morgen festhalten mit offenen Augen, bis der Schlaf kommt.

Das Haus stellt die Dinge scharf. Wie unter einer Schneekugel. Jedes Ding, jedes Objekt, jede Geste, jede Situation und jeder ausgesprochene Satz bekommt eine Rolle, einen Sinn. Die Farben setzen sich so deutlich voneinander ab, dass kaum eine Unklarheit übrig bleibt. Tränen, die so heiß sind, dass sie weh tun. Keine Erleichterung, als die Sonne aufgeht. Ich fühle, wie Max neben mir langsam aufwacht, und ich beeile mich einzuschlafen.

8 Uhr am Morgen

Am Tisch: Max im halben Lotus, den linken nackten Fuß auf dem rechten Knie, eine Pinzette gezückt, Blut tropft aufs Parkett. Die Scherben sortiert er vorsichtig auf einem Teller zusammen. Leises Fluchen, dazwischen schmerzerfülltes Zischeln. Von der Küche aus Marmeladen und andere Pöttchen herüber balancierend: Tonio.

TONIO: Tut mir leid. Wir hätten das wegschmeißen sollen.
MAX: Bist du verrückt?! Die ist verdammt wertvoll.
TONIO: Aber jetzt ist sie doch kaputt.
MAX: Das ändert daran nichts. Die war ja schon – vielleicht kann man sie wieder zusammensetzen.
TONIO: Reik ist noch im Bett?
MAX: Entweder das, oder er hat eine Attrappe aus Kissen gebaut und seine Decke drübergeworfen.
TONIO: Er ist nicht mehr fünfzehn … Gab's noch Krach? Hab nichts gehört.
MAX: Geht dir och nüscht an.
TONIO: Das hält dich ja auch nicht von ab, dich überall reinzuhängen.

MAX: Ich will gar nicht wissen, was hier unten gestern noch los war.

Tonio schaut einen Moment lang sehr ertappt, peitscht einen Blick durch den Raum, auf der Flucht vor den Erinnerungen, denen an gestern Nacht und denen an all die Momente mit Reik zuvor.

TONIO: Nichts war. Zum Hochsitz ist er mit ihr.
MAX: Wie originell.

Er desinfiziert seinen Fuß und verbindet ihn.

TONIO: Ist nichts passiert.
MAX: Natürlich nicht. Deshalb fehlt dir auch ein Knopf am Hemd.
TONIO: Was?
MAX: Was?

Die Tür geht auf, Pega hat eine Tüte Brötchen unterm Arm. Die Augenringe sind schwarz und Pega geht ein bisschen storchiger als üblich. Sie legt die Brötchentüte ab, als wäre der Inhalt höchst zerbrechlich. Mit wenigen Blicken versucht sie, die Scherben und den blutenden Fuß zu erfassen und zu lesen, was passiert ist. Beide Männer lächeln.

TONIO: Süß von dir. Haste auch für uns alle n Bild gemalt?

PEGA: Nee. *(Sie zeigt die Zunge.)* Reik schenkt mir seit Jahren nichts anderes als Bilder. *Ich* hab damit immerhin irgendwann aufgehört.
MAX: Seine Sachen zahlen dir dann aber auch ein halbes Jahr die Miete.
PEGA: Touché.

Sie setzt sich und schaut zwischen den beiden hin und her.

PEGA: Na? Welchen Plan habt ihr denn heute für mein Leben?
MAX: Den, dass du nicht mehr mit alten Knackern nachts in den Wald gehst, um zu saufen, zum Beispiel.
TONIO: Außer, wenn sie schwul sind. Dann sind sie harmlos.
PEGA: Sind sie das?
MAX: Ja, Tonio, sind sie das?

Tonios Telefon klingelt, er springt auf und geht damit nach draußen.

PEGA: Seit wann ruft den denn jemand an?
MAX: Sei nicht so gemein.

Pega nimmt Max das Verbandszeug ab und umwickelt seinen Fuß sauber.

MAX: Doch nicht so dick! Ich muss den noch in die Schuhe kriegen.
PEGA: Habt ihr euch das so vorgestellt? Das Wochenende?

Max blinzelt dreimal, lässt seine große Fächerhand durch Pegas Haare wuscheln, sie lehnt sich zurück, steht auf, kramt in den Küchenschränken.

MAX: Natürlich nicht. Aber vielleicht muss es genau so sein. Vielleicht muss es so passieren.
PEGA: Es?
MAX: Komm, es ist warm heute. Ich kann eure Hilfe draußen brauchen. Dann kannste deinem alten Herrn och die Kippe abnehmen, bevor er se in mein Blumenbeet schmeißt.
PEGA *(aufspringend)*: VATER!

kire

Vermisst du mich?

Schnell lass ich das Telefon in meiner Brusttasche verschwinden. Anders als diese modernen Dinger passt meins noch prima dort hinein, ganz ohne mich zu beschweren. Das Eis ist fast abgetaut in der Morgensonne, über die Wasseroberfläche zieht sich eine Linie. Der vordere Teil ist noch etwas starr, doch am anderen Ufer kräuselt das Wasser sich schon belebt im Wind. Ein schmutziger Storch zieht dort, Schritt für Schritt, eine Reihe silberner Ringe hinter sich her, die aufeinandertreffen und gemeinsam zu kleinen Wellen werden. Die beiden Hälften der Wasseroberfläche sehen gar nicht aus, als könnten sie zur gleichen Zeit am gleichen Ort sein. Wie Staubkörner fliegen kleine Schneekrümel überall, und an den Hecken treibt und blüht es schon, ein seltsamer Strauch, den die beiden für ein Scheißgeld aus Japan hergeholt haben, es hängen noch Tautropfen in den Zweigen. Zu seinen Wurzeln stachelt, jetzt erkennbar, noch der braune Rest vom Sommergras. Und dann zu allem Überfluss: nur ein Blinzeln, eine halbe Zigarette, und der Himmel ist wieder dick und grau. Alles fühlt sich durcheinander an.

Und sie ist unerbittlich, lässt das Telefon immer wieder zirpen.

Wann lernt sie mich endlich kennen?

Mit den Handschuhen kann ich sowieso nicht tippen. Brav knien wir alle drei binnen Minuten in der halbgefrorenen Erde. Ein trauriges Erdquadrat, das Max als Beet bezeichnet. Ich zumindest habe hier noch nie etwas zu ernten gesehen. Wir hocken auf Knieschonern aus Schaumstoff und ziehen im Takt die Nasen hoch. Gartenarbeit. Natürlich trägt er dafür seine Gummistiefel, als wäre das ein großes Unterfangen, eine Expedition, die uns dem Wesen der menschlichen Spezies, ihrem Ursprung und ihren Wurzeln und damit unserer eigenen Herkunft und Vergangenheit und deshalb auch der Zukunft näherbringen würde. So was in der Art könnte er daherreden. Er tut es nicht, er kniet da und sticht Löcher in die Erde und summt leise vor sich hin. Er ist unmusikalisch, und seine Stimme ist immer ein bisschen zu hoch, als hätte er Kreide verschluckt.

Dass Reik sich ausgerechnet mit diesem hageren Besserwisser herumtrieb, hatte ich vor zwanzig Jahren überhaupt nicht verstanden. Nur Stück für Stück begriff ich, dass es nicht die blonden Haare oder die grotesk hohen Wangenknochen waren, die es ihm angetan hatten, sondern vor allem, wie gut Max ihn aushalten konnte. Wie gut sich von ihm zehren ließ, von ihm und seiner Kraft, die er was weiß ich woher holte. Reiks seltsame, jedem die Energie raubenden Zärtlichkeiten hatte ich selbst in all der Zeit ganz bewusst nie zu nah an mich herangelassen. Sein unbedingter Wille, Liebe zu geben, wird von der Sucht danach, geliebt zu werden, schlicht übertönt. Bei all der Begeisterung und Aufmerksamkeit und all der Nähe, die er einfordert, ist es manchmal schwer, die Hingabe noch zu spüren, die er selbst in seine wenigen ernsthaften Beziehungen legt. An seiner Seite zu sein ist oft anstrengend, egal, wie wohlmeinend und sanftmütig er ist, wie loyal und liebenswürdig. Es gibt nicht viele, die das auf Dauer aushalten würden. Und auf diese eine Art war ich froh, als Max damals dazustieß. Ich hatte schon eine Weile den nachhaltigen Eindruck, dass Reik einfach zu viel für eine Person war. Obwohl er der ältere von uns beiden ist und ich am Anfang noch zu ihm aufgeschaut hatte – zu seiner Haltung, seiner Lässigkeit, wie leicht ihm alles fiel und wie genau er wusste, was er wollte, und vor allem, was er nicht wollte – schwenkten wir schnell um, tauschten Rollen. Ich wurde zu seinem Beschützer, das hieß vor allem: Ich beschützte ihn vor sich selbst. Davor, seiner Mutter zu sehr nachzueifern, immer auf der Suche nach ihrer Anerkennung. Dabei war mir das gar nicht leichtgefallen, denn anders als er, laufe ich ihr noch häufiger über den Weg. Bis heute.

Er spricht, wenn, dann meistens so von ihr, als wäre sie längst tot. Aber sie lebt. Meine Familie hat diesen Vorstadtbezirk, in den wir niemals gepasst hatten, doch den zu erreichen ein steiniger Weg und viele Jahre harte Arbeit gewesen war, nie wieder verlassen, und anders als Reik kehre ich regelmäßig dahin zurück. Es fühlt sich von unserer Ecke Berlins aus an wie eine kleine Weltreise, selbst mit dem Auto, ja. Aber die alte Gartenlaube mit dem Wellplastikdach, das stinkende Schwimmbad und der Kiosk, der noch immer um 17 Uhr schließt und an den Wochenenden nur zwei Stunden geöffnet hat, geben mir ein urvertrautes Gefühl. Häufiger als Reik mir das glauben würde, sehe ich die Frau dann dort stehen. Sie ist nicht besonders groß oder klein, sie trägt meistens Oberteile mit langen Kordeln, die etwas zu eng um sie geschnürt sind, so dass sie eine Spur wulstig wirkt. Wulstig und pastellfarben. Sie sieht immer müde aus, aber sie nickt mir zu, wenn wir aneinander vorbeikommen, und im Rückspiegel oder über die Schulter sehe ich sie dann die Straße hinabgehen, zu ihrem Haus an der Ecke. Noch immer steht da der kleine vergilbte Tannenbaum, dauerwelk, aber am Leben, den sie für ihren kleinen Sohn vor vielen Jahren gepflanzt hat. Und wenn man das so anschaut, dann fällt es schwer zu glauben, dass sie dieselbe Frau ist, die nach der Geburt ihres Kindes nicht nur immer seltener nüchtern war. Sondern die ihn, nachdem sie ihn die längste Zeit ignoriert hatte – das Jugendamt gerufen hatte niemand, dafür waren alle Nachbarn drumherum viel zu zufrieden, dass es ihnen selbst besserging –, die ihn dann bald schlug, vorzugsweise mit einem Biolatschen, wenn er ein Zucken zu viel tat für ihren Geschmack. Sie mochte ihn still und durchsichtig. Ich glaube, dass sie nachts manchmal zu ihm gegangen ist. Wir haben nie darüber geredet. Dabei war ich für ihn immer das Nächste, was an einen Verwandten heranreichte.

Er war 18, er durfte wählen und Auto fahren und Alkohol kaufen und wandte sich für jede kleine Entscheidung mit seinen riesigen Augen an mich. Eine Weile lang genoss ich das und verstand, dass diese Sache, mich um andere zu kümmern, mir irgendwie lag. Und natürlich fühlte ich mich überhaupt nicht mehr 16, im Grunde hatte ich mich nie 16 gefühlt. Jetzt im Moment bin ich vielleicht mehr 16 als je zuvor. Viele Ideen kamen am Anfang von mir, etwa: zu kellnern, um Geld zu verdienen, um auszuziehen. Das war ein halbes Jahr Arbeit, vor allem das Flirten erst mit zwielichtigen alten Säcken in der Eckkneipe und dann, nachdem klar war, dass es mehr Trinkgeld versprach, mit angesoffenen, tatschenden Touristinnen, die zunehmend die Szenebars im noch echt schmuddligen Kreuzberg für ihre Junggesellinnenabschiede entdeckten. Und sparen sollte er's. Für ihn waren sechs Monate damals ein sehr langfristiger Plan. Das ist heute wahrscheinlich nicht anders. Nebenher schafften wir Boxen und Kisten zur Seite, und als es endlich so weit war, half ich ihm, zu packen. Nicht, dass da wahnsinnig viel mitzunehmen gewesen wäre, außer den paar Farbtöpfen und Stiften und großen Stücken alter Pappen, die er angesammelt hatte. Alte Zirkus- und Varietéplakate, Nachtflohmarkt und Bandposter, mit spitzen, schon damals lackierten Fingernägeln von Mauern abgeknibbelt, die Rückseiten übersät mit Bleistiftzeichnungen und wirren Kugelschreiberlabyrinthen. Manche davon sind mir erst Jahre später in seinen Ausstellungen wieder untergekommen. Andere im Altpapier.

Kaum war er in sein Studentenzimmer gezogen, schliefen wir meistens dort, auf seiner schmalen Kinderzimmermatratze. Meine Mutter war Reik sofort verfallen und verzieh ihm auch, dass ich seinetwegen fast auszog, bevor ich überhaupt einen Schulabschluss hatte. Sein Zimmer war klein, fast kleiner als das Kinderzimmer im Haus seiner Mutter, aber für uns war es ein Palast. Ein stickiger, seit Jahrzehnten unsaniert vor sich hin moderndner Palast. Ich konnte dort endlich ganze Zigaretten rauchen und ganze Pornos sehen und all die Dinge, die im Kinderzimmer nur sehr sporadisch möglich sind. Natürlich erschöpfte sich die Begeisterung dafür recht schnell, aber ich war noch in einem Alter, in dem einem alles vorkommt, als wäre es für immer, und man nur sehr langsam begreift, wenn etwas, eine Phase, wirklich vorbei ist. Es tut dann weh, mit Dingen abzuschließen und zu begreifen, dass Menschen sich verändern und Zeiten. Ich weiß genau, dass ich lange dachte, es würde für immer so bleiben. Ich, den Rücken an der Wand, die Beine breit, dazwischen sein Kopf an meinen Bauch gelehnt, sein Blick, an der Zimmerdecke entlangwandernd, der Geruch nach Gras und die hupenden Großstadtgeräusche und die beschlagenen Scheiben und Hendrix, der sich auf dem Plattenteller drehte, weil wir ihn cool fanden, und Pink Floyd, weil uns das Cover gefallen hatte, maigrün hinter den Ohren, wie wir waren.

Was weiß sie überhaupt von mir?

Trotz aller widersprüchlichen Wetterumstände ist der Boden noch immer sehr hart und unbarmherzig, und wir klopfen uns mit den Gartenschäufelchen hier einen Wolf. Mir gegenüber kniet meine große Tochter, die älter ist, als ich selbst es gerade in meiner Erinnerung war, und vor allem zehnmal reifer. Sie sieht immer noch sehr blass aus, zumindest ihr Scheitel, den ich, ihr Gesicht ist der Erde zugewandt, unter den glatt zu Boden fallenden Haaren erkennen kann. Sie bindet sich nie einen Zopf, schon als sie winzig war, hat sie das gehasst. Immer frei sein, immer Luft an den Ohren und immer hängenbleiben in Reißverschlüssen und Rucksäcken und Schals. Ein paar Meter neben uns bringen Max' riesige Hände Stoß für Stoß kleine Krater in die Erde, neben ihm steht bereits die Kiste mit schleimigen Frühblüherzwiebeln, die er hier verpflanzen will. Ist es dafür nicht viel zu früh? Oder zu spät? An den Uferwiesen glitzern rings um den See ein paar Wildwüchse, Schneeglöckchen oder Märzenbecher. Ich kann mir nie merken, wie man die unterscheidet. Ich sehe Pegas Blick wieder und wieder zu Max blitzen. Sie kann es noch immer nicht haben, wenn jemand anders etwas besser kann. Und nur ihretwegen verharre ich weiter hier auf die Erde gekauert. Obwohl mir bitterkalt ist und ich eigentlich auch nicht einsehe, was ich Max zu helfen habe, der schließlich mir momentan auch nur ungebetene Ratschläge und sonst wenig gibt: Ich sage nichts und schaue hin und wieder, ob sie noch weitermachen möchte. Dabei könnte ich das ja auch ihr überlassen. Darauf vertrauen, dass sie selbst den Mund aufmacht.

Den eigenen Körper einfach vergessen für zwei Jahrzehnte, nur schweben um das Kind und wenig bei sich sein. Dass ich so geworden bin, hat mich selbst am meisten überrascht. Tatsächlich habe ich nur langsam gelernt, diese wiedergewonnene absolute Freiheit zu genießen, nach ihrem Auszug. Ganz langsam habe ich meine Sinne wieder erspürt in den letzten Monaten. Neu gelernt, ungefiltert zu schmecken, zu fühlen, wie warm oder kalt *mir* ist. Wie ich es gern hätte. Ob mir die Karte gefällt, dieses Rezept und jenes Lied, ob mir das Auto zu schnell oder zu langsam ist. Ob ich es gern anders hätte, ob mir ein Ausflug, ein Restaurant liegt. Das Leben selbst zu führen war ungewohnt. Rauszufinden, was man wollte. Pläne zu schmieden. Darin war ich noch nie sehr gut. Für große Pläne und Träume waren meine Familien aber schließlich in den Sechzigern nach Westdeutschland gekommen, damals noch die lautesten und verrücktesten und fremdesten. Was meine Vision sei, das hatte mein Vater mich immer wieder gefragt, spätabends, während die Frauen den Tisch abräumten. Beim letzten Mal, bevor er uns verließ, war ich neuneinhalb und konnte »Vision« immer noch nicht buchstabieren. Ich klimperte auf dem Klavier meines Großvaters, angestrengt hat mich das Musikmachen selbst nie, und lachte über meine Pimmelkritzeleien in den Schulheften. Die finde ich, wenn ich ehrlich bin, bis heute immer noch ziemlich witzig.

Als wir uns kennenlernten, hatten mich an Reik vor allem seine bis zur Perfektion gezeichneten Schwänze in den Bann geschlagen – und dass er alles in einen solchen verwandeln konnte. Schiffsmasten und Gartenschläuche, selbst die Schlangen rausgedrückter Zahnpasta auf Werbeplakaten. In jedem seiner Bilder und Dinge suche ich den Penis – ein Ratespiel, ganz für mich allein.

Dass Mädchen diese Begeisterung für Schwänze nicht automatisch teilten, brauchte mir niemand beizubringen. Ich wuchs unter Frauen auf. Und was ich da schnell aufschnappte: dass dagegen das Klavier, eine winzige Etüde, schnelle Finger über den Tasten und vor allem die richtige Schulterbewegung des Pianisten, im Takt schwingende, glänzende dunkle Haarsträhnen, ein ernst-zarter Ausdruck der Augenbrauen Gold wert waren. Zwar wollten meine Eltern für mich immer den maximalen Erfolg (für meine Schwester waren eine unkomplizierte Ehe und gesunde Kinder gerade gut genug) und keinen klischeehaften Aufreißer, sondern einen ernsthaften Musiker zum Sohn. Aber dass ich das selbst nicht wollte, dass es mir nicht wichtig war, wurde mir von Jahr zu Jahr klarer. Je näher das Abitur kam, je mehr Talent man mir attestierte und je öfter ich dem am eigenen Ehrgeiz verzweifelnden Reik dabei zusah, wie das Malen ihn Stück für Stück zersetzte, desto lieber benutzte ich die Musik hauptsächlich, um Mädchen zu beeindrucken.

Hast du von mir geträumt?

Ich erinnere mich bis heute an den kalten Schweiß, der mir das zu enge Polyesterhemd an den Rücken klebte, wie wir saßen, auf unbequemen Schulstühlen aus dem letzten Jahrhundert in dem Gang dieses prächtigen Altbaus auf dem spinatfarbenen Linoleumboden unter Neonröhrenlicht. Gefiddel mit Taschentüchern, Brilleneetuis, die auf und zu klappten, Nasen und Ohren und Wangen, die gekratzt wurden, einer spielte Game Boy. Ich starrte an die grelle weiße Wand gegenüber, und der oberste Hemdknopf fraß sich in meinen weichen, kalten Hals. Ich war noch nicht mal 18. Rückblickend betrachtet, fühlen sich die Teenagerjahre mit all diesen übertriebenen Gefühlen und Lieben und Abschieden immer wie Jahrzehnte an, und schon wenige Monate nach einem Ereignis schämt man sich für sein Verhalten von vorgestern, wie kindisch man *damals* doch noch gewesen war, im April … Ich brachte es nicht über mich, mit Absicht schlecht zu spielen. Aber ich schloss die Augen und betete, vielleicht das dritte Mal in meinem Leben, dass es schnell vorbeigehen möge, und war der Einzige, der an diesem Tag aufgenommen wurde. Ich schlief so schlecht, wie noch nie zuvor, obwohl ich so viel getrunken hatte, weil die anderen feiern wollten, meine Mutter mit einer großen Flasche Wodka – manchmal schenkten deutsche Kollegen uns Limoncello, Ramazzotti, Amaretto, was sie dann prompt weiter verschenkte, denn davon wurde ihr schlecht –, und ich mich mit Moskovskaya hatte beruhigen wollen, auch wenn er nach Desinfektionsmittel schmeckte. Doch es wurde nicht besser. Ich schlief über ein Jahr lang schlecht. Weder mit Alkohol noch mit Gras, noch mit stundenlangen Läufen oder zweihundert Liegestützen kam ich dagegen an. Das Lächeln wurde zu so einer Art altem Kleidungsstück, das ich jeden Tag trug, obwohl es sich nicht mehr richtig anfühlte. Jede Bewegung wurde schwer, auch auf den Tasten, die Finger wie aus Blei. Das

Herzrasen suchte mich nachts heim, die Blicke meiner Mutter. Das bevorstehende Leben. Die Aussicht darauf, dass sich ein Traum erfüllen würde, und damit die wachsende Unsicherheit, wessen Traum das überhaupt war und warum schon sein bloßes Erahnen mir so beunruhigend erschien.

Die Erleichterung, wann immer ich mit niemandem über mich sprechen musste, war immens. Reiks Zimmer und seine Gesellschaft dabei die Zuflucht vor der allgegenwärtigen Entzückung, den leuchtenden Augen von Verwandten und Nachbarn, die kurz davor waren, mir kräftig in die Backe zu kneifen. Melodien verloren für mich an Bedeutung, weil sie mir falsche Versprechen gegeben hatten, und das Handwerk der Komposition wurde ein Freund, der mich betrogen zu haben schien und der jetzt mit den falschen Leuten abhing. In einer besonders schlimmen Nacht, ich lag kalt schwitzend in Reiks Bett, und er lag als ewiges heruntergekommenes Dornröschen daneben und hatte eine Hand auf meiner Brust, verlor ich plötzlich mein Kindergesicht. Mit einem Schlag war mir klar, dass ich meine Mutter nie mehr wieder so anschauen konnte wie früher, sondern dass da etwas war, was zwischen mir und einfach allem stand. Dass ich taub wurde und dabei entsetzlich klar im Inneren fühlte, sah, dachte, träumte und mich fürchtete, wie nie zuvor. Echte Angst, nackte Panik. Ich hätte mich am liebsten ausgelacht, aber das ging nicht. Das Zähneklappern begleitete mich überallhin und war nur mit Zigarette im Mund zu stoppen. Ich erinnere mich noch an mein Spiegelbild in dieser Nacht – das Glas fleckig und fast blind. Ich erkannte mich nicht. Und zur alten Angst kam noch die neue Furcht, nie wieder von selbst in eine Form zu finden.

Also schlug ich Zeit tot als jemand, der ich nicht wirklich war. Es war immer noch Mitte der Neunziger und *Wonderwall* machte so große Wellen, dass man es bei den Mädchen weit brachte, wenn man klein und dunkelhaarig war, alte Sonnenbrillen und braune Cordhemden trug und ein Instrument spielte. Und so stand ich mit dem Walkman auf dem Schulhof und vor dem Kiosk herum und rauchte und nickte stakkatoartig zu Indie-Rock mit, der mich auch nicht mehr langweilte als Bach oder Queen oder die Neubauten. In kürzester Zeit hatte ich eine passable Menge an Verabredungen und lag in Betten unter Pferdepostern und ließ mir geduldig erklären, was so toll sei an Howie und warum er süßer war als Nick oder warum die Kellys überhaupt gar nicht eklig seien, nur weil sie wie Hippies aussähen. Ich habe meine Hand, so viel weiß ich noch, mehr als einmal zu *Angels* in Karottenjeans versenkt, und als Pega 16 war, befürchtete ich ununterbrochen, dass sie jemanden wie mich kennenlernen würde. Jemanden, der es nicht so meinte, es nicht besser wusste, ein Tölpel, der mit dem Aussehen bloß Glück hatte. Nicht bösartig, notwendigerweise, aber gleichgültig und stets auf der Suche nach Bestätigung. Und der, sobald er die Bestätigung bekommen hatte, gelangweilt wieder abzog.

Oder wichst du immer noch auf Reik?

Natürlich weiß ich, wie klug ihre Mutter ist, aber beruhigen konnte mich das im Spiegel der Geschehnisse nicht wirklich. Ich hatte damals gerade angefangen, gegen Geld in Bars zu spielen. Und entgegen aller Erwartungen an den ›verzärtelten Buben aus der Vorstadt‹, wie die Jury der Hochschule mich betitelt hatte, machte mir das großen Spaß. Denn ich verdiente damit nicht nur mehr als meine gesamte Klasse mit dem Zeitungaustragen und Kellnern. Es stand in diesen Momenten schlagartig keine Wand mehr zwischen mir und der Musik. Ich durfte spielen, was ich wollte, interpretieren, wie mir danach war, und je betrunkener das Barpublikum wurde und je dichter der Rauch, der unter den niedrigen Decken hing, umso mehr Freiheiten hatte ich. Es wurde hin und wieder geklatscht oder mir ein Getränk vor die Nase gestellt, für das ich zu jung war, aber sonst wollte niemand etwas von mir, und es interessierte keinen, wie talentiert ich wirklich war.

Bettina war eine Frau, die ich nie angesprochen hätte. Erwachsen, einschüchternd, aus meiner Sicht eine halbe Göttin. Und ein bisschen wie Barbra Streisand in *Hello, Dolly!*, den ich kurz zuvor an einem verschlafenen Sonntagvormittag mit meiner Mutter gesehen hatte. Am Ende war es die Silvesterparty der Bar, während der sie mit überschlagenen Beinen in ihrem Paillettenanzug, schimmernd, wie geradewegs aus einer Muschel gestiegen, neben mir auf dem Hocker Platz nahm und mich etwas fragte, was ich trank oder wie ich hieß. Ob ich Sex wollte, fragte sie nicht, das setzte sie einfach voraus.

Es war laut, niemand nahm mehr wahr, ob ich spielte oder nicht. Und sie imponierte mir. Genau wie ihre große Wohnung am Rosenthaler Platz nach der Taxifahrt im Böllerregen, durch die Scheiben das rote Feuerwerkslicht des Berliner Neujahrs und unterm Dach in Designerregalen bis unter die Decke ihre Plattensammlung. Sicher, ich war leicht zu beeindrucken. Ich sollte etwas aussuchen und legte mit zitternden Händen Hendrix auf. Zu ihm war es auch mit Reik einfach gewesen, einen auf Woodstock zu machen und rumzufummeln und zu knutschen ohne Folgen oder Bedeutung und egal, ob man betrunken war oder bekifft oder ganz nüchtern. Der Rausch kam so oder so. Wenn er und ich darüber sprachen, nannten wir das »Übungen«, in Wahrheit übte ich eher mit Mädchen, um mich dann bei Reik nicht zu blamieren. Immer wenn ich etwas Neues gelernt hatte, auch so Lappalien, Rumbeißen am Ohr und Nacken und aus den feinen Härchen kleine Locken drehen mit dem Mittelfinger, leierte ich mittels Hendrix wieder einen dieser Momente mit Reik an.

Hilfe, muss ich denn erst nen Schwanz haben, damit du mich nicht mehr ignorierst?

Damals, im letzten Jahrtausend, halfen mir diese »Übungen« dann, auf Bettinas moosgrünem Omasofa die Fassung zu bewahren. Ich musste nicht viel sagen, sie wollte nicht viel wissen. Nicht, dass ich ein talentierter Pianist war, und nicht, was ich von Pink Floyd hielt. Dass meine Eltern Italiener sind, fand sie eventuell sexy. Die Deutschen lieben nichts so sehr wie Italien, vor allem nicht sich selbst, und besonders, seit es genug andere

Ausländer gibt, auf die zu schimpfen es sich lohnt, weil sie keine guten Katholiken sind oder Pizzabäcker.

Es lief Hendrix, und die große Standuhr tickte dazu, *All Along The Watchtower*, es war sehr warm und das Licht sehr gelb. Bettinas Mund war dunkelrot, die Nägel auch und die Hände ein bisschen grob, zu allem Überfluss ging es sehr schnell. Ich hatte an dem Nachmittag getrocknete Pflaumen gegessen, in der Küche meiner Mutter, weshalb mein Bauch ekelhaft zwickte, als sie auf mir saß. Ich sah also ihre fuchsigen Haare über ihre Brüste fallen, sah sie auf und ab wippen, musste mich kaum bewegen, konnte mich dann kaum noch bewegen und dachte an Trockenpflaumen und dass ich einfach zu gierig gewesen war, und ich kam viel zu schnell. Sie lachte ein bisschen, aber sie blieb einfach auf mir liegen und ruckelte herum und erlaubte sich noch die eine oder andere Spielerei. Als ich an der Zigarette zog, fing ich an zu husten. Das war mir seit Jahren nicht passiert. Dann durfte ich mich anziehen und verschwinden.

Sie war eine Erscheinung, und ich war froh, als es vorbei war. Die Pflaumen bescherten mir einen saftigen Dünnschiss. Ich erzählte Reik kein Wort. Bis sie schließlich das Telefonbuch gezückt hatte, Wochen später, unser Name war der einzige ausländische im ganzen Bezirk und bei meiner Mutter anrief. Dass Bettina damals nicht bei uns, bei mir und meiner Mutter und meiner Schwester und unserer Tochter blieb, war nicht wirklich schlimm für mich, auch wenn alle um mich herum das offenbar erwarteten. Dass ich selbst nicht viel anders aufgewachsen war, vergaßen viele. Nur weil meine Eltern bis heute verheiratet sind, heißt das nicht, dass ich sehr viel von meinem Vater gehabt hätte. Sobald sein Erfolg kam, war ich mit meiner Mutter und Schwester allein, und deswegen waren sie meine Vorbilder, stolz und stark, mit einem Plan. Und ohne Geduld für die Umstände, die Männer ihnen machten.

Das Bett ist kalt.

Ich drehe eine Tulpenzwiebel in meinen behandschuhten Händen. Erstaunlich, dass aus etwas so Schleimigem mit Zeit und Sonne und Regen eine Blume wie aus rotem Samt werden kann. Ähnlich wie Pega, die war als Säugling ja auch eher so ein verschrumpelter kleiner Kobold, so etwas würde Max jetzt sagen, spräche ich laut. Zu entgegnen würde mir dann wieder erst Stunden später etwas einfallen. Er ist unerträglich schnell. Aber das Gedachte würde er nur sagen, weil er einen schwarzen Daumen hat. Er buddelt normalerweise keine Dinge ein, sondern aus, und das hat gute Gründe. Deswegen ist es eine Erleichterung, als Reik zu uns stößt. Weil wir ihn alle anschauen können, mit seinem Gemäldegesicht. Dabei trägt er die fürchterlichsten Sachen, auf keinen Fall aus seinem eigenen Schrank. Und er bringt normalerweise nicht mal Pfand weg, ohne darüber nachzudenken, wie er sich anzieht. Aber in dem schlabbrigen Pullover und den zertretenen Turnschuhen sieht er noch besser aus als sonst. Die blasse Haut und die flaschengrünen Augen leuchten vor diesem tristen Hintergrund nur mehr.

Er sagt ein sehr ruhiges und kurzes Moinmoin und

kniet sich mit seinen zerwühlten Haaren zu meiner Linken und Max gegenüber ins Beet. Die beiden sehen sich an. Zwei zögerliche Lächeln, als gäbe es wenig gefährlichere Dinge, als sich an diesem Morgen anzulächeln. Es ist fast grauenhaft, wie ästhetisch die beiden zusammen aussehen, wie harmonisch, wie ihre Ecken und Kanten sich ausgleichen, wie ihre Hände umeinander gleiten, wie Max' Löcher in den Boden graben und Reiks rote Hände, kleiner und gröber und ohne Handschuhe, die braunen Zwiebeln einbringen und die klirrenden gefrorenen Erdklümpchen wieder darüber decken und schieben, bis nur ein krümeliger Hügel übrig bleibt, der noch kaum etwas erahnen lässt von der Pflanze, die sich hier hoffentlich bald in bester Löwenzahn-Vorspann-Manier zum Himmel durchstößt. Der Lack an seinen Fingernägeln ist hier und da abgeplatzt, rosarote Nagelbetten schimmern hindurch, ich kann gar nicht mehr wegsehen. Plötzlich bekommt der ganze Vorgang etwas Ritualhaftes. Wird zu einer Zeremonie. Einträchtig und behutsam gehen sie ihrer Beschäftigung nach. So sehr im Fluss sehen sie aus, dass es jedem Dritten weh tun muss. Unverrichteter Dinge hocke ich auf der Schaumstoffmatte, trotz der meine Knie arschkalt werden. Ich könnte vermutlich sowieso nicht aufstehen, wieso es versuchen? Ächzen wie ein Rentner und Witze darüber hören, dass ich hier praktisch der Jüngste sei. Und ich schrecke auf und bemerke auch erst dann, dass Pega sich längst aus der Szene verzogen hat und mit gläsernen Augen in der offenen Hintertür lehnt, als sie mit einer Fernbedienung oder vielleicht ihrem Telefon und irgendeiner App oder Bluetooth oder was weiß ich Musik einschaltet, genau in der Sekunde, als Reik und Max langsam und sich aneinander festhaltend aufstehen. *What Is Love / Baby Don't Hurt Me / Don't Hurt Me / No More.* Der Bass wummert quer durch die bis eben so friedliche Szene, mich schaudert es, Reik und Max prusten zeitgleich: ALTER!, dann reißt Reik Max an den Handgelenken und dreht sich mit ihm. Tanzen soll das sein, aber es ist nur Gewackel und Gelächter, vielleicht ringen sie auch, man kann es nicht genau erkennen, und jede Sekunde droht einer von ihnen in die frisch verbuddelten Blumenzwiebeln zu treten. Während Max dabei eher hin und her wankt, beginnt Reik bald, wie ein kleiner Teufel um ihn herumzuspringen, immer wieder treffen ihre Blicke sich, sie lachen laut, sie posieren manchmal. Ich schaue wieder zu meiner Tochter und erkenne meinen Blick in ihren Augen, das Ziehen, den Wunsch, dazwischenzugehen und ein Teil davon zu sein.

Ja, es ist schwer mit Reik, oft anstrengend und nicht selten lebensgefährlich, besonders für ihn selbst. In seiner Gegenwart verrückt zu werden ist nicht unwahrscheinlich. Aber diesem silbernen Scheinwerfer, der seine Aufmerksamkeit, sein Blick ist, dem kann sich kaum einer entziehen. Hauptsache, angeschaut werden, nur einen Moment lang. Nur wenige Menschen haben etwas so Intensives zu vergeben. Warum gerade Max das verdient haben soll? Keine Ahnung.

Die Beziehung zwischen zwei Menschen kann kein

Dritter wirklich einschätzen, von draußen sieht alles anders aus, nichts ist, wie es scheint. Da kann man hassen und verachten und Groll hegen, so viel man will. Man kann nichts beurteilen und verheddert sich in falschen Annahmen und weil man so dumm ist, selbst lieben zu wollen, *so* lieben zu wollen, und man sie so sehr beneidet, wird dieses Verlangen immer mit kommen, wohin man geht. Und es bleibt einem nur, zu mosern und darauf zu drängen, dass wenigstens die beiden diesen Schritt gehen, ganz einfach, zwei Ringe und eine Party und dann Glückseligkeit für den Rest ihres Lebens und zwei Grabsteine direkt nebeneinander oder einfach zwei gebuddelte Löcher und ein und verdammt nochmal der gleiche Stein. Scheiß auf Klischees oder nein: her damit, verdammte Scheiße! Weil man möchte, dass frei von Angst und Sorgen ist, wen man liebt und voll von Glück – auch wenn man selbst ohne ihn auskommen muss. Wenn ich nicht wüsste, dass sie nach dem ganzen Gehampel schwitzen und stinken werden, wäre dieser Anblick wirklich, wirklich nicht zu ertragen. Unter dem lauten Wummern, das weiter aus dem Haus dringt, erhebe ich mich heimlich ächzend und stiefele ein Stück weiter Richtung See. Weil Pega die Musik offenbar über ihr Telefon abruft und per Textsuche den Titel angewählt hat, folgt auf das unsägliche Umpfta Umpfta dann *Love Is Needing / To Be Loved.* John Lennon. Ich höre Max schaudern, »Fatzke.«

»Och. Erinnert mich an dich. Ein feuchter Jugendtraum–«

»Deiner Mutter vielleicht.«

Gelächter. Wankende Umarmungen, weiter Ringen im frostigen Gras. Das alles höre ich nur, es findet in meinem Rücken statt. Aber ich kenne den Film. Vor mir treiben jetzt immer mehr gesplitterte Eisstücke, glasdünn, wie aus Zucker, von der einen Hälfte des Sees auf die andere. Der Storch betrachtet mich aus der Ferne, späht zwischendurch hinüber zu den anderen. Ich nicke ihm zu, er dreht sich um und zieht gelangweilt fort. Neben der Motorsäge an die Wand des Schuppens gelehnt finde ich zwei lange Rosenschneider, winke Pega mit Scherenhänden zu und finde schnell auch ein Paar Sträucher direkt daneben, diese komischen japanischen Irgendwasse, an denen man sicher etwas abschneiden kann. Neben mir lässt Pega die Arme baumeln, beißt ein bisschen in den vorstehenden Kragen ihrer Jacke, ist auf einmal wieder fünf: »Woher weiß ich, wo abschneiden?« Ich halte inne, überlege, etwas Kluges zu sagen, was ich eigentlich nicht sicher weiß, und entscheide mich dann für: »Hör auf deinen Bauch.« Sie stöhnt erst enttäuscht, aber dann fängt sie an, die Zunge zwischen den Zähnen. Sie lernt schnell. Nichts erinnert mehr an das Häuflein Elend, das Reik gestern zur Tür hineingetragen und ins Bett geschleppt hat. Ich weiß nicht genau, was ich da sehen wollte.

Was macht ihr eigentlich den ganzen Tag, Nadelarbeit?

Immer wieder fallen Ästchen raschelnd zur Erde. Sie hat schnell Gefallen daran gefunden, und ich kappe nur ganz langsam und überlegt einzelne Auswüchse des Strauchs, um ihre übermütigen Manöver ein bisschen auszugleichen. Bald schaue ich nur noch zu, wie ihre Haare fallen, wie konzentriert und eifrig sie ist. Bin bereit, sie mit einem ermutigenden Blick hier und da zu bedenken, aber den braucht sie nicht. Ich bleibe trotzdem dabei, ich bleibe konsistent. Meine Mutter war weder besonders gut noch besonders schlecht, und das war vielleicht das Großartige an ihr, das sind vielleicht die besten Eltern. Der beständige Rhythmus ist, was zählt. Der Takt, der immer gleiche, zuverlässig wie ein Metronom. Das gibt Eltern.

Ich habe mir darüber nie Gedanken gemacht. Das war mehr so eine Intuition, ein Impuls, der da war: dieses kleine Ding zu beschützen. Die Hände in den Taschen, wenn sie die Rutsche hinunterglitt, doch verborgen darin die geballten Fäuste, die geschärften Reflexe, allzeit bereit, einzugreifen und aufzufangen. Wenn sie vom Balken fiel, sie zu nehmen und wieder hochzuschubsen, sachte, aber nachdrücklich. Eine Rolle, die mir besser passte als jeder meiner Anzüge und alle Polyesterhemden. Ich habe versucht, der Vater zu sein, den ich als Tochter gern gehabt hätte. Mir das vorzustellen ist mir nicht schwergefallen. Ich kann mir die meiste Zeit ganz gut denken, was Leute empfinden und wie. Ich schließe dann nur die Augen und atme einmal durch, und dann steht vor mir alles da, so, wie sie es sehen, ich stecke in ihrer Haut. Deswegen bin ich selten wütend, außer dann, wenn jemand einfach blind ist und nicht sehen will, was klar vor ihm liegt. Oder ihr. Ein bisschen Bildkrisseln bleibt natürlich, dass man nie ganz genau weiß, was wirklich passiert und vor allem was passiert ist, weil wir unsere Erinnerungen einfärben mit dicker Batikfarbe, bis sie sepiafarben sind, weil wir uns in ihnen wälzen, nächtelang, ohne voranzukommen, weil wir sie zerschneiden und einzelne Blätter verlieren und den Rest schief und krumm zusammenkleben, bis es unserer Meinung nach passt und gut aussieht. Das ist etwas, was man akzeptieren muss. Urteile sind überbewertet, links oder rechts. Die Balance ist, was zählt. Der Goldene Schnitt, vielleicht das Einzige in der bildenden Kunst, was ich je verstanden habe. Wobei es, streng genommen, reine Mathematik ist. Balance, das bedeutet, hinzuhören und kurz nachzudenken, abzuwägen, der Affekt ein gezähmtes Haustier, den man mit Kommandos befehlen kann und einsetzen, wenn er angebracht ist, und zurückschrauben, wenn er einen Moment unnötig verkomplizieren würde. Das alles ist kein Hexenwerk, wenn man Ruhe hat und wach ist. Ich würde meiner Tochter das nie so vordozieren. Meine Mutter hatte es uns beiden auf die gleiche Weise beigebracht: mit Blumensträußen.

Da mag man jetzt denken, sie musste also unbezahlt im Familiengeschäft arbeiten, okay. Aber die Zusammenstellung eines Blumenstraußes ist die einfachste Tätigkeit und gleichzeitig die schwerste, weil man in sie alle ästhetischen Ansprüche legen kann, die man an das Leben und die Welt stellt. Für Blumensträuße, Leben und Welt zählt gleichermaßen: Grünzeug und Scharfgarbe schön und gut, nur bitte verkneif dir die Gerbera. Aber im Ernst: In der Wahl großer und kleiner Blüten, der Länge der Stengel und wie weit man sie kürzt, im Volumen und in der Form des Straußes und vor allem, wie viel Platz jedes einzelne Teil hat, ist abzulesen, wie viel Empfinden für Gleichgewicht ein Mensch hat. Ein Strauß kann sprühen, kann wild und exzentrisch sein. Und dennoch in Balance. Leise, düster, aufregend, verwegen, verträumt, klug, mutig. Überhaupt, ohne all diese Bewegungen kommt der harmonischste Strauß nicht aus. Und auch kein Butterbrot und kein geflochtener Zopf. Und so hat Pega es von uns gelernt. Ich hoffe nur, dass sie das nicht vergisst.

Ich erinnere mich gern, und das, obwohl ich genau weiß, wie sehr ich das alles verkläre. Eines Tages werde ich aufwachen und denken, dass die Zeit, als Pega laufen lernte und sprechen und streiten, die wichtigste meines Lebens war, dass das Beste bereits vorbei ist. Sie wird mir fehlen und vor allem das Gefühl, das sie mir gegeben hat. Aber noch weiß ich genau, dass das nur ein Bruchteil der Realität ist. Dass ich es natürlich nicht bereue, sie großgezogen zu haben. Aber dass es oft schwer war. Quälend sogar. Sie war ein fürchterliches Schreikind, ungenügsam, immer wollte sie Aufmerksamkeit. Ich lernte, nur mit einer Hirnhälfte zu schlafen, wie ein Pilotwal, um mit der anderen meinen wankenden, dünner werdenden Körper auf platten Sohlen durch unsere nächtlichen, frisch bezogenen Zwei-Zimmer-Küche-Bad zu schleppen, immer zu schuckeln, geduldig im Rhythmus ihres kleinen Herzens, das hektisch wie ein Specht klopfte. Denn täuschte sie meiner Familie in den ersten Wochen noch scheinheilig vor, ganz und gar unkompliziert zu sein, wurde sie immer unruhiger und schwieriger, sobald wir alleine waren. Und manchmal hätte ich sie wirklich gern geschüttelt. So richtig heftig. So fest es ging.

Das rosa Gesicht wie ein Maulwurf, der zahnlose, aber unersättliche Schlund und diese unmenschlichen Geräusche, die sie machte. Meine Mutter hatte, nachdem sie die Nachricht verdaut hatte, dass sie vor ihrem vierzigsten Geburtstag zur *Nonna* werden würde, versucht, mich vorzubereiten. Tonio, denk dran, sie kann es nicht anders sagen, wenn etwas nicht stimmt. Denk dran, und ich verdrehte bald die Augen und kippelte in meinem Lieblingsstuhl in ihrer Küche. Noch einige Tage, bevor ich Vater wurde, saß ich da und kippelte und hoffte, dass sie nicht merkte, wie bekifft ich noch war.

Da sind diese unendliche Müdigkeit und die zwei Zeiten. Die stillstehende während der endlosen Nächte und jene, die dabei an einem vorbeizieht, nicht nur hinter den Fenstern, sondern dass man sich gefühlt alle fünf Minuten schon wieder rasieren könnte und die Wäsche sich unaufhaltsam zu einem hüfthohen Hügel auftürmt, wieder und wieder und wieder. Und: die Einsamkeit. Darauf war ich nicht vorbereitet. Ich rief Bettina niemals an. Wir hatten eine Abmachung, sie tat mir einen riesigen Gefallen damit, dass sie Pega überhaupt bekam. Während ihrer Schwangerschaft sahen wir uns nur ein paar wenige Male, meistens bei einem Notar. Ihr zu sagen, dass ich das Kind wollte, war eine Zitterpartie gewesen. Aber ich hatte noch nie zuvor etwas so genau gewusst wie das.

Und mich vielleicht auch noch nie zuvor in meinem Leben für etwas so stark eingesetzt. »Schön«, hatte sie gesagt und ihre Zigarette ausgedrückt, wie wir uns gegenüberstanden. Sie sah schlecht aus und machte nie einen Hehl daraus, dass schwanger zu sein ein Albtraum war. Ich bedankte mich – ihr immer wieder zu beteuern, dass ich das Baby am liebsten selbst zur Welt gebracht hätte, wäre nicht nur blasphemisch, sondern auch gelogen gewesen. Wenn ich ihr schmerzverzerrtes Gesicht und ihre Monsterknöchel aus den teuren italienischen Riemchenschuhen ragen sah, war ich heilfroh. Als es dann vorbei war, sie bleich und schweißnass im Kreißsaal lag und Pega mir nach draußen gebracht wurde, noch ohne Haare und ohne Namen, wusste ich: Für alles Weitere hatte ich Bettina nicht mehr zu fragen.

Hilflosigkeit verdoppelt sich, wenn man sie nicht teilen kann. Wenn mein Kind entsetzliche Schmerzen litt und Hunger und die Welt nicht verstand und sie auch für mich groß und unbezwingbar aussehen ließ. Ich weiß nicht mehr genau, ob ich bewusst entschied, mich in den ersten Wochen nicht bei Reik zu melden. Vielleicht glaubte ich, er wäre ein schlechter Einfluss auf mich oder dass er einfach nichts mit dieser ganzen Sache anfangen konnte. Oder mir wären nicht genügend Ausreden eingefallen, einen Joint oder ein Bier abzulehnen, oder vielleicht, eventuell, war es mir peinlich vor ihm. Warum auch immer. Häuslichkeit ist nichts, was ich je verachtet hätte. Im Gegenteil. Ich liebte es, in der Küche meiner eigenen Wohnung zu stehen und Spaghetti zu kochen und mir dabei wahnsinnig erwachsen vorzukommen. Schon als ich selbst noch ein Kind gewesen war, hatte ich meine Familie gern bekocht, meine Mutter und meine Schwester, und ich hatte es genossen, nicht abwaschen zu müssen und zufrieden zurückgelehnt beim Abräumen zuzuschauen und dem warmen, vollen Gefühl im Bauch nachzuspüren. Es gab niemals genug Nudeln für uns. Für ein Kind mit italienischen Wurzeln war Pega leider entsetzlich mäkelig gewesen. Sie hatte so gut wie gar nichts gegessen außer sauren Gurken, die sie sehr früh leidenschaftlich lutschte, und Kartoffelbrei. Deutscher als deutsch. Glücklicherweise kamen in meiner Familie aber niemals Zweifel auf – weder an der Vaterschaft, noch daran, dass ich in der Lage war, ein Vater zu sein. Zum einen, weil meine Mutter niemals an mir gezweifelt hatte. Das gab es schlicht nicht. Sogar meine eigenen Zweifel hatte man meisterlich unter dem Teppich verkleben und verfusseln lassen, bis das Baby kam und ich durchwischen musste und es auf einmal erstaunlich schnell ging. Zum anderen aber sah Pega genau so aus wie ich in ihrem Alter. Und das, bis sie 14 war. Das runde Gesicht, die braunen Stecknadelaugen. Ein bisschen wie ein Igel. Weil ich es praktisch und süß fand, hatte sie sogar jahrelang die gleiche Frisur. Es war witzig, wenn die Leute nicht wussten, ob sie ein Junge oder ein Mädchen war.

Als ich aus meinem Kinderzimmer auszog, lernte Reik sie das erste Mal kennen. Ich benutzte seine alten Bananenkisten, und er revanchierte sich, packte meine Schallplatten mit mir ein, kommentierte dabei jedes zweite Cover mit einem dummen Witz oder einer anzüglichen Bemerkung, und ich glaube, fast jedes Mal schlug er mit der Schallplatte dann auf Max' Hintern, der immer wieder wie zufällig vorbeiging, diese Vollpfosten, bis ich sehr böse knurrte, ich würde ihnen jetzt neue Aufgaben zuteilen. Als wir gerade alles in den bereitstehenden Wagen verluden, kam meine Mutter mit dem Kinderwagen an, und während Max nur einen flüchtigen Blick hineinwarf und seine Braue zucken ließ, dann, einen bescheuerten ABBA-Song summend, weiter einräumte, erinnere ich mich noch an Reiks hochgezogene Nase. Wie eingekräuselt der Kerl da stand und ungläubig schaute. »Und das sollst du jetzt gemacht haben?« Wie seine Augen noch viel größer wurden, als das kleine Monster bei meinem Anblick gackerte und ächzte, bis ich sie auf den Arm nahm. Und wie verblüfft er war, als ihr Blick dann an ihm hängenblieb.

»Sie kann mich sehen?«

»Was dachtest du?«

Pega brachte mir Reik ein bisschen zurück. Wir waren schnell regelmäßig bei den beiden zu Besuch, obwohl sie keine guten Köche waren. Pega fand immer etwas, womit sie sich dort beschäftigen konnte, ob sie nun auf einem der Skateboards durch die Wohnung zuckelte oder eines von Reiks Bildern verkorkste. Merkte sowieso niemand, es verkaufte sich genauso gut, vielleicht sogar besser. Und an manchen Tagen, wenn er selbst gerade absolut nichts auf die Leinwände und Papierbögen brachte, machte sie eben den ersten Strich. Das war oft der Schritt heraus aus dem Block, der Schubs, den er brauchte, um wieder aufzustehen. Denn auch damals schon lag er manchmal tagelang nur im Bett. Und erst wenn Max endgültig frustriert war und das Gefühl hatte, nichts mehr zu erreichen, dass Reik in einem unsichtbaren Kokon verschwand, rief er uns an. Sobald Pega laufen konnte, ließ ich sie auf Strumpfhosen ins Schlafzimmer wackeln und schaute mit Max durch den Türspalt zu, wie sie sich sabbelnd an seinen Arm hängte oder ins Bett kletterte und brabbelte und ihm eine Geschichte erzählte, die er nicht hatte hören wollen. Und wie es dann langsam besser wurde. Wie sie ihm Liebe und Kraft einzuflößen schien, und wie sein sonores Lachen und ihr Gegacker sich in der Luft des stickigen Zimmers verbanden. Hin und wieder bat ich Reik dann um Hilfe, auch wenn ich sie selbst gar nicht brauchte. Ich schickte ihn an die Luft mit dem Kinderwagen oder bat ihn, auf sie aufzupassen, während ich arbeitete. Dabei hätte ich sie problemlos mitnehmen können. Erst als sie älter wurde, war es zunehmend gefährlich, sie Reik zu überlassen. Nicht weil er sich nicht um sie kümmerte, sondern weil er sie ablenkte, von allem. Manchmal, das weiß ich noch, seufzte sie am Telefon schon, als sie noch in die erste Klasse ging, er müsste jetzt wirklich allein weiterspinnen, sie hätte Hausaufgaben zu erledigen.

Haben die einen Windhund? Bestimmt. Oder so einen hässlichen kleinen Chi-wawa oder wie man die schreibt. Das sind die fiesesten.

Pega hockt mittlerweile, ihr Schoß voller abgeknapster Dornen und Zweige und alter Blätter, ganz still da, ihr Kopf ist nach hinten links verdreht. Ich möchte ihr etwas sagen, was sie an ihre glückliche Kindheit erinnert, was ihr den leisen, doch beharrlichen Knacks aus dem Blick nimmt, den ich dort seit Tagen sehe, zumindest für diesen Moment. Ich weiß nicht, woher er kommt. Aber ich weiß auch, dass es nichts bringt, sie zu einem Geständnis zu zwingen. Das hat noch nie funktioniert, nicht bei den verschwundenen Spekulatius (»Spekulatii«, sagt der Max, der unauslöschlich in meinem Hinterkopf wohnt, herzlichen Dank auch), nicht bei schlechten Noten und nicht, als ich das erste Mal Blutspuren in ihrer Unterwäsche fand. Ich backte Kekse, ich schenkte ihr Bücher, und ich wusch ihre Wäsche und lernte das Hygienesortiment der nächsten Drogerie auswendig, ließ mich mit knallrotem Kopf von kichernden Verkäuferinnen genauestens beraten und kaufte einfach einmal alles, ging nach Hause mit einer großen SCHLECKER-Tüte voll Binden und Zellstoff in all seinen Erscheinungsformen. Auch jetzt finde ich beim Staubsaugen unter den Badmöbeln manchmal noch Tampons wieder. Kleine in Plastik verpackte Zellstoffpatronen im Kampf gegen Mutter Natur. Mein Blick folgt ihrer Drehung.

Neben dem Beet wanken Max und Reik noch immer umeinander. Es läuft mittlerweile, o Schreck, *Love Hurts*. Es fehlt ihnen an nichts. Diese Zyniker, dass sie nicht heiraten, ist fast eine Beleidigung gegen uns andere. Zwanzig Jahre. Neid bringt Leid. Die vierzig winkt auch mir schon mit beiden Armen. Ich winke natürlich meist grinsend zurück, zum einen, weil ich höflich bin, und zum anderen, weil ich mich darauf freue, älter zu werden. Alt und grau und schlecht gelaunt, ohne eine Entschuldigung zu brauchen. Das mochte ich an Deutschland sowieso schon immer. Die mies gelaunten Gesichter an der Kasse und im Bus, einfach weil.

Und ich freue mich darauf, vielleicht noch einmal Vater zu werden. Schon wieder, möchte man sagen und lachen. Nur, dass ich es Pega jetzt beibringen muss und den beiden Kaspern, macht mir nicht grade ein gutes Gefühl. Natürlich ist das heute wohl nichts Aufregendes mehr, Geschwister, so weit auseinander. Und ich bin noch bei weitem jung genug. Manche bekommen ihr erstes Kind heute, wenn sie schon zehn Jahre älter sind als ich jetzt. Aber natürlich werde ich mir wieder Sorgen machen, das kann ich einfach sehr gut, ist ein Talent von mir. Nur kann ich mich auch schwer gegen das Glück wehren, wenn es nun mal da ist. Oder? Wenn es auf mich zugerannt kommt, in großen Schritten, und auch nicht, wenn es Nicole heißt. Nicole (jaja, ich weiß) hat sehr konkrete Pläne für ihre Zukunft, und ich bleibe mit dem Kind zu Hause. Ich kann mir fast nichts Idyllischeres vorstellen. Garantiert werden kann mir dabei nichts. Gut möglich, dass ich dann wieder putzen gehen muss, wovon natürlich wieder niemand erfahren wird. Ein Barpianistenvater ist zwar genauso überarbeitet wie ein Gebäudereinigungsvater, aber einfach cooler.

Ich war immer dankbar gewesen, dass ich schon als

Musikschüler und auch später als Student nicht zu denen gehören musste, die riesige, in schwarzes Nylon gehüllte, obskur geformte Gegenstände durch die Berliner U-Bahn balancieren mussten. Ich fühlte mich so schon ungeschickt und fehl am Platz genug, da brauchte ich nicht noch ein sauteures Cello, das ich Passanten und *Straßenfeger*-Verkäufern um die Ohren schlug.

Nein, seit ich Auftritte hatte, ob im *Ballhaus Biene* oder im *Tanzenden Eisenbahner*, auf mich wartete immer ein wohltemperiertes Instrument und ein Longdrink auf Eis. Das war komfortabel und die Arbeitszeiten sorgten dafür, dass ich tagsüber in aller Ruhe dabei zusehen konnte, wie Pega sprechen lernte und laufen. Schlaf bekam ich bei diesem Rhythmus natürlich wenig, zwischen Bar und Spielplatz, aber wenn man jung genug ist, dann ist das kein wahnsinnig großes Problem. Man schläft halt effizient, in der Bahn, an der Bushaltestelle, in der Schlange an der Supermarktkasse. Tatsächlich habe ich bemerkt, dass ich jetzt meist müder bin, als zu der Zeit, als ich von einem Auftritt in den nächsten schlidderte und meine Tochter parallel dazu zahnte und es manchmal nicht reichte und mich dann hin und wieder statt des Flügels auch mal ein Putzwagen erwartete.

Ich bezweifle, dass ich das wieder schaffen würde – Beflügeltsein hin oder her. Dennoch ist es bis heute dabei geblieben, dass ich jeden Abend das Haus verlasse, auch an meinen freien Tagen. Dann suche ich irgendeinen Laden aus, meistens gehe ich in eine Spätvorstellung ins Kino – am besten möglichst viele Explosionen, 3D, vorzugsweise Superhelden, da gibt es dieser Tage ja immer etwas zu sehen, Max und Pega würden auf die gleiche Art abfällig die Nase darüber rümpfen. Reik kommt manchmal mit. Aber er hat sehr wenig Zeit, oder wenn er mehr hat, dann möchte er sie offenbar nicht mit mir zubringen. Seit meine Tochter ausgezogen ist, habe ich den Eindruck, bin ich weit weniger interessant für ihn geworden. Hin und wieder wandle ich dann alleine durch unser Viertel und sehe mir an, wie die Läden sich verändert haben. Da gibt es eine Cocktailbar, die ich von außen sehr lange für einen alten Bioladen, ein, oh, ja, Reformhaus, gehalten habe. Sie ist grün gefliest, von außen und innen, überall hängen Kräuter zum Trocknen an den Wänden. Erst, als letzten Sommer einmal die Tür offen stand, spürte ich die brummenden Elektrobässe, sah die Bärte und Haarknoten, die riesigen, von ganzen Wachswellen überwucherten Kerzen und Nicole. Dass sie so heißt, ist für mich immer noch ein Problem. Den Namen hatte meine Schwester sich mal ausgesucht, als sie mit zwölf neu in eine Schulklasse kam und sich als jemand anders ausgeben wollte. Sie fand das mysteriös mit dem stummen e. Nicole, ein Name, wie Teenagereltern ihn gern aussuchen. Es sind immer Käffins, Niehckolläs – und manchmal Pegas. Das ist aber nicht der einzige Grund, warum ich ihre Nummer in meinem Telefon lediglich unter *Ni.* abgespeichert habe.

Ok pass auf das hier ist die zehnte Nachricht ohne Antwort. Du weißt schon, dass ich nicht aufgebe? Fürs Abschütteln ist es ein bisschen spät, Mister.

Nicole jobbt in dieser Ökobar, sie mischt keinen der Designercocktails, sie serviert, sie balanciert also im Grunde hauptberuflich. Sie ist klug und hat ein blondes Wesen und blechgrau gefärbte Haare und sie sah mich sofort, wie ich da verlassen im Eingang ihres Ladens stand.

»Alleene hier?«, katschte sie ihren Kaugummi grinsend und minzig mit ihrem breiten Brandenburgisch, das sich auch nach ein paar Semestern in Neukölln noch nicht verschmälert hat. »Yalla, Yassin, mach einen Drink!«, und beschämt setzte ich mich, damit die deutsche Frau endlich aufhörte, peinliche Arabesken – Arabismen? – durch den Laden zu schleudern. Von der Bar aus konnte ich sie beobachten, während mein ganzer Körper im dumpfen Elektro versank, der gleichmäßig bis in jede Ecke der Bar sprudelte. Das Pulsieren, manchmal ein Zischen und Klimpern, das die Gedanken wandern ließ und seit Jahren die erste Musik war, der ich einfach so nachhängen konnte. Ich stellte keinerlei Ansprüche an die Rhythmen, die querschlagenden Töne, deren Ursprung man manchmal gar nicht zuordnen konnte. Elektro fiel aus allen meinen Rastern und brachte deshalb auch nicht das große Gebirge der Ästhetik mit sich, das sonst immer näher rückt, wenn ich Musik höre oder mache oder beides, mich überragt und überfällt, wie ein waschechter Albtraum. Ohne die Konstruktion zu spüren, die Mathematik, die allem unterliegt, kann ich zu diesem Pumpen und Gluckern Auto fahren, Fenster putzen, meine Einkäufe auf das Kassenband legen und zusehen, wie Nicole im Takt wippt und dabei Gläser poliert und manchmal völlig unpassend mitpfeift, der Illusion der Zufälligkeit aufsitzend. Der dicke Lidstrich und der pudrige Kräutergeruch, den sie vor sich her trägt und ihre springenden bleifarbenen Haare –

»Packste mal mit an?!« Max' Kreidestimme reißt mich aus allem. Mittlerweile jault Florence + The Machine aus den Boxen. Max und Reik haben zu tanzen aufgehört. Ist aber auch eine Scheißband. Neben mir wankt Pega, summend, mit einem Arm voller Zweige davon. Über ihren Musikgeschmack mache ich mir keine Sorgen. Zum einen, weil sie das vermutlich ganz bewusst macht, um mich zu ärgern. Zum anderen, weil die beiden Clowns da drüben schon weitaus genug Show machen. Als sie geradeso laufen konnte, drückten sie ihr Kopfhörer auf, riesige Mickey-Maus-Ohren auf ihrem runden Kopf, und dudelten ihr stundenlang die Beatles vor. Ich hielt mich da vornehm raus. Lehrers Kinder, Pfarrers Vieh gedeihen selten oder – schon wieder unterbricht mich das Zirpen aus der Brusttasche, ich ahne schon, dass sie wieder was Versautes schickt, ist ja schon ganz beleidigt, dass ich auf meinem Steinzeithandy keine Fotos empfange – da spüre ich einen Blick. Und Max steht da, eine Hand lässig auf dem riesigen rostigen Nagel neben der Trauerweide liegend, als wär das irgendein zufälliger Pfosten. Ich huste, wie man hustet, wenn man verlegen ist und gerade an Sex gedacht hat, er grinst kurz mit zuckenden Augenbrauen, und ich gehe genervt zu ihm rüber.

»Was wird das?«

»Marietta hat angerufen. Der ist verkauft.«

»Ich dachte, der ist unverkäuflich.«

Das Grinsen bröckelt einen Moment, er zuckt mit den Schultern.

»Dacht ich auch lange. Hilfste mir, ihn ins Auto zu bringen?«

Ich seufze verwirrt, schüttle über die beiden den Kopf, wie die letzten zwanzig Jahre auch, und hieve mit drei kräftigen Rucks den Nagel aus der Erde. Er hinterlässt ein Dreckloch und ist überraschend schwer. Nur sehr langsam und trippelnd und schnell keuchend und schwitzend bringen wir wie zwei ungeübte Leichenträger die paar Meter bis zum Parkplatz hinter uns. Da legt Max das vordere Ende vorsichtig ab und ich blinzle perplex, als es *mein* Auto ist, das er mit einem flinken Klicken öffnet.

»A–«

»Es ist größer.«

»U–«

»Und du wohnst eh näher an der Galerie!«

Er wischt sich Schweiß von der Stirn und versucht, Reiks niedlichen Blick nachzuahmen. Seine Augen sehen so aber eher aus, als würde er sie panisch aufreißen wie eine Kuh, die an eine Melkmaschine angeschlossen wird, oder ein Reh, mitten auf der Landstraße, auf das man mit 120 Sachen zurast. Ich blinzle ihn maximal unbeeindruckt an: »Noch so ein Ding, was unsere Garage zustellt.« – Ups.

Sein großer Mund schließt sich zu einer schmalen Linie. Er ist so schnell wie immer und durchleuchtet mich mit einem Blick. Wie ich das hasse. Ruckartig packe ich an meine Brusttasche. Das Telefon ist noch da.

»Soso. *Unsere* Garage?« Er schnalzt und kneift die Augen ein bisschen zusammen.

»Meine und Pegas«, huste ich, verdammt. Dann sage ich gar nichts mehr, um mich nicht noch weiter zu verraten, und wir verladen schweigend den rostigen Nagel. Sein Röntgenblick bohrt sich in meinen Scheitel. Dann seine große Hand, die mir dankend auf die Schulter klopft. Eine verlegene Männergeste, die sonst niemand in unserer Generation mehr ernsthaft macht. Im Vorbeigehen und ohne mich anzuschauen, sagt er dann, wie aus dem Nichts:

»Kannst du heute mit der Knieften draußen was machen? So ein, zwei Stunden?«

»Was ... damit ihr in Ruhe vögeln könnt oder was?«, zischt es aus mir, weil die Situation bekannt ist – das letzte Mal, dass er mich um Vergleichbares gebeten hat, ist aber ziemlich lange her.

»Sie is kein Sandkastenkind mehr, übrigens. Wie haste dir das vorgestellt? Soll ich wieder mit ihr *spazieren gehen,* bis der Weihnachtsmann da war? Schuheputzen für den Nikolaus?«

Haben wir früher natürlich nie gemacht. Sie wusste von Anfang an, woher die Geschenke kamen. Diesen ganzen Zirkus beim Osterhasen machte sie auch nur mit, weil Max und Reik so eine Freude daran hatten. Mit sechs Jahren hatte sie mir das gestanden und mich angefleht, es den beiden nicht zu stecken. Ich halte mein Wort. Aber Max steigt nicht darauf ein. Dabei würde er sonst keinen Gag liegen lassen, wenn es um dieses Thema geht. Bis heute ist er nicht müde geworden, vom Sex mit Reik zu schwärmen, besonders in meiner Gegenwart, und davon, wie wahnsinnig wenig Spaß am Leben ich seiner Meinung nach habe. Gerade er. Jetzt greift er sich unsicher in den Nacken, schon wieder eine Geste, die ich von ihm nicht kenne. Meidet meinen Blick. Schaut kurz zum Haus, als könnte er Reik durch die Wände hindurch darin herumgeistern sehen. Macht ein komisches zischendes Geräusch, erst beim zweiten Hinhören verstehe ich, dass er etwas von Luftzumatmen murmelt. Dann räuspert er sich, und um ihn nicht weiter zu quälen, weil ich leider ein guter Freund bin, sage ich: »Geht klar. Ich lass mir was einfallen.«

Er sieht mich einen Moment lang an, nickt fast unsichtbar, die Erleichterung nur bei sehr genauem Hinsehen erkennbar, und geht ins Haus. Sein Gang und seine Haltung anders als sonst. Nicht stolz, sondern vorsichtig. Vielleicht lauernd. Die Schultern etwas hochgezogen. Der obere Rücken krumm. Vielleicht ist er doch eine Hexe. Als die Musik ganz verstummt, bringe ich Pega dazu, ihre Handschuhe wegzulegen und mit mir das alte Ruderboot am Ufer aus dem Dickicht zu bergen. Auf diese Idee zu kommen hat keine Minute gedauert. Ich bin noch geübt darin, mir ad hoc Beschäftigungen zu überlegen. Das Wasser ist eisig. Aber sie ist wiederum geübt darin, zu erkennen, wann sie mir einfach folgen sollte, ohne Fragen zu stellen. Vielleicht ist auch sie froh, sich etwas entfernen zu können. Ihre Intuition war schon immer gut. Auch als sie noch sehr klein war, musste man ihr nur wenig erklären. Ich stellte ihr meist mehr Fragen als umgekehrt. Und fühlte mich ihr deshalb schnell unterlegen.

Als wir einsteigen, dauert es nur eine Sekunde, sie schaut noch zum Haus zurück, wie früher, wenn einer unserer stets zu kurzen Besuche bei den beiden zu Ende ging. Dann fällt mir der Satz einfach aus dem Mund: »Fehlt dir deine Mutter manchmal?«

Natürlich fehlt mir mein Vater. Und natürlich frage ich sie das deshalb. Ich hab ihn in meinen Träumen immer wieder getroffen, immer wenn ich meine Mutter am Abend um eine Geschichte über ihn gebeten hatte, über seine Umtriebigkeit und sein buntes, kinderfreies Leben. Und bis heute. Weil ich ihn gehabt hatte, als kleiner Junge, ging der Abschiedsschmerz, ihn nur noch so wenig und bald gar nicht mehr zu sehen, nie ganz vorüber. Wieder und wieder malte ich mir das Leben meines Vaters in den wildesten Farben aus.

Von allen Entwürfen hatte mir Venedig immer am besten gefallen. Dort wäre dann alles zu schön. So wie bei unserem kurzen Besuch, bevor ich zehn wurde und bevor er uns verließ. Kaum zu fassen, dass es einen Ort wie Venedig auf dieser Welt geben durfte. Es ließ sich hervorragend dorthin träumen. Gerade spät in der Nacht und früh am Morgen, wenn man das Haus verließ, bevor die

Hitze kam und mit ihr die Touristen. Die Geräusche der festgemachten Gondeln, an deren Bug das Wasser klatscht, gluckst, Schwappen im Rhythmus, rausch-klatsch, rausch-klatsch, die Möwenschreie, die milde Feuchtigkeit überall, das Gefühl der glattgeschlurften, von der Nacht noch kühlen Steine unter nackten Füßen. Die träge Melodie, die allem unterliegt. Schweres Klavier, ein Cello, vielleicht eine Harfe. Sommer in seiner reinsten Form. Bei jedem Blick zur Seite: die Wasserstraßen. Backstein und blauer Dunst, grünliches Rauschen darunter. Dic Luft ist alt und salzig, es mischt sich der Geruch nach frischem Brot darunter. Das italienische Brot ist nicht gerade berühmt, aber um diese Uhrzeit riecht es aus jeder Bäckerei phantastisch. An jeder Brücke stehen asiatische Bräute. Ihre Kleider flattern in exotischen Bögen über die Steinstufen. Zu ihren Füßen jeweils ein Hochzeitsfotograf. Der Golden Retriever, der mit grauer Schnauze müde nach den Tauben schnappt. Straßenverkäufer, groß und düster dreinblickend – vielleicht auch einfach so müde wie man selbst –, breiten falsche Markenhandtaschen und bunt flackernde Plastikspielzeuge vor sich auf dem Boden aus. An einer Souvenirbude sortiert eine alte Frau schlecht gelaunt Postkarten. Wir verlassen den touristischen Bezirk, immer weiter, der Park – vollgestellt mit moderner Kunst, von der ich nichts halte und meist den Eindruck habe, so etwas könnte ich eigentlich auch mal eben schnell selbst – liegt schon hinter uns. An einer Ecke kauft er uns zwei Espressi, die gerade den Boden der beiden Pappbecher bedecken. Ich habe noch nie Kaffee getrunken. Ich trage ein nachgedrucktes Ramones-Shirt und Kajal auf der Wasserlinie. Nicht, weil ich es nicht besser wüsste, sondern weil das der Gipfel der kosmetischen Inszenierung für die meisten Männer ist. Also, außer für Leute wie Reik, die da kein Limit kennen. Aber in meinen Träumen bin ich dreizehn und ihm deshalb noch nicht begegnet. Ich rebelliere maßvoll. Venezianer schließen ihre Haustüren ab und gehen zur Arbeit, einer trägt statt Aktentasche eine Plastiktüte von Aldi unterm Arm. Die Häuser werden schlichter, verfallener und schöner. Als ich die ersten Efeuranken entdecke, möchte ich die Augen verdrehen. Das ist alles ein Witz. Alles zu ästhetisch, man möchte das nicht wahrhaben. Genau wie mein Vater. Er ist zu groß, zu gutaussehend, seine Augen strahlen zu rotbraun, sein Haar ist zu dicht. Er trägt keinen peinlichen Leinenanzug, sondern Bluejeans und Shirt, gute Lederschuhe, passt ins Bild, wie im Film. Er ist ein Heimgekehrter, die Auswandereltern im Rücken im kalten Deutschland. Und er raucht aus dem Mundwinkel. Er macht Musik, und niemand weiß, wovon er eigentlich lebt. Er ist einfach da. Vielleicht erhält er erfolgreich das Gerücht aufrecht, als Barpianist sein Brot zu verdienen, wie sein Sohn. Wer weiß. Ich erinnere mich genau an die Nacht, in der ich noch im Traum begriff, dass es nicht mehr war als genau das: ein Traum. Der warme Wind und der verheißungsvolle schwarze Himmel, das Flappen der Sandalen auf leerem Platz, der von Jahrhunderten abgegriffene Marmor unter der Hand, speckig, fast cremig. Die fremden Sprachen im Ohr, die letzten Lichter, seine

Hand. Es geht mir so gut, und ich bin so unglücklich. Ich kneife die Augen zu und denke an ein Streichquartett, und tada, da ist es schon. Erschütternde Klagelaute, die über den Markusplatz streichen. Die Gespenster der Vergangenheit, der Nebel der Zukunft. Alles im Dunst. Dass Jungs nicht weinen, ist mir herzlich egal. Denn Weinen bringt mich zum Lachen und kühlt mein heißes Gesicht.

Rausch-klatsch, rausch-klatsch, gleiten wir zwischen den großen Bruchstücken aus Zuckerglas umher, Schmelzreste, Scherben aus Eis. Alles ist blassblau und auf dem Wasser ist es kälter als an Land. Dabei ist der See winzig, man ist hier nicht draußen auf dem Wasser, sondern eher drinnen. Wir sind dick in unsere Mäntel gewickelt, ich rudere, und Pega sitzt am Bug wie eine Galionsfigur und lässt sich die Haare von Windfingern durchwühlen. So stark und zerbrechlich, dass meine Brust anschwillt. Dagegen kann ich nichts tun, konnte ich noch nie. Sie mustert die Wasseroberfläche aufmerksam, die sich unter uns kräuselt, die klaren zwei Hälften von vorhin sind ganz vermischt, auch das Wetter ist hier eindeutiger. Rau und kalt, macht den Kopf klar. Man könnte meinen, sie sähe am Grund des Sees etwas. Einen Schatz. Eine geheime Stadt. Sie zu fragen bringt jetzt nichts, denn verständlicherweise redet sie nicht mit mir, seit aus mir ebendiese sehr dämliche Frage herausgeplatzt ist.

Der Storch von heute Morgen entpuppt sich als Reiher. Oder Kranich. Max wüsste das jetzt besser. Aber Max ist nicht hier. Ich bin mit meiner Tochter allein. Das letzte

Mal, dass wir über ihre Mutter geredet haben, ist nicht lange her. Meistens ernte ich dann ein Schulterzucken, ratlose Augen oder einen genervten Kommentar darüber, dass ich für drei Elternteile genug sei und schließlich auch noch diese anderen beiden Spinner ständig an ihren Fersen klebten und sie keine Zeit hätte, sich jetzt auch noch um Bettina Gedanken zu machen, im Gegenteil: dass sie ganz froh sei, dass wenigstens die offensichtlich ein eigenes Leben hatte!

Niemals hat sie sich nach ihrer Mutter erkundigt. Wenn Reik und Max dagegen an ihrem Geburtstag nicht vor acht Uhr anriefen, war Zirkus. Hunderte Male bin ich mit ihr in Männerumkleiden gegangen im Schwimmbad, hab sie als einziger Vater aus dem Kindergarten geholt und aus der Schule. Die misstrauischen Blicke, wenn ich meine Zigarette vor dem Schultor austrat und durch die Gitter spähte, werde ich nie vergessen. Pega haben sie nie interessiert, die Augenpaare, die abschätzigen Schnalzer.

Nur für mich war es manchmal wahnsinnig schwer. Nicht nur, der Einzige bei allem zu sein. Sondern überhaupt, dieses unermüdlich wachsende kleine Wesen, das heute nicht mehr in die nagelneuen Socken von gestern passen wollte, das gerade noch dabei war, seinen S-Fehler trotz Zahnlücke zu überwinden, und im nächsten Augenblick schon mit mir über vermaledeite Reißverschlüsse und Klettverschlüsse und Schirme und Mützen diskutierte. Und mich dabei nach Strich und Faden in den Boden argumentierte. Das vorwurfsvoll bald meine Klamottenknäuel hinter mir her räumte und sich eine fiese Brandnarbe am Unterarm holte, als es versuchte, auf einem Wäschekorb balancierend, zu bügeln. Das fortwährend meiner Mutter davonlief, um mich nachts in der Bar »zu besuchen«, in der es mich wähnte. Dabei putzte ich die Hälfte der Zeit Bürogebäude. Erst bei Max und Reik blieb sie dann artig im Bett und wartete. Erst als sie bei ihnen schlafen durfte, wurde sie weniger krank, ihr frühkindlicher Schwindel ließ nach, das Erbrechen wurde weniger, ihre Träume besser. Und sie weinte immer seltener plötzlich los, als wäre sie in eine Fuchsfalle getreten. Erst dann verfolgte mich nicht mehr die Frage, ob ich es als Frau leichter mit ihr hätte, weil ich sah, dass es um Sicherheit ging und um Vertrauen und Kartoffelbrei und nicht um Genitalien.

»Wir waren auch mal in dem Hochsitz zusammen, Papa. Vor Ewigkeiten. Wir haben da mal eine ganze Nacht, in Schlafsäcken …«, ihre Stimme ist schleppend und nachdenklich, wird an ihren geröteten Wangen vorbei zu mir nach hinten geweht.

Ich nicke, obwohl sie das nicht sehen kann. Mir kommt es nicht so lange her vor. Auch, wenn all das wirklich sehr früh passierte im Leben von Max und Reik. Die große Liebe, die Karrieren, die Kontostände, der Hauskauf. Ein Nest in der Krone eines Mammutbaumlebens: Plötzlich hatten sie diesen Ort hier. Und boten uns an, ihn zu teilen. Ich erinnere mich, wie Pega zu der Zeit rund um die Uhr einen Kranz aus Plastikblumen um den Hals trug und jeden Tag aufs Neue versuchte, den Schlafanzug ganztägig anzubehalten, auch in der Hütte auf Stelzen.

Wie wir picknickten, Tomatenhering aus der Dose, den sie, als wäre sie nicht schon seltsames Kind genug, heiß und innig liebte. In ein paar Stunden wurde der Hochsitz vom Hochbett zum Baumhaus, zum Räuberversteck, zum Schiff auf hoher See. Wir lagen nebeneinander, und sie fragte, ob meine Beine lang genug seien, um mit den Füßen gegen die Decke zu drücken. Und folgsam machte ich eine Kerze und mir keine Gedanken, ob das seltsam aussehen würde, und verrenkte mich, und sie gluckste. Mit kleinen Kindern zusammen sein ist ein bisschen wie zu kiffen, nur ohne den Heißhunger und den süßlichen Geruch in der Nase und mit noch mehr Verrücktheiten unterm Pony.

»Und das letzte Mal hier auf dem See warst du letzten Sommer, oder?«

Jetzt sagt sie leise ja, zwar immer noch nach vorne weg, aber ich lese an ihrer Haltung, dass sie schon weniger schmollt mit mir. Ich erinnere mich, dass ich am Ufer saß, im Schatten der Weide und rauchte und heimlich Kippenstummel in die Erde neben dem Nagel drückte – ein Wunder, dass das vorhin nicht aufgeflogen ist – und beobachtete, wie Max und Pega sich gegenüber im Boot saßen, ausgestreckte Beine wie in einer umgekehrten Badewanne (sie drinnen, das Wasser drumherum), Klöbner und Müller-Lüdenscheidt, beide einen Wälzer auf dem Schoß, beide versunken, beide mit einem dicken weißen Sonnencremepunkt auf der Nase. Die exakt gleiche Haltung, und wie ich schon kommen sah, dass sie ihm nachstreben würde. Und dass mich das, so wenig ich ihn manchmal ausstehen kann, zunächst beruhigte, weil es mir doch wie die sicherste Variante vorkam. Dass mir dann aber einfiel, dass sie sich demnach jemanden wie Reik suchen könnte, der ihr Leben zwar bereicherte, aber auch bestimmte und ihr Unsummen an Energie abverlangen würde. Und wie ich betete, dass sich all dieser Ärger noch möglichst lange hinauszögern möge und sie weiter in ihre Bücher verliebt bliebe. Wenigstens noch ein Weilchen.

Ich widerstehe dem Reflex, mein zirpendes Telefon aus der Brusttasche zu ziehen. Ich rudere stur weiter. Aber natürlich beherrscht Nicole meine Gedanken direkt wieder. Bis wir ins Gespräch kamen, Nicole und ich, hatte es nicht lange gedauert. Höchstens – drei Monate. Oder ist das viel? Drei Monate voll wortlos bestellter Cocktails und Longdrinks und zu hoch ausfallender Trinkgelder. Dann stellte sie sich eines Abends vor den Eingang, als ich gehen wollte, mit verschränkten Armen, und rasselte etwas herunter, das erst wie ein mittelklassiger Poetryslam klang:

»'98 jeborn, uffjewachsen in Hennigsdorf, jepp, war schlimm, aba Bärlin war nisch weit, erst Grunge und denn lange, wat ick für Hardcore hielt, heute meistens Elektro, keene Ahnung warum, ick weeß nüscht üba Musik. Mutta Sekretärin an meena Schule, joa, war ätzend, Vadder wat weeß ick. Bin 'n Meedchen, imma jewesen, und seriell monogam.«

Ich holte Luft, aber sie blieb unerbittlich, erklärte noch, dass sie in einer WG lebte, ihre Mitbewohner aber die meiste Zeit nicht da seien, und sagte dann ihre Telefonnummer, die sie mir dabei parallel ins Handy speicherte, das sie mir einfach aus dem Hemd gezogen hatte. Das Einzige, was ich herausbrachte, war eine raspelige Frage nach einem Abendessen. Aber sie grinste nur hochzufrieden, strich den Vorhang beiseite, verbeugte sich kurz wie im Cabaret und sah mir geradezu unanständig nach, als ich ging.

Es war ganz egal, dass ich in ihrem Viertel mit meinem Anzug (einem Geschenk von Reik) auffiel wie Rainer Langhans in einer Gruppe Hell's Angels. Sobald ihre kratzige Stimme mich durch die Klingelanlage hereinzitiert hatte, nahm ich drei Stufen auf einmal in den vierten Stock, warf mir oben angekommen, Hilfe, sogar die Haare aus dem Gesicht und leckte mir die Mundwinkel und wollte alles, nur nicht der alte Sack sein, der keuchend in ihrer Tür stand. Ihre schwarze Uniform aus der Bar hatte sie gegen ein bleigraues enges Kleid getauscht, halb hing sie in einer prolligen Lederjacke, die sie jäh zu Boden fallen ließ, als wir uns ansahen. Es brauchte keine zweieinhalb Sätze:

»Der Tisch ist reserviert.«

»Aber unter der Woche –«

»– kommt da eh kaum einer lang.«

Nicole hat lange, weiße, immer kalte Finger, mit denen sie mich ungeduldig raffte. Fast zu routiniert presste sie unsere Hüften aneinander und fingerte den Gürtel und die Hose auf. Wir standen vor dem bodenlangen Spiegel im Flur, ich sah zu, wie sie mir das Kondom überkrempelte und wir keuchten wie eine alte Eisenbahn. Alles, was sie im Bett kann und will, hat sie von Videos im Internet gelernt, und sie erwartet, dass man von ihr erwartet, eine Sexmaschine zu sein. Momente der Stille und des Stillstands entstehen zu lassen, dass die Anziehung sich vervielfacht, wenn man die Entfernung hin und wieder vergrößert, solche Dinge probierte sie erst später auf meine Anregung hin aus. Ich kannte das schon.

Die wenigen Male, die ich zwischen 17 und 38 mit Frauen Sex hatte, war das häufiger so gewesen. Aber in diesen Momenten, nach Wochen des Tänzelns war in unseren Hirnen alles wie in rotes Licht getaucht, und als liefe die ganze Zeit Led Zeppelin dabei und als wäre es das einzig Wahre. Mein Gesicht in ihrem Pudernacken und mein Schwanz tief in ihr drin, stützte ich mich links und rechts vom Spiegel ab, unsere Hände berührten sich kaum. Es ging nicht lange. Aber am Ende stöhnten wir uns verzückt an und lachten leise und befreit. Sie rollte ihren Rock die Beine hinab, ich friemelte das Kondom von meinem Schwanz, wir richteten uns die Seitenscheitel und gingen los.

Im Restaurant kamen wir erst zwei Stunden später an, weil wir noch zwei Mal während der paar Sekunden im Fahrstuhl (den ich vorher vor lauter Aufregung einfach übersehen hatte) wieder aneinanderklebten, auf die oberen Knöpfe eindroschen und in ihre Wohnung zurückfuhren. Es war wie freier Fall. Schließlich zog sie meinen Arm durch die Schlinge, die sie mit ihrem rechten formte, lüpfte grinsend den Chapeau Claque, den sie zu ihrem Kleid trug, und sagte:

»So, Mademoiselle, uff jeht's.«

Wir gingen erst essen und dann tanzen. Ich liebte die Ahnungslosigkeit. Noch nie war es mir so leichtgefallen, mich einfach führen zu lassen. Vor lauter Schwerelosigkeit rannte ich auf einem unserer Wege gegen eine Laterne. Hätte mir keiner meiner Freunde geglaubt. Schneller, als ich mich versehen konnte, stand ich in einer prallvollen WG-Küche, in der alle wie aus einem Theaterfundus angezogen waren, und schleifte Nicole lachend an ihrer Hüfte um mich herum. Sie zog mich in Kellerclubs, die von außen nach Abriss aussahen und in deren Innerem mit Glitzerstaub geworfen wurde. Der Elektro wummerte unnachgiebig, ich vergaß alles und verschüttete Gin Tonic um Gin Tonic.

Wenn ich mich jetzt daran erinnere, habe ich direkt Reiks Gelächter im Hinterkopf, dein Ernst? Das ist so ein Abiturientinnengetränk. Dabei hat er für ein Alkoholikerkind selbst erstaunlich wenig Ahnung von dem ganzen Fusel. Mieser kleiner Angeber. Beim Tanzen oder Vögeln oder Durch-die-U-Bahn-Taumeln mit Nicole, die stärker ist, als ihre zierliche Figur vermuten lässt, und an die ich mich vertrauensvoll hängen konnte, dachte ich aber nie an Reik. Und ich dachte sehr lange auch nicht an meine Tochter, die im selben Alter ist.

Bis es zirpte:

Wie heißt deine Tochter noch mal?

Und dann:

Shit. Bin grad auf ihrer Einweihungsparty.

Dabei hätte ich das wissen können. Dass diese kochende, schmutzige Stadt lange nicht so weitläufig ist, wie sie daherkommt. Ich stand an dem Abend in meiner Singleküche an meinem Singleherd und briet mir Singlespiegelei. Weil Kochen ohne mäkelndes Kind nebendran keinen Spaß macht. Ich trug ein Hemd und eine Unterhose, die mir halb über den Hintern hing, weil Nicole den Gummizug mit ihren scharfen, übertrieben manikürten Fingernägeln ausgeleiert hatte. Und meine Freundin und meine Tochter saßen ein paar Kilometer weiter in der Küche, die ich nicht zu streichen geholfen hatte. Ich hatte meinen Künstlerfreund beauftragt, einfach weil ich es immer noch witzig fand, Reik mit so etwas zu piesacken, und der hatte sich nicht auf den Sack gehen lassen und zwei polnische Anstreicher von Kleinanzeigen geschickt. Diese Küche mit der Knoblauchpresse und dem Zestenschneider, die mir so sicher vorgekommen war, sicherer als das alte Kinderzimmer, in dem sich jetzt Kartons und Wäschekörbe auf ihren kleinen Möbeln aus gelblich lasiertem Kiefernholz stapeln. Ich hörte sofort wieder den gluckernden Elektro, sah Leute tanzen und saufen. Übelkeit, die einem alles verleidet. Das Ei in der Pfanne vor mir verlief zu einem traurigen Wabbelgesicht. Über meinem anbrennenden Abendessen tippte ich: Tu, was du willst, aber knutsch bitte nicht mit ihr rum.

Ich sitze hier mit Pega im Boot und erinnere mich an den Sex mit Bettina und denke an den Sex mit Nicole, den jungen Körper, wie biegsam und herrlich entschlossen sie ist und wie dumm ich mir dabei vorkomme und wie gut.

Weil ich alles abgeben kann, seit langer Zeit. Vielleicht zum ersten Mal in meinem Leben.

Natürlich hab ich nicht im Zölibat gelebt, die ganzen Jahre. Da waren ein paar von Pegas Lehrerinnen zum Beispiel, die jährlich versuchten, mich zu einer Aufsicht auf Klassenfahrt zu überreden, was ich vermied, weil Pega schließlich auch dringend einmal ihre Ruhe vor mir brauchte. Und ich die Zeit, um Sex zu haben; meistens recht anonym und vor allem nicht im knarzenden Doppelstockbett einer Jugendherberge mit einer der Frauen, die vielleicht noch für Pegas Abiturnoten verantwortlich sein würden. Wenigstens waren meine Koteletten immer lang und dicht genug gewesen, dass ich nicht aus Versehen noch für einen Schüler gehalten wurde. Sonst hätte man mich am Ende in die Ecke stellen wollen dafür, dass ich die arme kleine Mitschülerin gegen ihren Willen dazu zwang, ihre Jacke richtig zuzumachen und ihre Nase zu putzen.

All meine Affären spielten sich vor Schulschluss ab. Wenn mein Kind in die Hofpause ging, oder eine Mathearbeit schrieb, dann war Zeit, die Nummern anzurufen, die mir manchmal am Piano zugesteckt worden waren. Zugegeben, was diese Kontakte angeht, konnte der Putzerjob nie viel gegenhalten. Hin und wieder riss ich eine Hausfrau im Supermarkt auf. Die Faszination, die Singleväter ausüben, hält zwar nicht sehr lange an – aber ist langlebig genug für eine Nummer zwischen Vollmilchkartons und Möhrenbund auf dem Rücksitz eines Kombis.

Sobald die Schule aus war, legte ich all das aber flugs wieder ab. Diese Querdimension hatte nichts bei Pega zu suchen und den Flirtversuchen anderer Eltern auf Spielplätzen ging ich aus dem Weg. Max hatte sich immer gern darüber lustig gemacht, dass ich mein Kind nicht alleine spielen ließ, sondern mit ihr zusammen Gruben aushob. Sie auf der Schaukel anschob, obwohl sie das seit Jahren selbst konnte. Dass ich klammerte. In Wahrheit war das Buddeln in der Sandkiste die leichteste Art, um Grabereien und Grabschereien auf der Parkbank aus dem Weg zu gehen. Max, die Vogelscheuche, mit seinem dürren Hals und seiner steinernen Miene, wenn er Zeitung las, hatte solche Probleme natürlich nicht.

Es ist plötzlich sehr dunkel. Das unentschlossene Wetter dieses Tages. Das Boot rausch-klatscht weiter, der blaugraue Himmel über uns ist umkranzt von Baumwipfeln, nur ein kleines Fenster nach draußen. Ich rudere halbherzig, wir mäandern über den See. Plötzlich zeigt Pega Richtung Haus. Sie haben das Licht angemacht. Von fern sieht es aus wie eine Theaterkulisse, die Fenster hängen als leuchtende Quadrate in der Luft. Der über zwei Etagen gezogene Erker wie der Lange bei Tetris. Max und Reik, ihre Schatten unverkennbar und klar unterscheidbar, kreisen im Wohnzimmer umeinander und streiten und verhandeln, ein Stummfilm von sehr weit weg. Ihre Gesten sind groß. Pega lächelt nur, »Asterix und Obelix«, und in ihren Augen sehe ich die alte Sehnsucht – gleich fragt sie mich, ob sie bei ihnen übernachten darf, denke ich kurz.

»Vielleicht kriegen wir sie doch noch zum Heiraten. Du darfst auch das Blumenmädchen sein.«

»Nee danke, da bist du sicher besser geeignet.«

Beiläufig durchzieht, knapp über dem Wasser schwebend, der Kranich oder Reiher unsere Blickachsen, verschwindet im Schilf so schnell, wie er aufgetaucht ist. Wir sitzen in der Stille und lassen uns umfahren von allem. Hin und wieder klirren die Ruder gegen letzte, fast unsichtbare Eissplitter, aber im Großen und Ganzen scheint es wärmer zu sein. Meine Manöver sind spärlich.

»Als Reik dir hier damals das Schwimmen beigebracht hat.«

»Hm?«

»Da warst du schon zehn oder so.«

»Neun. Und das war Max.«

»Nein, nein. Das war Reik, hundertprozentig. Also: Hast du da eigentlich nur so getan? Ich meine, du konntest doch immer alles viel zu früh …«

Sie zieht so geräuschvoll die Nase hoch, dass ich kurz grinsen muss, zufrieden, dann sagt sie entschieden: »Es war Max. Und nein, ich konnte es noch nicht.«

Es ist kalt. Ihre Wangen sind ganz rot. Normalerweise können wir stundenlang hier sitzen. Wir müssen nicht angeln. Wir können die Ruten ins Wasser halten ohne Köder und einfach beieinander sein. Vielleicht fehlt mir das am meisten, seit sie ausgezogen ist: gemeinsam mit meinem Kind die Zeit vertrödeln, versunken im Moment, im Surren eines Insekts, einer Feuerwehrsirene nachlauschen. Zusehen, wie im Teeglas die getrockneten Minzblätter immer mehr Farbe abgeben, die zarten, sich überlagernden grünen Wolken im Wasser. Früher wäre mir so etwas nicht aufgefallen.

Gerade lehne ich mich langsam zurück, als es zirpt, in meiner Brusttasche. Pega dreht den Kopf zu mir, die Augen auf Halbmast, eine Braue hochgezogen, Max zermürbend ähnlich.

»Wann sagst du mir endlich, wer zum Geier –?«

Ich huste so laut, das wir schwanken, streiche mir durch die Haare. Das offene Interesse verunsichert mich so sehr, dass meine Mimik durcheinandergerät und ich ihr zuzwinkere. Sie blinzelt sichtbar irritiert, ein diabolisches Grinsen, fast wie Reik, schnellt über ihr Gesicht, und eh ich mich versehe, hechtet sie schon zu mir hinüber. Das Boot taumelt, ich schreie auf, mit spitzen Fingern fischt sie das Telefon aus meiner Tasche und wirft sich, schnell und furchtlos lachend, auf ihre Seite des Bootes zurück. Ich kralle mich am Bootsrand fest.

»Gib das gefälligst her!«, ich versuche es autoritär. Sie grinst.

»Wer ist Ni–?«

»Niemand!«

Ich wische panisch durch die Luft, mein Herz hämmert in meinen Gliedmaßen. Glücklicherweise habe ich dieses Steinzeithandy und keine Fotos darauf. Schließlich entreiße ich ihr das Telefon. Vermutlich gelingt es nur, weil sie es mir halbfreiwillig zurückgegeben hat. Das Grinsen ist noch da, aber verkrampft.

»Stille Wasser sind tief und so, jaja.«

»Hör gefälligst auf, ich hab schon viel zu lange das Gefühl, mit Max zu sprechen.«

Hastig stopfe ich das Telefon zurück, auch wenn ich es nicht lassen kann, vorher kurz auf das Display zu schauen,

You said fuck this, I said fuck that. We stood together, we said what you mean Dad?

»Bringst du mir jetzt doch noch was bei, Papa?«

Woher bitte hat sie plötzlich die Zigaretten?

»Sexpraktiken? Fetischzeug?« – und diese Wörter?

»Spinnst du? Ich habe keinen Sex«, sie lacht darauf, »und du auch nicht.«

»Ernsthaft, Vater, was glaubst du?«

»DU HAST KEINEN SEX.«

»Brüllen macht da auch keine Wahrheit draus.«

»Du bist meine Tochter!«

»Und das schließt sich aus, weil ...?«

Wir sehen uns einen Moment an, wie sie da sitzt und eine Frau ist. Das irritierte, doch unbeeindruckte Blinzeln zerreißt mir das Herz. Mein Gesicht wird nass. Da lehnt sie sich nach vorn. Langsam, kommt näher, dann sitzen wir voreinander in der Mitte des Bootes.

»Es fühlt sich immer noch alles ewig an für dich, hm?«

Ihre Stimme ist leiser, die Temperatur kann ich nicht ausmachen.

»Aber, du bist doch noch vier.« Dann ziehe ich sie einfach in meine Arme. Kein Parfum, kein Pudergeruch, immerhin. Ich bohre die Hand in ihre Mähne. Erst scheint sie das nur mir zuliebe zuzulassen, aber dann liegen wir uns in den Armen. Als sie sich zurücklehnt, fährt sie dann mir durch die Haare, sortiert den Pony, den Kragen meiner Jacke. Sie dreht sich um, setzt sich direkt neben mich, es ist wirklich kalt, und nimmt mir eines der Ruder ab. Wir paddeln zum Ufer. Im letzten Rest Licht wird der alte Briefkasten zum Scheinriesen, kleiner, je näher wir kommen.

»Und was willst du jetzt eigentlich machen mit der? Schon wieder ein Baby?«

Ihre Stimme zittert nicht, was mich erleichtert.

»Wer weiß.«

»WAS, dein Ernst?«

»Wenn du nicht eifersüchtig bist.«

Eine Weile nichts.

»Du behauptest ja immer, du hättest deine Mutter nie vermisst.«

»Na, was man nicht kennt, kann man kaum vermissen.«

»Aber du hast es bei anderen gesehen.«

»Schon. War aber nicht so schlimm. Ich hatte drei Väter.«

Wir trauen uns nicht, noch mal zum Haus rüberzuspähen. Spätestens jetzt sind sie beim Versöhnungssex angekommen. Wir sprechen das nicht aus, aber denken es beide.

»Erzähl das lieber nicht den beiden.«

»Gut, zwei Väter und einen sexy Onkel hatte ich.«

»Na, ich hoffe, ich bin der sexy Onkel.«

Ich übergieße den Satz mit einer dicken Portion Ironie, sie lacht keckernd, und ich versuche, mir nicht Reik beim Versöhnungssex vorzustellen. Im Schilf blitzt der Kranich uns mit gelben Augen an. Vielleicht bilde ich mir das auch ein. Das braune Sommergras am Ufer steht entblößt, nachdem der Schneerest geschmolzen ist, und schwankt unter unseren Füßen. Wir zittern beide.

»Hast du wirklich Sex?«

Sie lacht wieder, ich rupfe ihr die Zigarette aus der Hand, sie legt den Arm um mich, wir taumeln ein bisschen vom See weg, das Boot an einem vergessenen Pfahl festgemacht.

»Weißt du noch, wie du dir mit vier die Salatschüssel auf den Kopf gesetzt hast, die aus Holz?«

»Die Michel-Nummer.«

»Ja, die dann sehr gut geklappt hat. Zu gut. Das Ding saß bombenfest.«

»Was wird das jetzt, musst du mir mit diesem Trauma kommen?«

Damals war sie ein kleiner Waldgeist in einem violetten Kleid, natürlich ein Nachthemd, aber sie trug es den ganzen Tag und mit einer großen Suppenschüssel auf dem Kopf. Man konnte ihr Gesicht nicht sehen. Und während ich sie in den Armen hielt und Reik mit seinem Präzisionswerkzeug, zum Glück war das gerade seine Aluminiumphase, eine feine Linie in die Schüssel sägte, bis man sie wie eine Eierschale von ihrem Kopf ziehen konnte, hätte ich sie am liebsten so gelassen. Sie kam mir für einen Moment endlich geschützt vor. So sah niemand ihr niedliches Gesicht und keiner konnte ihr etwas. Fein, sehen ging nicht, aber sie hörte gut. Ich hätte viel gegeben, um diesen Zustand zu erhalten, und wenn man sie auf den Kopf hätte stellen müssen, um ihr zu trinken und zu essen zu geben.

»Reicht schon, dass du mich als Kind deine Arbeit hast machen lassen.«

»Du erinnerst dich an alles, hm?«

Ich war ein Meister darin, in harten Sommern Nichtsnutzjobs zu finden, Pförtner war ich – waren wir beide – besonders gern.

»Manchmal hab ich dich dann in meinen Stuhl gesetzt, damit da irgendjemand saß, und hab derweil ein Nickerchen gemacht oder Klavier geübt –«

»Geübt?«

»Ja, stumm, auf einer aufgemalten Tastatur, wie die Leute in Buchenwald. Oder wie der in diesem Buch.«

»Schachnovelle. Alter, das ist makaber.«

»Hast du gerade Alter gesagt? Außerdem: Spaghettifresserwitze sind auch makaber.«

»Hat doch dieses Wochenende noch keiner gemacht.«

»Na ja, keine ausgesprochen.«

»Wusste gar nicht, dass du so verbittert bist.«

»Nicht so sehr wie du. Halb so alt und doppelt so bitter.«

»Man darf Rosenkohl halt nicht so lange kochen, dann wird's bitter, es überwiegt der Kohl und die Rosen sind anno dazumal vergessen.«

»Findest du, ich bin ein Helikoptervater?«

»Du bist eine Biodrohne.«

»Dein Ernst.«

»Nein, aber du bist immer so herrlich beleidigt.«

Als wir vor dem Briefkasten stehen, drückt sie mir einen Kuss auf die Wange. Auf einmal ist sie sehr anhänglich, und ich frage mich schon, ob das mit Nicole zu tun hat. Hilfe, die beiden dürfen sich niemals treffen. Sie liest meine Gedanken.

»Wann stellste mir *Ni* denn vor?«

…

»Nie?«

Sie boxt mich in die Seite wie ein alter Kumpel, »Mistkerl!«

»Bitte? Für Sie immer noch Herr Mistkerl, kleines Fräulein.«

»Altes Männlein.«

Sie zieht die Nase hoch und verkündet: »Ich will niemals Kinder.«

»Gut für die.«

Ich boxe sie sanft zurück, sie hängt noch immer halb um meine Schulter. Kaum zu glauben, dass in diesem Körper theoretisch schon ein Baby wachsen könnte. Nicole mag gleich alt sein. Aber irgendwie ist sie es doch auch nicht.

»Sie hat graue Haare.«

»Wer?«

»Meine Freundin.«

Mit einem Ruck und Druck an meinem Nacken springt sie an mir hoch und umklammert mich. Ich halte sie nur mit Mühe fest. Wir drehen beide unseren Kopf noch mal zum Haus, um vielleicht Friedensverhandlungen zu sehen. Szenen einer Ehe. Aber das ist von hier dann doch nicht mehr zu erkennen. Ich wanke.

»Das alte Fahrrad da hinten – stimmt es eigentlich, dass das von Reik war? Und er bloß das Schloss nicht mehr aufbekommen hat, weil er den Schlüssel–«

»Pega!«

»Hat mir Max erzählt!«

»Ich versuche, dir hier was zu gestehen.«

Ihre Beine rutschen wieder an mir herunter. Sie streckt sich. Verschränkt die Arme eigenartig maskulin über ihrem Kopf, »Wozu? Brauchste meinen Segen?«, und dann, ganz leise und erstaunlich unironisch: »Ich dachte du liebst nur mich, Daddy.«

Weil März ist, hört man noch keine Insekten. Ich stecke die Hände in die Taschen meines Mantels, nenne sie »Dummkopf«, als wär's ein Kosename und schweige sonst. Aus den Kiefern ruft ein Käuzchen. Vielleicht ist es auch ein bremsender Laster auf der Autobahn. Wir warten auf den Wandersmann und sein Posthorn, aber dies hier ist das platte Brandenburg.

»Aber echt, gleich wieder Kinder? Ich dachte, du willst mal deine Ruhe.«

»Wir wissen es noch nicht. Aber es könnte sein. Ich würde mich freun.« Ich muss noch mal Luft holen, es hilft nichts. »Du warst damals das Beste, was mir passieren konnte.«

Ihr Gesicht verzieht sich zur feinen Nase hin kraus, sie

schüttelt sich, ihre dicken Haarsträhnen fliegen wild umeinander wie Girlanden an einem Maibaum, dann geht sie in die Hocke:

»Widerliche Vorstellung, wirklich, dieses Kinderkriegen. Das Gegenteil von dem, was ich will: einfach Freiheit und Liebe.«

Dass sie meinen sentimentalen Kommentar übergeht, habe ich mir nach all der humorbegabten Erziehung wohl selbst zuzuschreiben.

»Ach, also schon Rückhalt?«

»Ja, aber keine Verantwortung.«

»Die wollen die meisten nicht.«

»Ist außerdem schlecht für den ökologischen Fußabdruck.«

»Kannst deine Rotzbacken ja dann vegan ernähren.«

»Soja ist –«

»Wie auch immer. Du machst das schon. Man munkelt, du hättest eine anständige Kinderstube genossen.«

Wir hocken nebeneinander am Ufer und ich überlege, wie viele Details sie eigentlich jetzt wissen und wie viel sie verstehen muss. Die Idee, dass da für mich ein neuer Weg ist. Neu und alt und nicht unproblematisch, der aber wenig zu tun hat mit Selbstverwirklichung oder dem, was Max oder Reik oder auch sie selbst darunter verstehen würden. Dass da Bequemlichkeit winkt und der Komfort zur Verführung wird. Und Fügung ist vielleicht oder einfach genau, wonach ich gesucht habe, ohne es zu wissen. Wie ein Pfennig auf der Straße. Und die Einsamkeit und Ratlosigkeit sind das große Gewicht, das man erst bemerkt, sobald man sich aufrichtet und das Geldstück in die Hosentasche rutschen lässt.

Nicole und ich waren uns noch ausreichend fremd gewesen, dass ich schweigend am Tresen sitzen konnte, während sie die Gläser so polierte, dass sie hinterher dreckiger als vorher waren. Live-Musiker oder wenigstens greifbare Tonträger sind in dem Laden ersetzt durch die Bluetoothboxen, die als traurige kleine Würfel durch den Raum puzzeln, die Musik nur ein Klangteppich, ein computergeneriertes, besonders angenehm sich hinter die Stimmen zurücknehmendes Rauschen. Vielleicht ist genau das der neue Weg. Und morgens um vier wird Kaffee in gläsernen Zylindern aufwändig aufgegossen und ich habe lange nichts gesehen, das so sexy ist wie Nicoles sehnige nackte Arme beim Kaffeeaufgießen.

»Du kennst sie. Meine Freundin, die kennst du.« Dann erst merke ich, dass Pega schon wieder aufgestanden und ein paar Schritte weitergegangen ist, Richtung der ersten Reihe von Kiefern, die uns umstellen. Mein Blick schweift über die oft bis in die Tiefe gerissenen Borken der Bäume, und an manchen Stellen meine ich, das klebrige, goldgelbe Harz glitzern zu sehen, das die Haut zusammenhält. Flüssiger Bernstein, hatte ich Pega immer versprochen, und dass wir ihn irgendwann ernten könnten, den Edelstein mit eingeschlossenen Mücken, wenn wir lange genug warteten. Natürlich hatte Max, auf den zweiten Blick lauert hinter aller Feinsinnigkeit eine Art Grobian, ihr diese Illusion ganz schnell wieder geraubt.

Wir haben nicht getrunken, aber sie schwankt, vermutlich von der Unterhaltung, die wir hatten und die länger war als alle unsere Gespräche in den letzten Monaten, von der Bohrtiefe ganz zu schweigen.

»Hilf mir lieber, den aufzukriegen«, schon rüttelt sie prüfend am Briefkasten.

»Erwarteste Post vom Osterhasen?«

»Mach halt einfach!«

Er ist aus Holz, und wir müssen nur einmal daran reißen. Dann bröselt er uns im Prinzip entgegen, noch einmal versuche ich: »Du kennst meine Freundin. Es ist ein bisschen kompliziert –«

»Ganz ehrlich Papa, solange sie dir hilft, über Reik wegzukommen, bin ich froh.«

Und mit dem nächsten Rupfen fällt die Briefkastentür ganz in sich zusammen und zu Staub. Der Rest des Briefkastens splittert und bricht wie Pergament, und vor uns liegt ein modriger, muffiger Schlund voller Papiere und Papierchen. Jeder von uns trägt einen Arm voll als Beute nach Hause, und plötzlich will ich nichts lieber als es ihr unbedingt sagen.

Als wir zum Haus zurückkehren, steht das Essen bereit auf dem Tisch. Kerzen brennen.

Mein Kopf ist so voll, dass mir der erste Satz, der mir über die Lippen will, tatsächlich herausrutscht: »Seit wann kannst du kochen?«

Sie stehen da, in der Biegung des Erkers, Hand in Hand, als kämen *die* beiden gerade von einem Sturm draußen heim. Reik lehnt sich nach links, legt den Kopf seitlich an

Max' Schulter ab, schaut zum See, Max durch uns hindurch auf das Sideboard an der Wand, von Droysen. Oder so.

»Wir sind getrennt.«

8 Uhr am Abend

We used to make love together,
now we break up together.
(Theo Katzman)

Auf dem Tisch:

Dick ineinander gewundene, tropfende Carbonara mit geräuchertem Tofu. In der Luft hängt der Geruch von Ei und abgebranntem Kerzendocht, bauchige Rotweingläser stehen auf dem Tisch und eine Teetasse. Max tut allen auf. Er bewegt sich bedacht, seine Muskeln bis in die letzte Fingerspitze unter genauer Kontrolle. Auf einem Brett liegen Gurkenscheiben. Ihr Saft zeichnet fließend Spinnenbeine.

MAX: Dann guten …
TONIO: Ist das ein Scherz?

Alle sitzen da wie nach einem Autounfall, in schmerzhafter Stille. Reik spielt an seinen Ringen. Pega starrt in ihre Pasta, ihr Gesicht ist im Schatten ihrer Haare verschwunden.

TONIO: Was soll das werden?
MAX: Es ist Zeit. Wir haben über alles geredet.
TONIO: Was heißt denn über alles? Was soll das hier für ein Zirkus sein? Euer kleines Psychospiel? Ich meine, wollt ihr uns verarschen?
MAX: Was rastest du so aus.

Tränen in Tonios Gesicht. Max und Reik blinzeln ihn mit Stecknadelaugen an. Pega verdreht ihre.

TONIO: Ich vögel mit nem Mädchen.
REIK: Bitte?
PEGA: Er wird Vater.
TONIO *(sich die Nase wischend)*: Das weiß ich noch gar nicht. Außerdem bin ich doch schon Vater.
REIK: Moment, zurück, zurück, gerade waren wir noch bei nem Mädchen. Was für ein Mädchen?
TONIO *(die Hand langt zur Brusttasche mit dem Handy)*: Meine Freundin. Meine Freundin Nicole.
PEGA: Nicole.

Pause.

PEGA: Nicole. Nicole? Ich hätte nicht gedacht, dass heutzutage noch jemand so …

TONIO: Die mit den grauen … den Haaren. Den grau gefärbten.

PEGA: *Die* Nicole. Die ist so alt wie ich.

TONIO: Sag ich ja.

PEGA, MAX, REIK: Oh.

REIK: Und die hast du geschwängert? Das wird die Stiefmutter der Knieften, oder wie? Worum zum Teufel geht es hier?

MAX: Was bist du denn so entsetzt? Um dich mauscheln doch ständig Kunststudentinnen rum?

REIK: Ja, das heißt aber nicht, dass ich da mitspiele. Wirklich. Und übrigens: dass ausgerechnet du, Herr Professor …

MAX: Na ja. Das ist schon ein bisschen … es hat einen komischen Beigeschmack.

TONIO: Dass du gleich wieder eine Meinung dazu hast, war mir natürlich klar.

MAX *(weit vorgelehnt über den dampfenden Teller)*: Was machst du da, Tonio? Ist das nicht ein bisschen albern? Musst du noch was nachholen? Deine wilde Jugend ausleben?

TONIO *(zurückgelehnt und müde)*: Und selbst wenn.

PEGA: Hauptsache, sie bringt dich nicht zu unserer Party mit. Am Samstag. *(Schief grinsend)* Das wäre peinlich.

TONIO: Warum seid ihr alle so entspannt?

REIK: WEIL WIR UNS TRENNEN. GOTT.

TONIO: Und wie kommt ihr Spinner nun wieder darauf?

PEGA: Ernsthaft, zwanzig Jahre oder nicht? Mein ganzes Leben.

REIK: Vielleicht mussten wir genau so lang zusammen sein. Nicht, *um* uns zu trennen, aber *bis*. Ich bin mir sogar fast sicher.

TONIO: Das ist doch Blasphemie. Es passt doch wirklich alles. Was bitte ist da …

REIK: Es gibt so viele Dinge, die nicht mehr passen.

MAX: Das ist nach außen leider immer nur sehr schwer zu erklären.

TONIO: Werdet ihr noch mal ficken?

PEGA: Papa!

TONIO: Pega! Jetzt bin ich plötzlich wieder der Papa, hm?

REIK: Natürlich! Jetzt gleich, ja, sobald ihr im Bett seid. Ich will Kinder und er die Welt. Man kann sich zwischendrin ja auch wieder verlieben.

PEGA: Auch ineinander?

REIK *(weicher)*: Das wird sowieso passieren.

MAX *(Reik beiläufig eine Strähne wegstreichend, die nicht da ist)*: Du wirst mir fehlen.

REIK *(den Kopf in Richtung der Hand neigend)*: Du mir auch.

TONIO: Ihr seid ätzend. Könnt ihr nicht wenigstens unharmonisch sein, wenn ihr euch trennt.

REIK: Wir waren unharmonisch, habt ihr doch alles anschauen können, von der Premiumloge auf dem Wasser aus.

TONIO: Sorry, aber euer Gezappel ist auf Dauer jetzt auch nicht so unterhaltsam, wie ihr vielleicht denken mögt.

MAX: Oho, mögt.

TONIO: Ach, lass mich doch.

REIK: Hört auf. Verstehst du nicht, dass es keinen anderen Weg gibt?
TONIO: Ist das so? Könnt ihr euch nicht einfach …
REIK: Nicht einfach was? Zusammenreißen?
TONIO: Ich sehe dir doch an, dass du ihn nicht gehen lassen willst. Ich sehe alles. Du wirst ihn nicht vergessen.
REIK: Himmel, das will ich ja auch nicht. Wie sollen wir uns bitte vergessen können. Max ist die Liebe meines Lebens.
MAX: Reik ist die Liebe meines Lebens.
TONIO *(zu Reik)*: Und jetzt? Suchst dir eine Frau? Adoptierst ein Balg?
REIK: Was bist du so sauer?
TONIO: Bin ich nicht, ich frage bloß, was dein Plan jetzt ist.
REIK: Ich habe keinen. Es tut scheiße weh, wenn du es genau wissen willst, es ist das Schlimmste. Und dabei habe ich nur so halb kapiert, wie das überhaupt sein wird. Das wird noch kommen, und ich werde sehr viel trinken und noch mehr rauchen.
MAX: Aber keine Tabletten, das hat er mir versprochen.
TONIO: O GOTT! Habt ihr etwa auch noch nen Vertrag aufgesetzt?
REIK: Nee, dann hätten wir ja auch heiraten können. Aber es geht nicht anders. Wir müssen jetzt etwas ändern, sonst ertrinken wir.
TONIO: Ach so, meinste, ihr könntet schwimmen? Ganz alleine, plötzlich, von einem Moment auf den andern?

MAX: So plötzlich ist das nicht. So lieb es mir wäre, wär es so. Wir sind schon ganz taub. Und wir wollen beide, dass der andere glücklich ist. Mit mir allein in der Wohnung, das macht ihn ganz leer. Schau ihn dir an. Dass er leidet, ist doch das Letzte, was ich will. Ich verstehe auch gar nicht, warum wir uns hier vor euch für eine Entscheidung verteidigen müssen, die uns nur ganz privat betrifft.

TONIO: Oho, privat. Ich dachte, wir wären Freunde.

MAX: Ach komm schon.

TONIO: Na, du und ich vielleicht nicht.

REIK: Ihr seid Familie.

MAX: Nur weil ich nie deinen Schwanz gelutscht habe und du immer eifersüchtig warst, dass Reik bei dir nicht mehr wollte, seit er mich …

TONIO: Wir hätten übrigens ein paarmal fast …

REIK: ÄCHEM.

PEGA: Leute, hier sitzt auch noch eine zartbesaitete junge Frau am Tisch, die ihr traumatisieren könntet, ich sage es nur noch mal.

MAX: DU, warum bist du eigentlich nicht erschrockener?

REIK: Lass sofort …

Pega gibt ein Handzeichen. Stille kehrt ein.

PEGA: Ihr gönnt euch einfach selbst nicht, glücklich zu sein, sage ich.

MAX: Kleene. Wir wollen nicht aus Mitleid zusammenbleiben.

REIK: Wir wollen überprüfen, wie sehr wir es noch wollen.

MAX: Und sehen, ob es da noch etwas anderes gibt. Verstehst du das?
TONIO: Es gibt immer noch etwas anderes, aber wenn es doch immer so gut funktioniert hat? Why change a winning team.
MAX: Nicht alle von uns wollen immer die Zeit zurückdrehen.
REIK *(schnell)*: Wir haben angefangen, uns gegenseitig einzuschränken. Das war ganz schleichend, ganz langsam und leise, und es zu erkennen, es freizulegen, es …
MAX: Bitte nicht!
REIK: … es AUSZUGRABEN …
MAX: Autsch.
REIK *(mit dem Anflug eines Grinsens)*: … hat weh getan. Wir wollten es beide sehr lange nicht wahrhaben.
TONIO *(zu Reik)*: Hast du mich je geliebt?
MAX: Wen interessiert DAS denn jetzt?
REIK: … Nein. Nicht weinen. Bitte. Das reicht doch für heute schon und nächstes Jahr.

Es ist still. Tonio reibt sich die Augen. Pega sortiert Papiere auf dem Tisch. Max beobachtet das mit hochgezogenen Brauen.

MAX: Saaag mal …?
TONIO: Ich weiß jetzt echt nicht mehr, was ich noch glauben soll. Ich meine. Mir ist NIE etwas …
REIK: Das ist nicht deine Schuld. Solche Dinge sieht man von weitem einfach nicht.

PEGA: Vielleicht ja jetzt. *(Kurzer Blick zu Max, der noch immer die Zettel auf dem Tisch betrachtet)* Ja, das ist, was ihr denkt.

MAX: Wie kommt ihr denn jetzt da …

PEGA: Ich habe letztens meinen Mailklienten aufgeräumt. Da habe ich ganz alte Sachen gefunden. Von vor Ewigkeiten. Das war richtig verrückt, wie eine Zeitreise. Manches hatte ich total vergessen. Und dann gab es da auch noch so Entwürfe, die ich nie abgeschickt habe. So, wie …

TONIO: Deine Wunschzettel hier? *(Kramt einen hervor und beginnt vorzulesen.)* »Ich wünsche mir Schokolade (aber ohne Rosinen) und ein Pony.«

REIK: »Ich wünsche mir einen großen Teddybär, eine rote Kamera und ein Pony.«

MAX: »Eine kleine, weiß-schwarze Katze und ein Pony.«

TONIO: »Buntstifte, ein rotes Fahrrad und ein Pony.«

REIK: »Ein Pony und einen Gameboy.«

TONIO: »Wenigstens einmal reiten zu gehen, vielleicht im Urlaub.«

MAX *(grinsend)*: »Dass ich nie mehr zur Reitschule muss und einen Gameboy.«

REIK: »Das neue Album von The Rasmus und dass Papa keine doofen Sprüche mehr darüber macht.«

MAX, REIK, TONIO, *grinsend, singend*: Uh-uh Uh-uuuuuh!

TONIO: Und das hier? Klingt sehr meta: »Nikolaus Nikolaus Nikolaus Nikolaus …« Ist das ein Stimmzettel, oder …?

PEGA: Gib her!

Pega schnappt nach dem Nikolaus-Zettel und verschwindet damit. Zurückgelassen sind drei Männer mittleren Alters und ein Haufen Wünsche auf dem Tisch.

REIK: Sehta. Auch die Zeit ist ein Maler. Oder eher Dichter, in dem Fall.

TONIO: Wirst du jetzt Hobbypoet.

REIK: Poetryslammer. Sind wir doch alle. Twitter und so.

MAX: Du hasst Twitter.

REIK: Ich hasse Instagram.

MAX: Ist doch alles dasselbe. Der Vollständigkeit halber: Das gerade war nur ein schlecht geklautes Goya-Zitat.

TONIO: Was?

MAX: »Auch die Zeit ist ein Maler.«

REIK *(ertappt)*: Ja, wird der olle Goya schon nichts gegen haben.

MAX: Was ist das jetzt eigentlich neuerdings mit diesen Abgängen der Knieften? Ist das was Spätpubertäres?

REIK: Und ist es ansteckend?

TONIO: Ihr seid zwei Wichser. Ihr versteht überhaupt nicht, was ihr da anrichtet.

Reik sieht kurz Pegas unsichtbarer Spur nach, schaut dann auf seine Hände, dreht alle Ringe einmal um 180 Grad und beginnt abzuräumen.

MAX: Wir verstehen es genau. Das ist ja der Grund, warum wir so lange gewartet haben.

TONIO: Das geht einfach nicht!

MAX: Hör mal.

TONIO: Nein, ehrlich! Ihr beide, das hat sich doch so lange nicht verändert.

MAX: Von außen wirkt das immer so. Aber wir verändern uns alle, die ganze Zeit. Nur bei der Knieften sieht man es am deutlichsten. Wachstum und so weiter.

TONIO: Hör bloß auf. Sie hat mir heute erzählt, dass sie Sex …

MAX: Und du veränderst dich offenbar ja auch. Irgendwie.

REIK *(vom Kühlschrank, sehr belustigt)*: Schläfste dich echt jetzt durch ihren Freundeskreis? Und hast jetzt einfach die Nächste geschwängert?

TONIO *(verschränkt die Arme)*: Du bist doch bloß neidisch, weil dir keiner ein Baby macht.

Zwei Paar tellergroß aufgerissene Augen drehen sich wie auf Kommando einander zu. In Sekunden haben Max' lange Beine den Raum geschnitten. Erst sieht es aus, als würde er auf Tonio zugehen, die Hand schon in der Luft, aber dann: Er und Reik stehen voreinander, ganz nah, wie mit Gewichten auf den Schultern. Sie halten sich fest. Sie sagen kein Wort. Max' langer Zeigefinger wickelt sich zärtlich um Reiks Kinn, der Daumen streicht Tränen weg. Dann wendet Max sich Tonio zu. Der sieht die beiden ratlos, hilflos an.

MAX: Komm her. Übernimm mal. Kannste dir och gleich entschuldjen.

Tonio verschluckt sich beim Einatmen und hustet laut.

TONIO: Ich bring den Müll raus.

iki

An meinen Socken hängen immer noch Krümel. Zerstäubte Blüten und Blätter, wie auch immer sie heute Morgen im Garten in meine Schuhe geraten sind. Es muss passiert sein, als wir die Chrysantheme beschnitten haben. Dabei lässt man gerade die Winterchrysanthemen eigentlich stehen. Lässt sie allein mit der Kälte fertigwerden. Das sollten wir beide aus Nonnas Lehre noch erinnern, Tonio und ich. Mir wird schlecht, wenn ich an den Garten denke. Wo der große schwarze Block steht und der Blumenstrauch wie in der Mauser und die maulwurfige Delle im Gras, da, wo der Nagel gezogen worden ist. Und auf die ganzen Trümmer scheint jetzt der Mond. Das einzig Tröstliche sind die gestreuten Funken, Schneeglöckchen und Märzenbecher, Waldgeister, die sich kichernd in Scharen über die Wiesen verteilen und sich nur bewegen, wenn man nicht hinsieht, und den Chrysanthemen eine lange Nase zeigen. Noch haben sie einen Vorsprung, erst die Kleeblüten werden ihnen in ein paar Wochen den Rang ablaufen. Noch kann ich sie bis hierhin lachen hören. Sehen kann man im Gästezimmer nur die düsteren Baumgesellen, die bedrohlich über das

Bett hinaus als Schatten in den Raum ragen, gezackt und unverwüstlich.

Ich weiß nicht, wie viele Tage und Nächte ich in diesem Zimmer zugebracht habe. Gerade in den Sommerferien, die mir jetzt plötzlich ewig her vorkommen, unbeschwert und endlos und leicht. Wanderungen in die Mark, mit dem Fahrrad um den See, von den Wiesen aus Wolken nachsehen, mit immer wechselnden Kopfhörern in und auf den Ohren, an jedem meiner Sneakerpaare hing mindestens ein kleines bisschen dieser Erde. Daran zu denken ist wie im Frühling das erste Mal nur im T-Shirt rauszugehen. In diesem Zimmer zu liegen gegen Ende der unendlichen Sommer, noch in den letzten Minuten die Lösungen für Ferienaufgaben aus den Fingern saugen, bis wir zurückfahren. Denn nur dann gibt's Pommes auf dem Heimweg und ein quietschbuntes Tankstellenplüschtier. Dabei noch schnell die Batterien aus dem Gameboy auf die Heizung, nur für ein paar Minuten, um noch ein kleines bisschen Saft zu ziehen, noch dieses eine Level hinzubiegen, bevor die Ferien zu Ende sind. Das Zimmer hat sich seitdem nicht verändert. Die Decken in dem eigentlich nicht übermäßig großen Haus ragen hoch. Die Wände sind frei, ihr Farbton am Treffpunkt zwischen weiß und grau und blau, himmelfarben. Darauf spielen die Schatten den Tag über mit ihren Formen, so dass es manchmal scheint, als wäre der Raum aus Marmor. Im ganzen Haus riecht das Fischgrätenparkett, kühl und glatt und lautlos, noch immer nach frischem Holz. Es gibt einen watteweichen Vorhang vor dem Fenster, der, im unteren Drittel zusammengerafft, in dicken Bögen wie schwerelos in der Luft hängt. Gleich daneben der rohe Holzwürfel, der als Nachttisch dient. Als Untersetzer für das Leselicht und zahllose Tassen, davon zeugen die vielen, ineinandergreifenden Kaffee- und Teeringe auf dem Buchdeckel, liegt eine alte Ausgabe von *Tao Te King*. Die geschwungene, alte Schrift auf dem Buchrücken habe ich Hunderte Male mit den Augen abgetastet, während ich im Himmelbett lag und einschlafen sollte. Diese seltsamen alten Buchstaben, die wie andere aussahen, das kleine s wie ein kleines f und so weiter. Und als ich endlich lesen konnte, frustrierte mich die Tatsache, dass ich immer noch nicht verstand, was der Titel zu bedeuten hatte, so sehr, dass ich es niemals zu verstehen versuchte. Wie magisch angezogen, stoße ich mich von der Tür ab und wanke hinüber, setze mich an einen der Bettpfosten, wickle einen Arm darum, das Gefühl der Matratze unter mir ist vertraut. Das Himmelbett aus einem dünnen Eisengestänge und der bequemsten Matratze der Welt war einfach aufgetaucht, ein paar Wochen nachdem ich vor Max und Reik als Zeugen meinen Vater um eben so ein Bett bekniet hatte. Vollkommen deplatziert hätte das in unserer Wohnung gewirkt, klar, es hätte mein ganzes Zimmer unter sich begraben. Und das kurz bevor die Schule anfing, wo der Geist Platz brauchte und vor allem der beachtliche Stapel Lehrbücher.

Dann stand es hier. Einfach so, ohne Kommentar. Und sagte: Du kannst kommen, wann du willst. Der Einband des Buches fühlt sich ganz glatt an, war einmal rau und wurde abgegriffen, vielleicht, und nun liegt es hier, als Unterlage für Licht und Heißgetränke. Etwas an diesem Arrangement hält mich zurück und hindert mich, es aufzubrechen. Langsam lasse ich mich nach hinten fallen, meine Haare breiten sich über die Laken aus, ich kann sie spüren, weich und schwer. Lausche in die Stille des Zimmers statt auf die Geräusche von nebenan und lasse den Blick über die Decke wandern. Sie ist im gleichen Ton gestrichen wie die Wände, mittig hängt eine nackte Glühbirne. Von ihr ab geht ein feiner, zum Ende hin verästelter Riss durch die Farbe, von dem ich mich gerade frage, ob er schon immer da war.

Saubere, schriftliche Division; wie man Brüche macht, habe ich hier auch gelernt. Schon vor Jahren. Und ein sauberer Bruch ist auch das, was ich da gerade vorgeführt bekommen habe. Eine neuerliche Demonstration, die beiden wurden schließlich nicht müde, mir Dinge wieder und wieder zu erklären. Von Anfang an war irgendetwas anders an diesem Wochenende, und ich habe das unbestimmte Gefühl, dass die beiden das vielleicht alles genauso geplant haben. Von wegen sie wollten keinen Aufwand und kein Aufsehen und kein Aufschauen ertragen müssen, die beiden Dramaqueens haben ihre Trennung so herrlich inszeniert, ich hab ewig keinen solchen Cliffhanger mehr gesehen. Ich schließe die Augen und versuche mir vorzustellen, wie es weitergeht. Ich bin gut darin, mir Sorgen zu machen und Ideen zu haben und beides voneinander zu trennen. Da treffen sich Tonio, Reik und Max in mir. Bei dem Gedanken wird mir warm in der Brust und gleichzeitig dreht sich ein Korkenzieher sehnsüchtig in meinem Bauch. Denn ich weiß noch nicht, wohin ich zurückfahren werde. In meine WG, das geht momentan einfach nicht, und jetzt scheinen auch hinter mir die Brücken einzustürzen. In ein paar Monaten wird es dieses unsterbliche Haus vielleicht nicht mehr geben. Und die Angst vor diesem Gedanken vertreibt fast den Grund aus meinem Kopf, warum ich gerade schon wieder vom Tisch aufgesprungen und abgehauen bin. Wäre da nicht der Zettel. Der blöde Papierfetzen mit dem verdammten Namen drauf wickelt sich um meinen Finger, versucht, sich tief in meine Haut zu schneiden, damit ich mich erinnere: Nikolaus Nikolaus Nikolaus.

selbst die rostigen coladosen leuchten im lens flare

das macht cola aber nicht gesünder und dosenpfand nicht romantisch

Auftakt zur Silvesternacht. Der Himmel ist bewölkt und deshalb nicht schwarz, nicht glitzernd, sondern milchig-orange. Den ganzen Tag schon knallt und knistert und zischt es an allen Ecken und Enden der Stadt.

In unserer Küche türmen sich die Einkäufe für eine Party mit Leuten, die ich nicht kenne. Und ich weiß, dass bei Max und Reik bald das Fondue fertig ist, und ich weiß nicht, wer dieses Jahr das Brot schneidet, denn ich habe das sonst gemacht und ich bin nicht dort. Ich bin hier, in der Straße vor unserem Haus und tappe über bitterkalten Boden und neben mir wankt Nikolaus her, in seinen Hipsterschick gewickelt und mit einer E-Kippe, die aussieht wie ein billiger Kugelschreiber, auf dem er nervös herumkaut, während ich unter meinem Mantel das ein My zu enge Paillettenkleid verstecke, das im Sale war.

Ich bin nicht überrascht über das, was er sagen will. Die Umrisse einer anderen Person waren immer da, wenn wir allein in einem Raum standen oder saßen oder lagen. Ich dachte bloß, es wäre einfach Bettina, wie immer. Nicht selten kommt meine Mutter mich nachts besuchen. Wenn der Mond sehr hell scheint, kann ich sie erkennen, wie sie sich hinterm Vorhang versteckt. Ich lasse sie da stehen, lasse sie schauen. Ich erwarte nichts von ihr. Er redet weiter wie an einer Schnur. Ich verdrehe die Augen unter der Wollmütze, die, tief heruntergezogen, meinen Pony als Vorhang ins Gesicht drückt. Ich öffne den Mund um etwas zu sagen, da stoppt er plötzlich: »Und jetzt bin ich hier, um mich zu verabschieden.«

Der Satz kommt, eingehüllt in einen Rauchkringel und grellen weißen Nebel, diese ätzenden E-Zigaretten, die nicht nur nach Nikotin, sondern auch noch nach Kirsche und After Eight und werweißwasnoch riechen. Ich huste und kneife dabei die Augen fest zu, damit sie mir nicht vor Überraschung nass und glitschig rausfallen. Und weil der ziepende Schmerz an der Nasenwurzel und die aufblitzenden Sternchen gerade irgendwie guttun.

Sex, Freiheit, gemeinsam gegen die Monogamie als patriarchale Struktur, im Nachhinein alles ein nur zu eindeutiges Puzzle, was sich da zusammensetzt. Ich mochte Memory immer schon lieber. Aber Nikolaus merkt sich gar nichts. Offenbar vergisst er ja sogar temporär, dass er eine Freundin hat. Sonst hätte er mir das schließlich früher erzählt. Gut, gefragt hab ich wohl nie. Schade ist es vielleicht um den Tanzkurs, klopft es in meinem Hals, ohne Partner brauche ich da nicht mehr aufzutauchen. Und ich weiß jetzt, dass die Einsamkeit wiederkommen wird, sie steht schon mit dem halben Fuß bei mir zu Hause in der Tür.

Dort ist es am schlimmsten, in der Wohnung, in dem Zimmer, das fertig eingerichtet und trotzdem noch lange kein Zuhause ist. Da geht das mit dem Umziehen wieder los, ständig schaue ich mir selbst im Spiegel zu, Haare flechten, stecken, öffnen, zwirbeln, schütteln, Möbel hin und her schieben, schminken, abschminken, neu schminken. Sich so heiß duschen, bis man verschwitzt ist. Zum Fenster gehen, die Reißleine ziehen, nicht zucken, wenn das Bambusrollo auf den Knöcheln der linken Hand aufschlägt. Die Wände und vielleicht der Schimmel, der schon unter der Tapete wächst, weil ich nicht genug lüfte, schlucken mein rausgehustetes Lachen. Beinahe berührt meine Nase die regenkalte Fensterscheibe, der Unterleib ist gegen den heiß blubbernden Heizkörper gepresst. Das ist gut gegen die Krämpfe, warmes Blut suppt in meine Unterhose. Im Hintergrund faucht zuverlässig, in regelmäßigen Abständen, der Gasbrenner. Die Zeit hängt im Raum und ist zum Schneiden dick. Es gab Tage, an denen ich stundenlang mit niemandem auch nur ein Wort wechselte. Und so hatte ich ihn, sobald wir uns wieder zufällig trafen, auf der U-Bahn-Treppe, schneller zu mir eingeladen, als er sonst ein Wort hätte dagegenhalten können. In kratzigen Wollsachen auf dem Bett, das Leselicht flackerte, schweigend nebeneinander an die Decke starren, eben noch über die letzte Vorlesung geredet und dann schon seine Hände unter meinem Pullover und meine in seiner Hose. Das ging überraschend einfach. Er roch nur ein bisschen nach Kirsche und sehr nach Rasiercreme. Nach all den Jahren Masturbation und belebter Phantasien konnte ich zeigen und praktisch probieren, was ich mir theoretisch angeeignet hatte. Und Nikolaus murmelte immer wieder Komplimente, wie gut ich küsste und mein Hintern und was weiß ich. Und als ich aufrecht auf ihm saß und er mich ehrfürchtig ansah, war das, zugegeben, ein erhabenes Gefühl. Als würde ein schwerer Umhang von meinen Schultern rutschen, zum ersten Mal, seit ich meine Tage bekommen hatte, an diesem grauen Donnerstag, ein Ausflug zum Jahrmarkt, blinkende Lichter, laute Fahrgestelle, helle Jeans und breit aufgestellte Beine im Riesenrad und Blicke der Mitschülerinnen, die längste Fahrt meines Lebens. Ich will gar nicht weitergehen.

Bei Tagesanbruch, als ich hellwach war und geduscht und er noch verschlafen, flüsterte er mir küssend eine Frage ins Ohr. Gemocht werden, wollen wir das nicht alle? Fragen, die unter der Zunge und damit allem unterliegen, was man sagt, die man aber so nackt nicht stellen kann. Er mochte mich wohl, aber muss man denn alles gleich kaufen, gibt's nicht auch ein monatlich kündbares Abo, wie wäre Leasing? Aus meinem Telefon säuselte es blechern Kiki, do you love me ...?

Wir trafen uns noch ein paarmal, er klingelte mich

raus, wenn er von einer Party wiederkam, und ich hielt die *Skam*-Folge an und ließ ihn zu mir. Wenn er einschlief, schaute ich mit Kopfhörern weiter oder las. Erst als ich merkte, dass er mir nicht mehr schrieb, fehlte er mir. Ich fing an, ihn »versehentlich« anzurufen. Er ging niemals dran, nur das Echo des ewigen Freizeichens. Von wegen frei. Also schrieb ich ihm wieder, lud ihn ein, fragte, was er an Silvester mitbringen wollte. Und als wir eine Runde um den Block gegangen waren, drückte er mir zwei Saftflaschen in die Arme und sah mich an wie ein Hund den Mond:

»Das mit uns wird glaub ich nichts, sorry. Ich hab bei dir das Gefühl, immer nur so ein Platzhalter zu sein. Und ich mein, ich bin echt nich anhänglich, aber vielleicht musst du mal sehn, was du willst.«

Dann nahm er noch einen Zug an seinem Kugelschreiber, mir war vorher nie aufgefallen, wie stark er nuschelte, und ging.

Silvester verbrachte ich dann, während er zum Fondue-Dinner seiner neuen Freundin gewackelt war, in meinem zu engen Paillettenkleid und mit einer Flasche billigem Wodka im Arm, der nach Parfum schmeckte, oben in der hintersten Ecke meines Hochbetts. Ich schaffte es nicht, zu Hause anzurufen. Mit einem Vater wie Tonio aufzuwachsen ist ein ziemlicher Fluch, so viel kann ich sagen. Denn er hat meine Erwartungen an Männer sehr, sehr hochgeschraubt. So hoch, dass am Ende wohl niemand in meinem Alter in der Lage sein wird, dieses Versprechen einzulösen. Im Grunde ist er der stärkste

Mensch, den ich kenne. Aber manchmal verliert er die Form. Dann wird er plötzlich klein in einer zu schweren Lederjacke oder unter einer Sofadecke. Seine Augen größer und runder und die Geschenke, bis heute immer noch ziemlich ungeschickt umwickelte Schuhkartons voller Kleinigkeiten für mich, sehen viel zu groß an ihm aus. Wenn er dann manchmal in der Tür zu meinem Zimmer stand und ich ihm genau ansehen konnte, dass er geweint hatte, schwappte eine Welle über mir zusammen: ein Haufen Liebe. Und Zuneigung. Und Verständnis. Und Dankbarkeit. Im Grunde alles ein bisschen viel für meinen winzigen Körper, der mir immer viel zu langsam wuchs. Dann zog er mich zärtlich an den Ohren, oder ich streckte meine Arme zur Decke, er hob mich daran hoch und schleuderte mich herum, damit ich endlich in die Länge gezogen würde. Natürlich wollte er eigentlich, dass ich gar nicht wuchs. Nicht ein bisschen. Aber er wusste, dass er dagegen nichts tun konnte. Und dass ich mich besser fühlte, war immer, einfach immer, Priorität Nummer eins gewesen.

»Kniefte?«

Natürlich schleicht er auch genau jetzt zur Tür rein, wie auch nicht, dieser doofe Zettel, ich knülle ihn zusammen und schnipse ihn in eine Ecke, war ja eindeutiger als jedes offen herumkullernde Tagebuch. Im Prinzip hab ich ihnen den vor die Nase gelegt. Seine Hand ist schwer und warm auf meiner Schulter. Gleich kommt er, der tröstende Monolog, alle Männer sind du weißt schon und soll ich dich begleiten und soll ich mal mit ihm sprechen? Soll ich den Sugardaddy machen und dich im Cabrio die Straße hoch und runter fahren? Sein Feixen hab ich schon im Ohr. Der reiche ältere Freund. Wobei, das macht er ja jetzt schon mit Nicole.

»Ist das zu glauben?«

Und als ich den Kopf zu ihm drehe, schaue ich nicht in das tröstende, ruhige Gesicht. Er ist aufgewühlt. Sitzt neben mir mit erschlafften Schultern. Seine Augen sind ganz hell und schimmern rötlich. Seine Lippen beben ein bisschen, wenn man genau hinschaut. Ich hätte ihn gefragt, ob er davon wusste. Aber spätestens jetzt sehe ich ihm an, dass er das nicht hat kommen sehen. Wir sitzen hier voreinander, und ich habe das Gefühl, dass seine Eltern sich scheiden lassen. Ich schmiege mich in seine Arme, denn er denkt, dass es mich genauso erschreckt hat wie ihn. Ein Vogel schreit draußen, vielleicht ein Kuckuck. Klagend klingt das.

Den eigenen Vater zuzudecken und ihm einen Gutenachtkuss auf die Stirn zu drücken ist vertraut und behaglich, aber immer auch ein bisschen traurig. Ich bin nicht lange diesen Illusionen von Perfektion aufgesessen, die er für mich hat simulieren wollen. Ich habe von Anfang an gesehen, wo es leckte. Und oft nicht mehr so genau hingeschaut. Und hin und wieder habe ich es selbst in die Hand genommen. Die Wäsche, den Abwasch, die vollen Mülltüten, die ein Vierteljahr vor unserer Haustür zu einer mittelgroßen Pyramide herangewachsen waren. Trotzdem bin ich jetzt irgendwie froh, dass er mir nachgelaufen ist und nun im Gästebett liegt. Denn das kalte, leere Laken, Himmelbett hin oder her, ist gerade das Letzte, was mir weiterhilft, und der Geruch seines kräutrigen Rasierwassers wird mich später zumindest so weit beruhigen, dass ich ein Auge zutun kann oder eventuell zwei. Und nicht mehr an den Nikolaus denken. Einfach wieder in Tonios Kinderzimmerbett gemeinsam zusammengekauert liegen und träumen.

Ich schau ihn an und habe nicht das befürchtete Mitleid, nicht für Tonio. Ich würde niemals auf ihn herabschauen. Ich kann nur manchmal meine Liebe nicht zeigen, weil ich dann wieder verletzlich werde vor ihm und klein, und ich will doch stark sein, weil er will, dass ich das bin. Und er ist stark. Weich und stark. Wann immer ich jetzt bemerke, dass er manchmal unrecht hat, dass er egoistisch sein kann und in Klischees denken, bricht mir das ein bisschen das Herz und macht mir die Luft knapp. Das ist eine einzigartige Zuneigung, die innigste Dankbarkeit, und genau die Art von Beziehung, aus der die unrealistischsten Erwartungen an das andere Geschlecht erwachsen und an die Liebe überhaupt.

Meine Performance im nächtlichen WG-Zimmer war zuletzt immer wieder gleich. Knarzender Bürostuhl und das leise Geglucker, wenn der Rechner entsperrt wird, die Taste gedrückt mit dem rechten Zeh. Die Füße angezogen, die Knie fest an den schlabbrigen Bauch und die Brüste gedrückt, die weich sind, die Form auch okay, nur ein bisschen klein. Eine grelle Melodie verkündet die Einsatzbereitschaft des Computers. Ich muss ihm schreiben. Erschreckend ehrlich, schlagfertig, was leicht wird, ohne konkretes Gegenüber, das mir widersprechen könnte. Von den Erschütterungen erzählen, vom großen Betrug, der faden Lüge im Sinne einer Aussparung relevanter Tatsachen. Die Wut, die Wut, die Wut. Das Tippen geht dann aber doch nur zaghaft, der Mailentwurf will sich nicht richtig füllen, wieder löschen, tippen, löschen … stoppen, schließen, ohne zu speichern, ja, herunterfahren, sofort. Mein Teiggesicht im schwarzen Monitor lächelt mich an, der Mundwinkel zuckt, ein bisschen irre. Als hätte sie einen Abdruck im Monitor hinterlassen, sehe ich die Mailadresse noch, die Umrisse des Namens. Es ist nicht Nikolaus'.

Meine Kindheit war geprägt von drei Männern, die sich rund um die Uhr um mich kümmerten und von denen ich alles gelernt habe. Für das Vermissen einer Mutter war da kein Platz. Mein Vater glaubt mir das bis heute nicht – vielleicht wegen Nonna. Vielleicht weil er sich eine Familie ohne Frau an der Spitze einfach nicht vorstellen kann. Ob er Bettina dafür im tiefsten Inneren nicht vielleicht doch verurteilt, dass sie sich niemals gemeldet hat, weiß ich nicht. Mir war ganz schnell klar: Eine abwesende Mutter ist besser als eine halbherzig anwesende, auf die man immer nur wartet. Wenn ich ganz ehrlich bin, hätte ich manchmal schon gern gewusst, wie genau sie aussieht. Auch wenn ich außer primärer und sekundärer Geschlechtsorgane vermutlich keinerlei Ähnlichkeit mit ihr habe. Ich sehe aus wie Tonio. Dass es mir anatomisch nicht vergönnt ist, im Stehen an Bauzäune pinkeln zu können, hat eines der größten Gefühle von

Imperfektion und Unvollständigkeit meines Lebens zur Folge gehabt. Mein Vater schwört bis heute, dass einer meiner ersten zusammenhängenden und grammatikalisch richtigen Sätze ICH WILL AUCH EINEN PENIS lautete. Und das hatte wenig mit einer Identitätskrise und viel mit dem Wunsch dazuzugehören zu tun.

Für mich war seine Sanftheit, seine ruhige und geduldige Art immer das Nonplusultra, das ultimative Ziel. Mir war klar, wäre ich einmal erwachsen (also: Würde dieser unwahrscheinliche Fall eintreffen), dann würde ich sein wie er. Grundgut, klug, abwägend und meistens unrasiert. Und schließlich habe ich, haben wir beide, haben wir alle vier doch keine Ahnung davon, wie das wirklich ist, wenn so ein Kind in einem wächst, diese absolute Nähe, die Verschachtelung, Eier und Samen und Schleim und Fruchtwasser und Mutterkuchen und dieser ganze Ekelkram. Ein weiterer Grund, selbst niemals Kinder zu wollen: So wie man Matrjoschkas ja auch witzig und rührend, aber vor allem beunruhigend findet und man sich fragt, wo das alles aufhört, ob *das* nun endlich die letzte Minifigur war, die da versteckt ist in all den andern. Vater werden würden wir alle gerne, klar, abends busy aus dem Büro eilen und in die Arme von Frau und Kindern und im Urlaub allen großzügig eine Runde Eis ausgeben.

Bei uns war das, klar, immer relativ anders. Das Aufwachsen allein mit Tonio bedeutete in der Regel, dass ich überall dabei sein durfte. Meine Plüschtiere hatten mehr von der Stadt gesehen als die meisten anderen Kinder. Und manchmal vermisse ich sie in meinem neuen Zimmer. Ich wollte die gelben Kiefernmöbel, voller brauner Flecken wie Giraffenhälse oder überreife Bananen, nie wiedersehen und jetzt fehlen sie mir heimlich. Ein paarmal war ich schon kurz davor, zu Hause anzurufen. Oder einfach mitten in der Nacht vorbeizugehen. Aber es war ganz schnell gegangen und schon nach ein paar Wochen hatte ich das Gefühl, dass mein Vater sich sein neues Leben eingerichtet hatte – und der Gedanke hat sich schließlich gerade erst bestätigt. Dass er sich dafür jetzt unbedingt eine meiner Kommilitoninnen aussucht, habe ich, offen gesagt, nicht erwartet. Aber: Mein Vater sieht verdammt gut aus. Nach wie vor. Ich erinnere mich noch sehr genau an die anhimmelnden Blicke meiner Lehrerinnen. Tonio selber sah das nie, weil er nur Augen für mich hatte, für mein aufgeschürftes Knie und den kürzesten Weg zum nächsten Klo, wenn es ganz plötzlich ganz dringend war. Erst später habe ich verstanden, wie einsam er oft gewesen sein muss – selbst mit Max und Reik unterwegs, zu viert, als Familie, oder gerade dann. Die Geduld mit mir verloren hat er fast nie. Ich erinnere mich nur an einen einzigen richtigen Streit, als uns einmal der Strom ausging (ich glaube, er wurde uns abgestellt) und in meinem chaotischen Zimmer die Taschenlampe, ein wichtiges Utensil für eine Höhlenforscherin unter ihrem Bett, klar, das hatte mir Max verklickert, nicht mehr aufzufinden war. Heute kann das zum Glück nicht mehr passieren, vor Wut rotgeschriene Kehlen im Düsteren und rüttelnde Hände an meinen Schultern. Jedes olle Smartphone hat mittlerweile eine Taschenlampenfunktion.

Sein Herz aber brach ich ihm das erste Mal, als ich mit neun nicht mehr in einem Bett mit ihm schlafen wollte. Er sagte nichts, schaute nur wie ein getretener Hund und goss sich irgendeinen Alkohol ein, im verzweifelten Versuch, es zu feiern, dass Kinder- und Erwachsenenalltag in unserer Winzwohnung von nun an in den Abendstunden klar getrennt waren. Dass ich bald ausziehen, die Welt erobern, Nobelpreise gewinnen und den alten Vater vergessen würde. Ausgehen wollte er danach trotzdem nicht. Wahrscheinlich hat er auch Nicole einfach im Supermarkt aufgegabelt. Ich bin mir nicht sicher, ob ich mir das vorstellen will – seine Verführungskünste. Flirtstrategien habe ich mir von ihm wenigstens nicht abschauen können. Nicole ist so alt wie ich, ja, aber in ihrer abgeklärten, definierten Art, selbstsicher und skrupellos, beeindruckt sie schnell und wirkt alterslos. Wir sind uns auf Partys in den letzten Monaten häufig begegnet – das heißt, ich habe sie gesehen. Sie schon beim zweiten Mal sofort wiedererkannt. Da wären die grau gefärbten Haare gar nicht nötig. Und geprahlt hat sie niemals mit ihrem Sexleben oder Liebesleben oder Genitalleben, wie auch immer man das nennen will. Sicher, sie ist sehr schnell auch sehr wehrhaft, etwas Pulsierendes hat sie. Wütend geboren.

Frauen wie sie lösen in mir immer dieses sehnsüchtige Gefühl aus, einen drückenden Schmerz, die nachhaltige Ahnung, nicht derart auf der Überholspur zu sein, wie man das anhand meiner Noten vielleicht denken könnte. Die Uni zu besuchen heißt nicht, endlich unter seinesgleichen zu sein, sondern sich wiederzufinden in einem großen Strudel junger Ambition, Strebertum und billigsten Trieben. Jeder will gefallen, jeder will alles, und alle wollen sehr individuell sein. Auch, wie man seinen Stift richtig hält, oder seine Mateflasche, oder die Haare trägt, hat noch eintausendmal mehr Bedeutung als in der siebten Klasse. Plötzlich komme ich mir wieder klein vor, sehr klein, sehr unentschlossen und sehr nutzlos. Frauen wie Nicole machen mich nervös, gehetzt und ganz und gar unsicher. Sie und ihre Moden, die sie entschlossen als Haltungen durchziehen, zur Schau tragen, sie imponieren mir, obwohl ich weiß, dass jede einzelne dieser Ideen ein Verfallsdatum hat, und sobald die nächste soziale Ungleichheit Konjunktur hat, wird die alte vergessen sein. Auch wenn ich nicht will, dass irgendwer das sieht, besonders ich selbst nicht, fühle ich mich immer noch wahnsinnig oft wahnsinnig klein. Und picklig. Und fett. Und je länger ich hier bei meinem Vater sitze, desto schlimmer wird es. Gestern, mit Cognac im Bauch, war es kurze Zeit anders. Vielleicht bin *ich* jetzt an der Reihe, mir ein Glas einzuschenken, und er sollte hier alleine schlafen. Eine klare Rollenverteilung. Das ist das Wichtigste.

Als ich das Gästezimmer wieder verlasse, sitzt Reik da, allein in der Wohnküche. Es ist unverschämt, wie fotogen er ist. Ein Satz, der meinem Vater jedes Mal aus den Augen springt, wenn er ihn ansieht. Glücklicherweise ähnelt Nicole ihm nicht sehr, wenigstens nicht äußerlich. Oder?

Einen Moment lang schaue ich zu, wie er die Scherben der Teeschale vor sich auf dem Küchentisch hin und her in Konstellationen schiebt. Von außen wie ein grober, nur zögerlich rund geschliffener Stein, schillert sie von innen kieferngrün. Und auf den großen Scherben, die wie kleine Schiffe auf dem unlasierten Holz vor und zurück wippen, erkennt man auf ihrer grünlichen Innenseite ein feines Netz, wie Spinnweben. Da sind kleine Risse, entstanden durch den Gebrauch, von der ersten Tasse Tee an geht das los, hat Max mir einmal erklärt. Jeder neue Riss steigert den Wert, statt ihn zu schmälern. Diese Risse sind und waren schon vor dem Zerbrechen ein Geflecht der kleinen Versehrtheiten, das sich mit jedem Aufguss vertieft haben muss.

Irgendwann, die Zeit verliert an Bedeutung, je später es wird, setze ich mich neben Reik. Er bemerkt mich nicht, starrt, ganz untypisch, was ist nur los dieses Wochenende, auf sein Telefon. Auf dem überdurchschnittlich großen LED-Bildschirm, der sein Gesicht mit den Wasseraugen noch bleicher färbt, leuchtet eine reichlich holprige Google-Übersetzung.

Dies ist ein Überblick über grundlegende kintsugi.
Alle diese Schritte haben viele weitere Schritte, die Sie beherrschen müssen, aber da dies eine Kurzanleitung ist, schließe ich nur die Umrissschritte ein.

»Siehst nicht aus, als ob du das echt willst.« Das kommt nur sehr trocken über meine Lippen und behäbig, und was genau ich damit meine, weiß ich auch nicht. Noch immer bewegt er sich nicht, über seiner hohen Stirn liegt eine tiefe Falte, die dort sonst nicht ist, er hat eigentlich ein unendlich glattes Gesicht und dann sagt er: »Geh bitte in dein Zimmer.« Er klingt nicht verstimmt, es ist der Frotteehandtuchtonfall, in dem er immer mit mir spricht und dann versucht, mit seinen großen Augen zu mir hinabzusehen, obwohl ich ihn mittlerweile überrage. Er ist nicht so gut darin, Dinge zu überspielen, wie er denkt. Aber das hat ihm bisher offenbar noch niemand gesagt. Fehlt nur noch die Hand auf meinem Scheitel und das Jucken darunter, der Impuls in mir, sie wieder fortzuwischen. Es gibt nichts zu erwidern. Dass er nicht gut zuhört, ist relativ normal. Nur das Fortschicken. Das kenn ich von Reik so nicht, von den weichen Zügen und den Murmelaugen, in denen jeder einen Platz findet. Und vielleicht doch. Vielleicht nimmt er mich nach wie vor nicht für voll, Cognac und Hochsitz und Coolness hin oder her. Schnaubend drehe ich mich weg, werfe ihm noch einen möglichst bösen Blick zu. Das konnte ich allerdings noch nie gut. Als er dumpf keucht und sich über die Augen reibt, kann ich das Geräusch hören, wie seine langen schwarzen Wimpern knistern. Ich erinnere mich nicht, dass er mir jemals etwas verboten hätte.

Bei Max hieß es stets, nichts anfassen, alles musste immer in Vitrinen sein und war kostbar und zerbrechlich. Bis heute hat es sich nicht wirklich geändert. Wobei, bei den momentanen Zuständen hier, wer weiß. Eigentlich war dieses Haus immer der Tempel des Friedens. Ich weiß, wie das sachte Rauschen in den Kiefern klingt, zu jeder Jahreszeit. Die Schatten der Bäume, die sich auf der Wiese sachte, tänzerisch wiegen. Der See, in dem der Himmel, das Wetter, immer noch ein bisschen besser aussieht als in Wirklichkeit. Jetzt, wo es schon wieder dunkel ist, kann man ihn nur erahnen. Kurz fällt mir das Boot ein. Ob es sich selbst losmachen und zurückgetrieben kommen wird wie ein verjagter Hund? Sonst müssen wir es morgen abholen. Andererseits. Vielleicht bleibt es besser, wo es jetzt ist. Eine gute Stelle, um festzumachen, ist das allemal. Man erreicht das Zentrum des Sees sehr schnell und ist ganz nah am Schilf. In den vielen Sommerstunden, die ich auf dem Wasser war, habe ich jeden Winkel genau kennengelernt. Das Geräusch der kleinen Wellen am Bug (nennt man das bei so einer Nussschale überhaupt so?), die Angelruten, die wir illegal und nachlässig über den Rand hängen ließen, manchmal mit einem Regenschirm als Sonnenschutz über unsere Köpfe gespannt. Mit meinem Vater schweigen. Oder lesen mit Max. Die brütende Hitze über uns, seine braune Haut und all die klugen Dinge, die er sagte, und dazwischen die hinreißende Stille, hier und da von brummenden Insekten durchzogen. Vermutlich fing es hier an. An einem Sommertag, mit neun oder im schlimmsten Fall noch früher. Der See ist nicht sehr tief, ich beugte mich waghalsig über den Rand des Bootes, aber wir schwankten nicht, weil ich leicht war und Max groß, so groß, und die Balance hielt. Im dunkelgrünen Wasser sah mein Spiegelbild aus wie von einem anderen Planeten. Nachdenklich und melancholisch und ein bisschen älter. Ich wollte nichts lieber als endlich älter sein. Das hieß: schwimmen lernen, um unter die Oberfläche tauchen zu können, auch in der Mitte des Sees, wo das Wasser am dunkelsten ist.

Du musst Vertrauen haben. Aber worin denn? Dich selbst. Spann dich vorsichtig an, jeden Muskel, jeden Finger. Und ich lag auf dem Rücken im See und schwebte, meine Ohren unter Wasser, sanftes Gluckern und die Ruhe, die durchdringende Wärme der Sonne auf meinem Gesicht und gegen das Licht Max, der nass glitzernd bei mir stand, die Unterarme ausgebreitet, bereit, mich aufzufangen, wenn ich wie ein Häkchen in der Mitte einknickte und zu weit sank. Manchmal umwickelte er mich zum Ende der Übung und schleuderte mich kurz einmal grinsend im Kreis, das Wasser spritzte, und ich jauchzte und hielt mich an ihm fest, bis er mit mir wie eine Krötenfrau mit ihrem Männchen auf dem Rücken zurück ins Boot kletterte. Das war dann Wärme und Kribbeln und pures Glück. Schon als Mädchen war das so, und auch jetzt kann ich mich kaum gegen den Magnetismus wehren, der mich zu ihm zieht, wann immer wir uns sehen.

Es ist nichts, was er mit Absicht tut, aber ich bin sicher, dass es den meisten seiner Studentinnen und Studenten nicht anders geht. Meine erste Vorlesung sah ich noch im gleichen Jahr. Und nein, ich bin leider nur sehr durchschnittlich intelligent, den größten Teil der Zeit spiegle ich die Schläue nur meinem Umfeld vor, das sich leicht und gern blenden lässt. Ich war keineswegs ein Wunderkind. Auch wenn keiner der drei Männer das zugeben wollen würde. Für sie stehe ich für immer auf einem Podest. Weil sie all ihre Hoffnungen leidenschaftlich in mich stecken wie die Kastanien in eine Weihnachtsgans. Ergo: keine Hochbegabung. Mein Vater war eines Tages lediglich zu verkatert, um den versprochenen Zoobesuch zu schaffen (er behauptete, es sei Migräne, aber so durchschnittlich intelligent war ich dann doch auch damals nicht, um diesen Unterschied verkennen zu können). Reik war außer Landes, irgendwo Bilder oder, mit seinen Worten, Scheißhaufen auf Tellern verkaufen, und so hatte ich euphorisch meine Buntstifte gekrallt und war das Treppenhaus hinter Max' ausholenden, eleganten Schritten her geraschelt (damals nämlich trug ich noch von Kopf bis Fuß Ballonseide).

Das Audimax war brechend voll. Wie bei einem Rockkonzert drängelten die Erstsemester sich, im Schneidersitz auf den Treppen, manche bei den Garderobenhaken, wo sie versanken in Nylon und stinkendem Leder. Jeder von ihnen wollte den Juniorprofessor sehen. Alle tuschelten durcheinander, und mein braver Scheitel wuchs automatisch ein paar Zentimeter zur Decke, als er kurz meine Hand nahm, um mich durch die am Boden hockenden Studierenden zu fädeln und mit einem weggelächelten, unhöflich verscheuchenden Wink – alles stob zu den Seiten wie Tauben – einen Platz für mich in der ersten Reihe zu finden. Und dann begann das Stück.

Er stand einfach da, stumm, druckvoll atmend, und in Sekunden brachte er sie mit Leichtigkeit zum Schweigen. Ich hatte noch nie und habe nie wieder so etwas gesehen. Das Wort *Aura* dafür in den Mund zu nehmen – ich sehe seinen angeekelten Gesichtsausdruck lebhaft vor mir.

Und doch ist seine Art, den Kopf zu wenden, Hunderte Gesichter anzuschauen und jeden dabei mindestens mit dem Blick einmal an der Stirn oder den stark geschminkten Augenbrauen zu streifen, einzigartig. Nach seiner Begrüßung nahm er dann die Arme dazu. Als könnte er die Luftmassen über unseren Köpfen kontrollieren, das Timbre im Hörsaal mit einer ausladenden Geste einfangen und bestimmen, führte er in die staubtrockene Welt der Archäologie. Dabei malte er keine Bilder von Wunderwelten und Abenteuerreisen. Er machte ihnen klar, dass sie es mit einer im wahrsten Sinn unendlichen Suche zu tun hatten, die mühselig war und blieb und immer sein würde, unabhängig von all den technischen Errungenschaften, die da kämen. Er betonte, dass ihnen niemand je für ihre Arbeit danken würde, zuallerletzt ihre Knie. Dass sie schlecht bezahlt, anfangs sogar oft umsonst schuften würden. Und dann zeigte er ihnen eine rotbraune daumengroße Scherbe. Ich weiß nicht einmal, ob er die so ohne Handschuhe anfassen, geschweige denn besitzen und in seiner Aktentasche mit sich herumtragen darf. Sie ist nur zwei Zentimeter breit, und er hatte sie irgendwann, als ich wahrscheinlich noch im Sandkasten spielte, auf einer seiner ersten Expeditionen ausgegraben. Alles, was sie bekommen würden für die harte Arbeit, sei so etwas. So ein kleines Stück von der Welt, von einer anderen Zeit, die doch zu unserer unweigerlich dazugehört. Und vielleicht ein wenig Verständnis darüber, wie wir zu dem wurden, was wir heute sind.

Es ist kaum in Worte zu fassen, wie ihm das Kunststück immer wieder gelingt. Seine Einführungsveranstaltungen sind bis heute ähnlich geblieben, erst letzten Herbst habe ich von neuem angefangen, sie zu besuchen. Er benutzt keinerlei Medien – früher keine Tafel, heute keine Whiteboards und niemals, NIEMALS einen Polylux. Er spielt mit den Worten und Begriffen und dieser kleinen Scherbe, und das ist alles, was er benötigt. Er spricht schnell, aber genau auf den Punkt. Jeder Auslaut ganz klar, immer das letzte T mitsprechen, auch wenn es eigentlich ein D ist. Manchmal gerät das etwas zu scharfzüngig, dann klingt er wie von einer Schellackplatte. Er bewegt sich wenig, manchmal lehnt er über dem Rednerpult, beugt sich zu uns nach vorn. Wenn er einen koketten Tag hat, lehnt er sich seitwärts darauf, die Hüfte eine Idee in Schräglage, gewagt. Ich sehe jede Neuerung, jedes kleine Experiment, jedes Detail. Und sauge all das in mich auf.

Er doziert, er diktiert manchmal, er stellt Fragen. Er hört sich alles an, was die Studenten sagen. Auch diese Fragen, die keine sind, und auch keine Diskussionsbeiträge, sondern Debattenstartrampen. Mit einer höflichen Bitte, mit einem klugen Seiteneinwand, unterbindet er das dann geschickt, ohne dem Fragenden das Gefühl zu geben, unterbrochen worden zu sein. Und dass jemand ihm Redezeit stehlen wollte, passiert ohnehin selten. Auch damals war das schon so, man musste ihn nur ansehen, lauschen. Fast unauslöschlich lag da dieser harte Zug um seinen Mund, den ich schon kannte von unausgegorenen Ideen, die man ihm präsentierte, Fußball im

Badezimmer, Skateboarden im Flur. Doch an diesem Tag, mit neun, war da plötzlich noch etwas anderes, ein konsequenter Strich, gerade Linie in seinem länglichen Gesicht. Die Augen blitzten prüfend, und dass man, stemmte er die Hände in die Taille, seine schlanke Figur unter den weiten grauen Hemden, schlicht und hochwertig und sehr weich, erahnen konnte, tat sein Übriges. Die leise Faszination und das Kribbeln und Funkeln wuchsen zusammen zu einer großen, tiefen Sehnsucht. Um Letztere zu überwinden, habe ich einiges versucht – Nikolaus zum Beispiel. Dass der mich dabei ertappte und erkannte, dass er mir nur ein Ersatz war, hat mir den Start ins neue Jahr gehörig vermiest. Klar: Schon mit neun fand ich diese Idee mehr als unvernünftig. Max und mich. Aber immer wieder bemerke ich, welche Straße ich hinabgehe, wo ich auf eine Bahn warte, dass ich mich am Ende aller Tage nur von ihm, von dir ablenke.

Natürlich wusste ich, wie schwer es war und sein würde, seine Aufmerksamkeit zu erringen. Aber ich gab mein Bestes, und vor jeder Entscheidung, die ich von da an traf, zog ich unweigerlich auch in Betracht, was Max davon halten würde, was er von mir denken, wie er mich sehen würde. Ich habe ihn schon ein paarmal nach der Vorlesung aufgesucht, mich zu ihm gestellt, mich umarmen lassen und die Blicke im Nacken gespürt.

All die guten Noten, den harten Kampf um das Stipendium. Es lässt mich das Gefühl nicht los, dass ich nichts davon je versucht hätte zu erreichen, wäre da nicht Max gewesen, dessen Anwesenheit mich motivierte, dessen rares Lächeln, breit und mit hochgezogenen Augenbrauen, mir die größte Bestätigung war und auch die meiste Sicherheit gab. Von Max anerkannt zu werden – nichts ist mir je wichtiger gewesen. Jede kleine Geste, jedes Nicken und jedes Schmunzeln wie ein Zuckerwatterausch. Ich kenne ihn nur gemeinsam mit Reik und habe keine Ahnung, ob er überhaupt Erfahrung mit Frauen hat. Wie ein Hindernis erschien mir das niemals. Schon früh habe ich von ihm geträumt. Habe nichts mehr genossen, als die wenigen Male, wenn ich noch einmal auf seinen Schultern sitzen konnte, seine Hände sich wärmend, haltend um meine Knöchel legten und wenn er gerade nicht damit beschäftigt war, Reik nachzustarren.

Denn auch, wenn er das nicht gern zugibt, er ist noch immer Reiks größter Bewunderer, sogar noch größer als mein Vater, wenn er dieser unausgelebten Jugendliebe hinterhertrauert. Und dabei trauert Tonio leidenschaftlich. Ich bin mir sicher, Max sieht sie nicht einmal. Die schwachen Stücke. Sieht nicht, wie Reik altert und dicker wird. Auf diesem Auge ist er blind. Für mich ist Reik vollkommen asexuell, ein Zuhause, ja, aber ganz und gar ohne Geheimnisse, ohne Widerhaken. Vielleicht liegt es auch daran, dass ich ihn immer haben konnte, dass er alles erlaubte und mir alles eröffnete. Das ist nett, das weckt Vertrauen – und ist unsexy.

Max und Reik waren für mich von jeher zwei Teile eines Ganzen. Einer wild, unzähmbar, frei. Der andere kontrolliert und scharfsinnig. Kugelmenschen im besten Sinn. Aber Max hatte mich dabei von Anfang an mehr interessiert. Den meisten geht es anders, weil sie nicht genau hinsehen. Er ist, das erkennt man nur nicht gleich, der mysteriösere von beiden, härter zu knacken. Für Reik werde ich, das weiß ich, immer klein bleiben. Bedingungslose Liebe auch hier und vor allem: no pressure. Aber beinahe seit ich mich erinnern kann, versucht alles in mir, Max zu beeindrucken. Wenn ich nicht genüge, will ich es umso mehr. Das allerdings ist ziemlich schwer. Genügen. Max genügen. Denn er lobt nicht sofort und für jeden Murks. Er ist kritisch. Allen und allem gegenüber. Er ist anspruchsvoll, und ich bin es deshalb auch.

Der Stolz dieses Mannes, seine starke Meinung und im gleichen Moment seine in höchstem Maße harmlose, hasenhaft reine Art im Umgang mit allen. Der zartbittere Grünteegeruch, der ihn wie eine Wolke umgibt. Im Prinzip war Nikolaus in all diesen Sachen eine halbstarke, billige Kopie von Max. Das ist mir an Silvester erst klargeworden. Nicht Archäologe. Historiker. Nur so eine Idee größer als ich. Nicht richtig helle, sondern straßenköterblonde Haare, aschig, rauchig vielleicht, aber nicht aufregend. Wenn man's böse meint, ein Abziehbild. Klug, aber nicht weise. Halb so alt. Vor allem war er ein paar große Reste Strandgut, angeschwemmt aus der angrenzenden Kindheit, Ballonseide und bunte Schirmmützen, über die ich ausdauernd hinweggesehen habe und die im Gegensatz zu den Kaschmirpullovern, den Hornbrillen und den als Hornbrillen getarnten billigen Kassengestellen auf dem Campus um uns herum immerhin eine Idee von Abwechslung verheißen hatten. Locken, ringelig wie sie bei Max lange Zeit gewesen waren. Die beiden einander vorzustellen, auf die Idee wäre ich niemals gekommen. Und sowie mir klar wird, dass der eine nach dem Bild des anderen ausgesucht war, ohne dass ich das selbst so entschieden hatte, bin ich heilfroh. Das hätte ziemlich peinlich werden können. In den ganzen angetrunkenen Nächten, wann immer Nikolaus sich nach einer Party, die er ohne abgeschleppte Bekanntschaft verlassen hatte, vor meiner Haustür wiederfand, habe ich ihm nie von Max erzählt.

Dessen trockene Art und seine schlagfertige, nie müde Zunge, die plötzlichen Witze und Bosheiten, präzise und schnell wie Pfeile. Das alles beeindruckt mich so sehr und so tief, dass man das eigentlich überhaupt keinem anderen Mann erzählen kann, weil es schlicht und ergreifend hoffnungslos macht. Allein wie er Tee kocht. Wie er selbstvergessen an einer Küchenzeile steht und auf das Temperaturmaß des Wasserkochers schaut oder, gibt es keins, eine bestürzend elegante, lange Hand über die Öffnung der Kanne hält, um die Temperatur des Dampfes zu prüfen. Ob er genau weiß, wie sich die exakten neunzig Grad anfühlen, wage ich zu bezweifeln. Aber es sieht immer verdammt lässig aus. Dabei ist das Prozedere aufs Äußerste behutsam, sehr genau bemessene Löffel voll Tee im Sieb, oder noch besser: die Zubereitung des hellgrün schäumenden Matcha. Seine Züge werden dann noch klarer, ganz wenige Pinselstriche, schwungvoll und wohlkalkuliert auf handgeschöpftem Papier. Wie er da steht. Nur der Dampf, der vor ihm gen Decke zirkuliert.

Unzählige Male habe ich ihn als Kind dabei beobachtet. Ich wagte nie, ihn zu stören. Wenn er am Schreibtisch saß, trank er den Tee, um wach zu bleiben. Nicht, weil der Tee selbst ihn wach hielte, sondern vielmehr die Hingabe bei der Zubereitung, das stete Umrühren, das sachte, bewusste Umfassen der Schale mit beiden Händen, Momente, lange ganz unbewegt und fest in sich ruhend, der Fels. Ich sah ihn nur an, manchmal durch einen Türspalt, im Flur stehend, wie er in seinem Arbeitszimmer saß, und wartete auf das Unerwartbare. Sah in das hochkonzentrierte Gesicht und mir fiel nichts Schöneres ein als er. Wenn er mich doch nur so sehen könnte, wie ich ihn sehe und vor allem: Wie ich jetzt bin, nur eine Sekunde. Wenn mir nur einmal einer dieser Blicke gelten könnte, die er Reik zuwirft. Ich würde alles dafür tun.

Der Schock über ihre Trennung sitzt bei weitem nicht so tief, wie die anderen das von mir erwarten. Natürlich haben die beiden mich gemeinsam geprägt. Sie waren mein erstes Pärchen, die große Konstante und – mein erster Sex. Ich schlucke das Lachen noch immer hastig herunter, wenn es mir über die Zunge hüpfen will, sobald ich mich daran erinnere. Ich bin eine sehr schlechte Schauspielerin, mein Gesicht ein offenes Buch. Mein Glück ist, dass die meisten darin sowieso nur lesen, was sie lesen wollen.

Es war gar nicht sehr lange nach der ersten Vorlesung. Max' Schatten suchte mich gerade die ersten Male im Schlaf heim. Ich wickelte meine Mutter in noch mehr Vorhangstoff, ließ sie sich im Kreis drehn, bis zehn zählen, in der Ecke stehn und ihn über mich kommen mit seiner strengen, eleganten Art, die ihm das Meer von Flüstern einbrachte, ging man an seiner Seite über den Campus.

Er nennt die Studierenden beim Vornamen und siezt sie gleichzeitig, und das ist unverschämt sexy, bis heute. Die grauen Schläfen machen es eher schlimmer und die Tatsache, dass er keine dieser Situationen jemals ausgenutzt hat. Ich habe gesehen, wie seine Anhänger ihn umschwirrten. Wie sie sich ärgerten, dass er nicht rauchte, weil sie sich nach den Veranstaltungen deshalb nicht neben ihn stellen und ihm Feuer geben konnten. Er tauchte immer erst kurz vor Beginn der Seminare auf und verschwand danach wieder, für alle Fragen gab es die Sprechstunde, die Mitarbeiter, die Hilfskräfte. E-Mails beantwortet er grundsätzlich nur mit einzelnen Sätzen, und jeder, der ihm schreibt, passt sich daran an und ist bemüht, sein Anliegen auf das Notwendigste zu reduzieren, knapp und klar und demütig. Er kam mir schon damals unheimlich mächtig vor. Und dann war es ein Uhr nachts in der Wohnung der beiden, und ich konnte nicht schlafen und ging in die Küche. Sie schimmerte blau vom Mondlicht, Reik stand am, hing eher über, dem Küchentisch, brummte leise, seine weiche tiefe Stimme wie eine Höhle im Wald, wie Moos und Sommergewitter. Und vor ihm, der nasse Rücken klatschte gerade auf die Tischplatte hinab, lag Max. Immer noch zu groß, seine Gliedmaßen ragten weit über die Platte hinaus wie lange, geknickte Strohhalme, so ausgebreitet wie möglich, als strebten Arme und Beine von seinem Körper fort, sein Kopf weit in den Nacken gelegt, feuchte, sich Richtung Boden aushängende Locken, sein gerötetes Gesicht, falsch herum und ganz eigentümlich verzogen, in einer Mischung aus Schmerz und Verzückung, wie ich es noch nie gesehen hatte, und vor allem das Geräusch, sein rasselnder Atem, der wie Rauch immer wieder über seine Unterlippe in den Raum schwelte. Überhaupt, wie er da lag. Dünn, zart, hingegeben und ausgeliefert. Ich konnte, konnte, konnte nicht mehr wegsehen, blieb, ganz fest in den Türrahmen gedrückt, stehen, bis Max' fast mädchenhaft hohes Ächzen das Ende der Szene einleitete, wie ich intuitiv ahnte, sein zitternder schlanker Körper, der sich an den kleineren, kräftigen Reik hängte vom Tisch aus wie ein müdes Kind oder ein sehr ungeschickter Schimpanse. Bis zur letzten Sekunde reizte ich es aus, sah zu, wie sie zitternd langsam in die Realität zurückfanden, wie sie leise lachten über irgendwas, das ich nicht verstand. Dann verdrückte ich mich und lauschte ihren Schritten und knarzenden Dielen unter Zehenspitzen im Flur, bis nur noch mein Herz in meinen Ohren klopfte.

So zerbrechlich wie in dieser Nacht hatte ich ihn nie wieder gesehen, bis letztes Jahr, als es mit Nikolaus gerade schlechter wurde und ich einem der drei von ihm erzählen wollte, am liebsten meinem Vater, da klingelte das Telefon und Max' Mutter war gestorben. Für alle drei war das ein Schock. Zum einen verlor man in ihrem Alter überhaupt noch keine Mütter. Zum anderen war Reiks Alkoholikerin und Tonios Kettenraucherin. Dass es die Postbotenmutter aus der Hippie-WG mit dem Gesundheitstick, immer an der frischen Luft, zuerst treffen würde, hatte keiner kommen sehen, auch wenn da das Krankenhaus gewesen war, Operationen und die ausfallenden Haare. Fragte ich einen der drei, wie es ihr ging, klang das in den Erzählungen halb so schlimm. Als hätten sie mit verharmlosenden Schilderungen den Verlauf der verheerenden Krankheit irgendwie beeinflussen können. Ist alles nicht so schlimm, wird schon. Und dann: ist schlimm, aber die Ärzte. Und dann war kein Aber mehr übrig gewesen. Die Dinge werden nicht wahr, nur, weil man sie oft genug sagt. Die Trauerfeier war riesig, meine erste überhaupt, und ich erinnere mich an die aufgequollenen Gefühle im Magen wie Reis und zu viele Gummibärchen und daran, wie eng der Kragen um Max' langen Hals geschnürt gewesen war. Wie er dasaß, Krawatte, Hemd, alles in Schwarz, blass war er, zittrig wie ein Geigenbogen, zum ersten Mal die kurzgeschorenen Haare, fast weiß. Und wie er, der große Redner, kein Wort sagte. Wie er einfach dasaß, die erste Blume in seiner Hand, die tonnenschwer aussah, und wie bemüht und mit aller Kraft er sie warf, ganz vorn an der Reihe, bevor er danach in Reiks Arme fiel, als würde er nie wieder alleine stehen können. Das Licht war dämmrig in der Kapelle, die Urne klein und schlicht, das Foto, ein Automatenpassbild, gemeinsam mit ihrem winzigen Max-Bündel, gerahmt und körnig wie ein alter Film, beide mit blonden Gabelspaghettilocken und bunten Schiebermützen. Und ich war kurz fast wütend, dass er sie mir niemals vorgestellt hatte. Als ich ihn später umarmte, war kaum noch etwas da zum Abfangen, denn Reik war mir voraus um einige Worte und sowieso viele Taten. Und anstatt Max Halt zu geben, lehnte ich mich zitternd an ihn, und er drückte mich und streichelte und plötzlich heulte ich in seinen Hemdkragen, der gut roch wie immer. Ich hatte ihn stützen wollen, und schon hing ich um seinen Hals und wimmerte leise etwas Dummes über den Tod, und er tröstete mich flüsternd und bedankte sich, mehr höflich, mehr fürsorglich als getröstet, dass ich da war. Thema verfehlt, aber dennoch: Diese kostbaren Momente der Zartheit waren es, die sachte, erstickte, hohe Stimme, die es ausmachten, dieses andere Gefühl. Und als wir uns danach in die geröteten Augen schauten, suchte ich in seinen so stur und verbissen nach einem anderen Ausdruck, einem Erkennen, wie nie zuvor.

Tief, klar, voll wird mein Atem, wenn ich vor ihm stehe und wie immer liegen dort diese Berge von Zuneigung für mich bereit und befeuern nurmehr das leise Kribbeln am tiefsten Magengrund, das fiese Gefühl in seiner Nähe, ihm einfach niemals nah genug zu sein, in ihn reinkriechen zu wollen am liebsten. Wenn wir nebeneinandersitzen, ich setze mich meistens neben ihn, damit ich ihn nicht zu auffällig anstarre, ist den Kopf auf seine Schulter zu legen undenkbar. Stattdessen eine unsichtbare Wand, vielleicht ein Elektrozaun, in jedem Fall aber eine Spannung zwischen uns beiden. Und was sie nicht bekommen konnte, wollte sie fortan um jeden Preis.

Und deswegen gehe ich jetzt nicht in das kalte Bett, lege

mich nicht zu meinem Vater, sondern schleiche die Treppen hoch, Nabokov unterm Arm, und mache es mir mit einem Kissen auf dem Teppichboden bequem. Max sitzt im Sessel, die Beine überschlagen, und ist vollkommen versunken. Seine Augen sehen angestrengt aus, mehr als sonst, vielleicht ist er müde, oder er braucht seine Lesebrille langsam doch dringender, als er sich das eingestehen will. Die Fältchen an seinen Augen lassen ihn nur noch erhabener aussehen. Seine Finger kämmen Seite für Seite um, bedächtig, er ist mir nur halb zugewandt und er hat mich noch nicht bemerkt. Also beginne ich auch zu lesen, obwohl meine Augen die Wörter nur widerwillig aufnehmen, lieblos abtasten, aber nicht übersetzen und kein einziger gerader Satz davon in meinem Hirn ankommt. Ich höre nur das Knistern aus dem Ofen unten, das übriggebliebene Feuer, ich höre das leise Fauchen des Windes und Max' Atem. Es ist die Bootsruhe, die über uns liegt, die Zweisamkeit, die so selten ist. Nichts wäre mir in diesem Augenblick lieber, als dass er sich zu mir legt, hierher, und mich mit seinen Augen, die alles sein können, von Mikroskop bis Teleskop, ansieht wie ein Forschungsobjekt, und wenn ich dafür ein sprödes Fossil, ein alter Steinklumpen sein müsste. Ich seh seinen Händen zu und stell sie mir auf meinem Rücken vor, spür die Fingerkuppen über jeden Wirbel gleiten. Schließlich stehe ich auf, durchquere den Raum, räuspere mich leise. Er schaut auf, sein Blick flackert, falkenhaft, noch einen Moment lang durch den Raum und einmal über mein Gesicht, als würde er die Realität lesen wie ein Buch, dann

Blinzeln, dann Schmunzeln, er lehnt sich zurück, seine Augenbrauen wandern zum Haaransatz, fragen, »noch wach?«, man sieht ihm die Trennung kaum an, denke ich kurz und finde das alles unwirklich.

Dem Impuls folgend, setze ich mich auf seinen Schoß, spüre die Wärme, den Arm, der sich selbstverständlich um meine Schultern legt. Zahnpasta, ja. Mandeln, vielleicht auch Marzipan. Grüntee. Ich lehne die Stirn an seinen Hals, würde am liebsten von ihm abbeißen. »Liest du mir was vor?« Verärgert bemerke ich, wie hoch meine Stimme plötzlich wird, ich versuche, meinen Hintern in seinen Schoß zu drücken, versuche, seinen Schwanz zu spüren, er reagiert darauf nicht und lacht nur leise auf, beginnt dann, einen Essay über Ammoniten vorzutragen, inklusive aller Fußnoten. »Ist doch ne super Einschlafhilfe, hm?« Ich stöhne genervt und stoße meine Stirn gegen seine Schläfe. »Banausin«, grinst er, und dass das für ihn besser als jeder Actionfilm sei. Ich streife ihn mit vorwurfsvollen Augenbrauen und kitzle seine pulloverwarmen Rippen, er kichert und blättert um, hat mit halbem Auge weitergelesen. Als ich einen Blick in die Seiten werfe, bemerke ich, dass da nirgendwo die Rede ist von Ammoniten.

Kauf immer das Paar Socken, das eigentlich ein bisschen zu groß ist, wenn du 38 hast, dann ist 39–42 die RICHTIGE Größe. Du willst dich ja nicht einklemmen in einem Paar Socken, das gerade so passt und dich vielleicht einengt und kneift und einpresst. Am Anfang werden die 39–42er Socken etwas schlackern, manchmal musst du sie nachjustieren, hin und wieder mit dem Finger in die Turnschuhe, herumpopeln, bis alles wieder sitzt. Aber du wirst laufen, noch sehr weit, und wenn du weit genug gehst, dann werden deine Füße platter und breiter sein, sich ablaufen, und dann BRAUCHST du die 39–42. Easy.

Das ist von Twitter geklaut, will ich bemerken, als er eine Hand ganz nah an meinem Bauch hat und der beginnt, sich wild zu verquirlen als hätte jemand die Küchenmaschine eingeschaltet, mein Unterleib kribbelt aufs Fürchterlichste, ich möchte nichts, als mich ihm hingeben. Aber er schiebt mich nur sanft von seinem Schoß, den Blick schon wieder nach draußen geheftet, ins Dunkle, auf den unsichtbaren See. Er wartet auf etwas. Oder jemanden. Auch er hat nicht wirklich gelesen, sondern nur eine Ablenkung gesucht. Jetzt stehe ich neben ihm, nur ein paar Zentimeter, schaue auf den dichten, graublonden Haarschopf hinunter. Lasse mich nicht wegschicken. Ruhig und gleichzeitig verzehrt sieht er aus, wie ein Gemälde. Ich würde es ihm am liebsten sagen. Ich will mit dir schlafen. Aber er denkt an Reik, und ich stehe erneut da wie bestellt und nicht abgeholt.

Auch in der Mensa sieht er manchmal so aus, wenn wir essen. Er ist meine liebste Gesellschaft da – klar. Mit den anderen Studierenden kann ich einfach nicht, weil mir dann immer schneller klarwird, dass ich nicht weiß, was ich will. Plötzlich will ich dann sein wie alle am Tisch und wie keiner, großes Befremden, allgemeine Verunsicherung und mit jedem gerade formulierten Gedanken und jeder selbstverständlichen Erkenntnis über die Welt und die Ungerechtigkeit und unsere Privilegien und wie man diese am besten abschüttelt, um sich frei zu machen und sie anderen, Bedürftigeren wie eine Schwimmweste überzustülpen. Das ist nicht Weltschmerz, das ist eher so eine Art Weltneurodermitis, leere Worte, aber leider oft auch sehr wahre. Fakten Fakten Fakten oder was die Timelines gerade so hergeben, und eine Woche später ist es ein anderes Thema. Und immer gibt es so viel zu diskutieren, und so viel davon interessiert mich einfach nicht. Dabei dachte ich, das wären jetzt meine Leute, mein Squat. Leider stellt sich all das wieder und wieder als eine große Enttäuschung heraus, im Ohr noch die Versprechen von Max, dass ich dann endlich dazugehören könnte in Gruppen und ganzen Dynastien von Strebern. Aber obwohl die anderen jungen Frauen mir eigentlich zu stark sind und ich zu gleichgültig für diese Welt, sind wir dennoch befreundet, denn wir sitzen in einer Reihe und wohnen in einer Straße oder sogar auf einem Flur, und unsere Freundschaften unterliegen, wie alles, den Wahrscheinlichkeiten der Welt, Wille und Vorstellung sind frei im Rahmen der Möglichkeiten, die wir uns geben.

»Hey, Kniefte, sach mal …? Stimmt was nicht?«

Dann tauche ich einfach ab, Augen zu und durch, beuge mich hinunter und drücke meine Lippen auf seine, ich halte die Luft an und stecke die Zunge in seinen Mund, nicht wir küssen uns, ich umfasse sein Gesicht, ich küsse ihn und er – sitzt da wie versteinert und reagiert überhaupt nicht. Der Moment dauert Jahre an. Keiner von uns atmet, für ungefähr eine Dekade. Ich spüre etwas in mir reißen, vielleicht auch platzen, das ich mit mir herumtrage seit Jahr und Tag. Mir wird schwindlig, ich ziehe Luft aus ihm und versuche, eine Reaktion mit herauszusaugen.

Da drücken sich die großen Hände gegen meine Brust, aber seine Finger sind ganz steif und gerade und unbiegsam, zum Schild gespreizt. Er stößt mich ruckartig von sich, dass ich rückwärtsstolpere und auf meinem Hintern lande, mein Gesicht glühend und mein Körper bis in jeden Winkel puckernd. Er grinst nicht, kein bisschen. Sein Blick ist stechend, seine Schultern bis zu den Ohren angezogen, verkrümmt ist er und verbogen in seinem Sessel, die Fersen fest in den Teppich gebohrt, immer noch bewegungslos. Zu perplex, um mir aufzuhelfen.

»Sag mal, hackt's?« – Er wird nicht laut, er zischt, ohne Melodie, ohne Stimme, ohne Dialekt.

Hinter meiner Stirn beginnt es plötzlich zu rasen, auf einmal hechtet Sekunde um Sekunde viel schneller als sonst an mir vorbei, kein Atemzug reicht länger als gerade so bis zum nächsten. Wie das Sitzen im Zug mit den am Himmel aufgehängten Wolken und der dahinrauschenden Landschaft, immer schneller, immer verschobener. Ein Fehler. Schon wieder ein Fehler. Ich kann nicht die Treppen runter, weil da Reik sitzt, und bevor ich in die Ecke gedrängt bleibe und betreten unsere Füße anstarre – zum ersten Mal weiß ich, wie sich das anfühlt, und es ist ein widerliches Gefühl, sprachlos über die Situation und meine Dummheit – versuche ich, ins Schlafzimmer zu entkommen, hochgerappelt, auf dem weichen glatten Superteppichboden noch ausgerutscht, durch den engen, vollgestellten Raum, über das Bett, das gemacht ist, Kante auf Kante, bis ins Fensterbrett, wo die Kiefern ihre schwarzen Schatten in den Mondschein werfen. Meine Wangen sind heiß und trocken und jucken in meinem Gesicht, und die Hände von Nikolaus, wie sie über meinen Körper rennen, wieder und wieder, während ich an Max denke und mir vorstelle, wie er im Bett ist, und trotzdem froh bin, dass ich hier wenigstens mit Nikolaus liegen kann, dass er einigermaßen vorsichtig ist, denn überambitioniert und ein bisschen lebensfern zu sein mag ja den Vater beruhigen, der allein zu Hause sitzt – oder auch nicht, wie ich jetzt weiß –, aber anders, mehr wie die andern, zu sein wäre manchmal so viel einfacher. Und gerade als ich mich beglückwünschen will über den Sex mit Nikolaus, der wirklich ein ganz feiner Kerl ist, wenn auch entsetzlich langweilig, und der sich, immerhin, für mich interessiert, ist es auch schon wieder vorbei. Nikolaus ist gekommen, und ich spüre, wie sein Schwanz in mir schlaffer wird, das Kondom darum wie ein nasser Müllsack, überhaupt kein zärtliches, kein empfindsames Ding, nur seltsam, nur Fremdkörper und einige Tage später merke ich, dass er nicht wiederkommt. Vielleicht gar nicht mehr. Dass er nur widerwillig ans Telefon geht und ich hänge über meinem Mülleimer und starre das Kondom an, das zwischen alten Joghurtbechern am

Grund der Plastiktüte versauert. Ich würde am liebsten die Läden aufreißen und aus dem Fenster springen, doch natürlich lässt Max mich jetzt nicht in Ruhe. Er steht in der Tür, das Licht aus der Bibliothek rahmt ihn ein, illuminiert seine Silhouette so grazil, dass es richtig ätzend ist, und flüstert, was denn sei, und ich Idiotin schluchze und merke doch, wie froh ich bin, dass er sich vor mich hinsetzt, zu mir hochschaut, von unten in das gesenkte Gesicht lugt und dass die große warme Hand am Oberarm vorsichtig aufliegt. Seine Augen sind nicht mehr stechend, weder Mikroskop noch Teleskop, sie streifen mich ganz umsichtig, genau wie die Hand, obwohl er sicher Mühe hat, mich jetzt nicht wie mit der Kneifzange anzufassen.

Und ich blubbere von Nikolaus und davon, dass ich dachte, wir wären zusammen, wir es aber nicht sind und dass ich jetzt in der Uni sitze und keine Freunde habe und keinen Freund, weil alle Männer außer ihm blöde sind und eigentlich alles relativ beschissen ist und ich mein Kinderzimmer vermisse und die Welt mir im Grunde gestohlen bleiben kann gerade. Dass ich mich hasse und alles, was ich tue, und dass ich es hasse, nicht hübsch und schlau genug zu sein, und dass ich am liebsten nur unter der Decke liegen und dahinsiechen will oder einfach gar nichts mehr will und dass ich in ihn verliebt bin, seit ich laufen kann. Schluchzen muss ich und fast kotzen dabei, und es ist stockdunkel. Er sollte jetzt irritiert und unsicher sein, aber er nimmt mein Handgelenk sehr entschlossen, seine weichen Daumen kreisen über meine

Haut, während Rotz und Wasser über mein Gesicht laufen und meine Wangen kühlen. Wenn ich blinzle, dann sehe ich wieder Nikolaus und das Kondom und die Joghurtbecher und dann kommt ganz einfach so, ohne meine Einladung, ein schmerzhaftes Wimmern hinter meinen Zähnen hervor. Bis Max' Stimme wie aus Porzellan, ruhig und harmonisch, leise den Raum anzufüllen beginnt.

»Wir müssen das alles mal anhalten, glaub ich. Um das zu verstehen, braucht es manchmal ja solche Momente. Solche Wochenenden. Das ist vielleicht das Beste, was man aus solchen Jubiläen rausholen kann.«

»Eine Trennung?«

»Eine Erkenntnis.«

»Dass …?«

»… die Dinge sich ändern.«

Kalte Angst will meine Brust hinaufkriechen, einen kurzen Moment habe ich das Gefühl, ihn verlieren zu können und Reik und das Haus auch, und alle Fragen nach meiner Mutter und ob ich sie vermisse steigen in mir auf, weil ich gerade eine ungefähre Ahnung habe, auf welche Gefühle mein Vater mit diesen Fragen abgezielt haben könnte. In dieser Sekunde überkommt mich eine pechschwarze Hilflosigkeit. Dass sie mir abhandenkommen könnten, reißt schon jetzt, wo sie doch noch da sind, einen Abgrund unter meinen Füßen auf. Doch ich halte inne, mein Bein im Schritt vor dem Sturz angehoben, und Max' gefächerte Finger, die um mein Handgelenk liegen, halten mich fest.

»Du darfst dich nicht von Männern abhängig machen, Pega.«

Knochenlos sinke ich ins Fenster.

»Mhm, okay.«

»Ich meine das ernst. Auch nicht von mir.«

Stille.

»Wenn ich an der Universität eins gelernt und vertieft habe, dann ist es der genaue Blick. Unterschätz den nicht. Ich sehe das Potential in allem. Was in der Erde stecken könnte und im Himmel, in jedem Fitzelchen und jedem Menschen. Ich kann so vieles davon nicht benennen. Dann behalte ich es für mich. Aber glaub mir, nicht in allem liegt so viel wie in dir. Du hast eine Menge. Du musst nur erst mal lernen, all das, was da ist zu sehen. Zu spüren. Und: es zu zähmen.«

»Meinte Tonio nicht, das sagen alle Eltern zu ihren Kindern?«

»Du bist zwischen drei Außenseitern erster Güte aufgewachsen, Kniefte. Für keinen von uns war es immer einfach. Wir sind schwul, also, zumindest zwei von uns und dein Vater – na ja. Warum ein Etikett draufkleben? Aber trotz aller anderen Faktoren waren wir zwei Dinge: weiß und männlich.«

»Sag das nicht zu laut.«

»Ach, der Italiener, so braucht er mir nicht zu kommen.«

Stille, wir sehen uns an, ich hole Luft, dann knufft er mich und grinst.

»Und auch wenn du das bezweifelst, wir alle sind männlich. Auch wenn manche von uns gern Federboas tragen oder ein bisschen zu viel Schmuck.«

»Oder Schminke. Oder Nagellack.«

»Oder G-Strings.«

»LALALA, hör auf!«

Ich kichere und lasse meinen Blick kurz durch das Zimmer schweifen, auf der Suche nach herumliegender Unterwäsche. Aber dafür ist Max natürlich zu ordentlich.

»Legst du sie ihm zusammen?«

Das Lächeln, mit dem er dann den Raum streift, ist so zärtlich und liebevoll, dass es mir wieder in der Brust zieht vor Neid und Zuneigung.

»Na ja, man muss die präzise falten, das ist schwierig.«

Er stockt. Ob ihm eingefallen ist, dass er solche Dinge in Zukunft nicht mehr für Reik machen wird? Er schließt kurz die Augen, dann fixiert er mich erneut, so dass ich den Rücken durchdrücke. Meine Schultern knacksen.

»Was ich sagen will: Für uns war es vielleicht nicht einfach, aber für dich wird es verdammt schwer. Lass dich nicht ablenken. Partnerschaften sind nicht alles. Hör auf dich und in dich hinein. Du musst mit dir selbst glücklich sein. Denn die Person, mit der allein du die meiste Zeit verbringen musst, bist du.«

...

»Ich liebe dich.«

»Ick dir ooch.«

»Nein, nicht so.«

»Das kann man sich nicht aussuchen.«

»Ja, eben.«

»Aber es geht manchmal vorbei. Egal, wie weh dir getan wird, du bist stark. Du wirst wieder aufstehen.«

»Warum drohst du dem Typen jetzt nicht gleich Prügel an? Fährst mich nach Berlin und vermöbelst ihn für mich?«

»Da bist du an der falschen Adresse, ich bin der schwache Feigling von uns dreien.«

»Du bist sexy.«

»Das ist charmant.«

»Das ist mein Ernst.«

»Pega.«

»Max.«

»Wie hast du dir das vorgestellt, hm?«

»Nichts hab ich mir vorgestellt. Nur dich und mich zusammen, mehr war da nie.«

»Und was ist mit Reik?«

»Was weiß ich, vögelt im Gästezimmer meinen Vater … Dein Gesicht wird ganz grün.«

»Macht das Mondlicht. Hast du sie gesehen?«

»Was ist los, auf deine alten Tage plötzlich so eifersüchtig? Sonst hast du ihn doch immer frei laufen lassen. Jetzt seid ihr getrennt, da brauchst du damit auch nicht mehr anfang–«

»Okay, Stop. Dahin geh ich nicht mit dir. Ich habe deine Windeln gewechselt, schon vergessen? So ist hier die Verteilung.«

»Wo Reik ist, weiß ich nicht, vielleicht schläft er im Wohnzimmer oder er besäuft sich im Hochsitz oder er hat schon die Kettensäge im Anschlag und mäht jeden Moment den halben Forst nieder.«

Ich knirsche mit den Zähnen, während ich das sage. Sein Seufzen klingt schwer, als er sich erhebt, und kurz denke ich, dass er sich in sein Bett fallen lassen und träumen will. Er sieht einen Moment lang unendlich müde aus. Aber er dreht sich um und hebt das auf, was ich bis eben für einen Hocker gehalten habe oder ein großes Kissen, auf dem er zu meinen Füßen gesessen hat. Es ist seine gepackte Reisetasche.

»Du bist wirklich der Feigling«, entgleitet es mir, bevor ich die Flapsigkeit hinunterschlucken kann, und dann ganz schnell: »Nimm mich mit.«

Groß und schlank steht er da, die Tasche über der Schulter.

»Tut mir leid. Ich brauch alle Kraft für mich allein, Kniefte. Du musst selbst sehen. Genau genommen, muss ich dich sogar noch um etwas bitten. Etwas zu übergeben.«

Der Zettel in seiner Hand leuchtet gebügelt weiß und scharfkantig. Er hält ihn mit beiden Händen, die Daumen vorsichtig auf die obere Seite gepresst. Der Moment von eben ist für ihn längst wieder Vergangenheit, vorbei, vielleicht unwichtig.

»Ein Wunschzettel?«

»Nein. Oder. Vielleicht ein bisschen.«

Schon ist der nächste Augenblick vorbei, und während Max fast lautlos die Treppen hinuntersteigt, offenbar schläft unten alles, und das Haus verlässt, sitze ich immer noch hier im Fenster und wickle mich ein bisschen ein in den weißen Vorhang, hinter dem, zu meiner Überraschung, niemand steht, auch meine Mutter nicht. Nur die Kiefern werfen unnachgiebig ihre Zickzackschatten auf das Haus.

8 Uhr am Morgen

Am Tisch: Pega, Tonio, Reik und ein Brief.

Mein lieber Reik,
weil der Mensch den Tod scheut, sollte er das Leben lieben. Jeden Tag sollte er über das Glück des bloßen Daseins in Jubel ausbrechen, sagt man.
Ich bin mir sicher, erst wenn ich weit genug weg bin, wird mir einfallen, wie viel ich wirklich aufs Spiel setze und wie viel schneller ich plötzlich überall blaue Flecken haben werde und aufgekratzte Stellen und Schrammen, weil du nicht mehr da bist. Ich habe mich hinter dir vor meinem Leben versteckt.
Wohin ich will? Um es schön auszudrücken, was ich darüber bisher weiß: immer fort. Überallhin. Das ist diffus bis in die Unkenntlichkeit, aber genauer wird es heute nicht mehr. Es kann sein, dass mein Weg sich direkt hinter mir verschließt, und vielleicht kann ich niemals wieder zurückkehren. Das zu akzeptieren ist notwendig, um überhaupt aufzubrechen.
Vielleicht finde ich Horaisan. Ich werde es nicht suchen, weil ich es sonst nicht finden kann. Jetzt verdrehst

du sicher die Augen und fragst dich, ob du ernsthaft googeln sollst, was ich meine. Ich überlass es dir. Ich bin mir sicher, meine Besserwisserei wird dir sehr fehlen. Oder?
Je mehr ich über uns nachdenke, desto stärker wird der Eindruck, dass wir uns wie zwei Wolken getroffen haben, von Strömungen geleitet. Dass wir uns verbunden haben, ein bisschen von mir in dir, ein bisschen von dir in mir – keine versauten Witze jetzt! Und vielleicht ist heute der Tag, an dem wir uns wieder teilen und gelöst voneinander weiterziehen.
Ich hoffe nur, dass ich nicht wiederkomme in diesen Raum und diese Zeit und plötzlich siebenhundert Jahre vergangen sind. Dann ist von uns vielleicht wirklich nicht mehr viel übrig. Aber mach dir keine Sorgen: Ich bin sicher, dann werden deine Figuren einzigartige Kleiderständer, deine Bilder prima Motive für Papierservietten hergeben. Verlier' nicht deinen Mut.

At least I know that we can share the pain,
Max

karumi

Max wird für das nächste Jahr um die Welt reisen wollen – aber so überstürzt, wie er sich das vorstellt, geht es nicht. Denn der Reisepass muss gültig und der Flug gebucht, das Forschungssemester eingeleitet sein. Deswegen werden sie in Berlin noch aufeinandertreffen, sich umarmen, aber es wird keine Diskussion mehr nötig sein.

»Sollten wir uns streiten?«

»Vielleicht, aber ich hab keine Lust.«

Da sind nur zwei Männer und zwei Lächeln.

»Ich lasse dir das meiste ja da. Du wirst kaum merken, dass ich weg bin.«

Sie werden sich nicht am Flughafen verabschieden, sondern in der Dämmerung, in ihrer gemeinsamen Wohnung. Sie werden Sex haben, schwitzen, sich riechen und manchmal leise lachen, so als wäre es wie immer, und irgendwann wird Reik allein liegen bleiben und durch das Fenster nach draußen sehen, wie der Himmel sich verfärbt. Und Max wird gehen und für eine Weile nicht mehr anhalten. Er wird viele klischeebehaftete Dinge tun und erst im Nachhinein erkennen, wie klischeehaft sie waren, in flirrender Hitze auf Trucks und in Zügen und in zu kleinen Autos mit zu schwachen Motoren in eisigen Gegenden. Er wird seinen Sonnenhut sehr viel tragen und sich nicht scheren, wie es aussieht. Er wird Reik nicht anrufen. Nur ganz selten wird Pega Postkarten von ihm bekommen, ohne Text, nur das Bild und die Briefmarke.

Pega selbst wird noch eine Weile ein gebrochenes Herz haben. Es wird lange dauern, bis es ihr bessergeht, viel länger, als es in der Erinnerung der drei Männer damals bei ihnen selbst gedauert hat. Die erste Liebe ist schwer, und der erste Betrug wiegt wie Blei. Es wird sich anfühlen, als würde es niemals besser. Und dann wird sie Freundinnen haben, die ihr helfen, und irgendwann wird sie klarer sehen und eine andere den Liebeskummer bekommen. Und in ein paar Jahren wird sie auf Nikolaus zurückschauen und dann auch auf Max und es wird ihr nur ein liebevolles Lächeln abringen für das Mädchen, das sie damals war, und ein leises Kribbeln, wenn sie diese bestimmte Zahnpasta im Fahrstuhl an jemandem riecht und im Feinkostladen diese eine Sorte Marzipan. Und sie wird am liebsten der Pega von damals sagen können wollen, dass einmal alles besser oder wenigstens ein bisschen einfacher oder wenn nicht das, dann zumindest manchmal wieder angenehmer wird. Bis es so weit ist, wird Tonio ihr dieses Lied singen müssen.

Und Reik?

Jedes Mal wenn er kurz davor ist, Max nachzureisen, wird er sich ins Auto setzen und, den Kofferraum voll Materialien, an den See fahren. Den Arm tief in das Astloch stecken, die Schlüssel herausfischen. Dort im Haus wird er arbeiten, eingedeckt mit Büchern und ausgedruckten Internetseiten, wird er vor sich hin bauen und setzen. Drucke und Holzschnitte, Gemeißeltes, Gegossenes, Kalenderblätter, Schraffierungen, Kupferstiche, Malereien mit allem, was Pigmente besitzt. Um sich herum wird er ein Labyrinth aus Zeichen und Körpern errichten. Und auf dem dämlichen Sideboard, das zu entsorgen er noch nicht übers Herz gebracht hat, steht neben dem Pinsel aus Holz und dem gusseisernen Kännchen auch, wieder zusammengesetzt, die Teeschale. Und an den Stellen, wo die Risse waren, die Splitter, die Brüche, glänzt in verästelten Linien das Gold wie Adern aus Licht.

:[]:

kintsugi [金継ぎ]
das kunsthandwerk, zerbrochenes porzellan mit gold zu reparieren

yūgen [幽玄]
das ungreifbare der materie, schillernde farblosigkeit, fülle der leere

wabi [侘び]
die strenge schlichte grazie, die weichheit schafft und klarheit

sabi [寂び]
der offene ring, die schönheit des makels, die sprache auf der zunge der zeit

kire [切れ]
der belebende schnitt, der teilt, eint, reiht

iki [依稀]
die verführung roher feinheit im angesicht des todes

karumi [軽み]
im gewicht der dinge; die leichtigkeit

Mein größter Dank gilt Meike Herrmann überhaupt und Juliane Schindler sowieso, außerdem allen Erstleser*innen & Mentor*innen, besonders Dominique Renner, Kai Gutacker, Sophie-C. Hartisch, Raphaël und フ.

Außerdem danke ich allen echten Freund*innen und beherzten Unterstützer*innen – und zu Letzteren gehören auch Sie. Den Namen also bitte hier eintragen:

ありがとうございます。

Miku Sophie Kühmel,
Berlin 2019